中国政府出版品国际营销平台精选图书·文学书系　　王昕朋 主编

在纽瓦克机场

At the Newark Airport

俞　胜　著

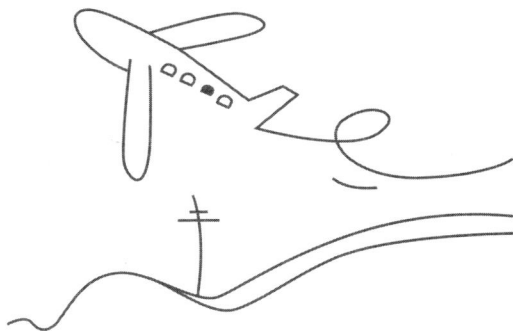

中国言实出版社

图书在版编目（CIP）数据

在纽瓦克机场 / 俞胜著 . –– 北京：中国言实出版社，
2021.1

（中国政府出版品国际营销平台精选图书·文学书系 /
王昕朋主编）

ISBN 978-7-5171-3613-2

Ⅰ . ①在… Ⅱ . ①俞… Ⅲ . ①中篇小说—小说集—
中国—当代②短篇小说—小说集—中国—当代Ⅳ . ① I247.7

中国版本图书馆 CIP 数据核字（2020）第 240140 号

出 版 人　王昕朋
责任编辑　宫媛媛　　李昌鹏
责任校对　代青霞

出版发行　**中国言实出版社**

　　　　地　　址：北京市朝阳区北苑路 180 号加利大厦 5 号楼 105 室
　　　　邮　　编：100101
　　　　编辑部：北京市海淀区花园路 6 号院 B 座 6 层
　　　　邮　　编：100088
　　　　电　　话：64924853（总编室）　64924716（发行部）
　　　　网　　址：www.zgyscbs.cn
　　　　E–mail：zgyscbs@263.net

经　　销　新华书店
印　　刷　阳谷毕升印务有限公司
版　　次　2021 年 1 月第 1 版　　2021 年 1 月第 1 次印刷
规　　格　880 毫米 ×1230 毫米　1/32　9.375 印张
字　　数　197 千字
定　　价　58.00 元　　　ISBN 978-7-5171-3613-2

有风骨讲美学接通全球

——"中国政府出版品国际营销平台精选图书·文学书系"总序

王昕朋

  中国言实出版社是国务院研究室主管主办的国家级出版单位，出版定位是：主要出版党和国家重大政策的研究成果以及相关的辅导读物。1995 年成立以来，我们一直坚持这一出版定位，围绕党和国家中心工作开展出版活动，因而，国内外读者很少见到由中国言实出版社出版的文学类图书。但是，近几年文学界对中国言实出版社已不陌生。这源于出版理念的一次变革。习近平总书记在文艺工作座谈会上的重要讲话指出："一部小说，一篇散文，一首诗，一幅画，一张照片，一部电影，一部电视剧，一曲音乐，都能给外国人了解中国提供一个独特的视角，都能以各自的魅力去吸引人、感染人、打动人。"这给了我们启示、启迪，文学也是讲好中国故事、传播中国好声音的重要途径。所以，我们也用心、用功、用力打造文学板块，并将它推向世界。2018 年 8 月，由中国言实出版社出版的李春雷报告文学作品《朋友——习近平与贾大山交往纪事》获第七届鲁迅文学奖，同时入选"丝路书香"出版工程在国外出版，于是文学界发现，中国言实出版社在文学出版领域同样有不俗的表现。中国言实出版社的文学图书品种少而精，中国文学的声音在通过中国言实出版社持续传播到海外，承载着文化和文学信息的《温文尔雅》翻译成英文、日文、俄文、德文、法文、意大利文、西班牙文、葡萄牙文、阿拉伯文等多种语言向全球推介，英文版、中文繁体版荣获第十三届"输出版引进版优秀图书"奖，长篇小说《京西胭脂铺》一举登榜"中国图书世界馆藏影响力图书 20 强"。付秀莹、金仁顺、乔叶、魏微、滕肖澜、叶弥、戴来、阿袁等 8 位"当代中国最具实力女作家"的作品集同时推出，之所以在名称中冠以"中国"二字，是出于对外推介的考量，其中付秀莹、魏微、戴来等人的小说集后来入选"经典中国"项目在美国出版，产生良好反响。

近年来，中国言实出版社加快国际出版步伐，与英、美、日等多家国外出版单位建立战略合作关系，近百名当代中青年作家的作品陆续推介到美国纽约、日本东京、德国法兰克福等多个国际书展，被多个国家的图书馆收藏，图书受到国外图书界关注，连续 6 年入选中国图书世界馆藏影响力百强出版单位。2015 年经财政部批准立项，中国言实出版社建设并主办中国政府出版品国际营销平台，为推动"文化走出去"提供支持。2020 年，有感于体量庞大的中国当代文学无法快捷地被全球关注所带来的传播学遗憾，有感于年度文学选本出版周期较长，有感于众多具有潜力、实力、影响力的青年作家的作品没有很好的对外传播渠道，中国言实出版社整合资源，决定专门为中国政府出版品国际营销平台的文学板块打造出一种比年度选本出版周期短、对当代文学创作反应更为灵敏的季度文学选本。《中国当代文学选本》应运而生，书名由王蒙题写，选稿编委梁鸿鹰、李少君、王干、付秀莹、古耜皆为业内名家行家，所选作品为国内新近发表的文质兼美的力作。作为一种有公信力的季度文学选本，《中国当代文学选本》因"让国外读者快捷阅读当代中国文学精品"的窗口作用，以及"为中国作家走向世界铺筑交流合作桥梁"的桥梁作用，受到作家、汉学家、国内外读者一致好评。《中国当代文学选本》传播中国声音，讲述中国故事，产生良好社会效益。有鉴于此，中国言实出版社决定打造这套"中国政府出版品国际营销平台精选图书·文学书系"。

出版社并不承担培养作家的使命，但是这套"中国政府出版品国际营销平台精选图书·文学书系"的入选作品多是出自青年作家之手，原因在于，我们始终关注着中国当代文学最具活力与实力的鲜活部分，求取风骨与审美的统一，始终在精心遴选极具当代性的中国文学好声音，始终把推动中国当代文学与全球接通作为出版人的责任，这套"中国政府出版品国际营销平台精选图书·文学书系"的入选作家和作品便是如此。有风骨、讲美学，是选取这套丛书的思考维度。"有风骨"是要对民族精神有所反映，要为人民而文学，要关怀民生，帮助读者把无病呻吟、凌空蹈虚的作品以独特筛选眼光来淘汰掉；而"讲美学"是指中国言实出版社遴选书稿时看重作品的文本质量，内容和形式互为表里，是为美。美为作品飞向全世界插上翅膀，中国言实出版社人始终认为，美是全人类可通融的共同语言，有风骨、讲美学才能接通全球，成为文学精品。这些优秀作品里，都跳动着时代的脉搏，展现着当代中国日新月异的面貌，蕴含着深厚的文化自信。出版是文学生产的终端，对于中国言实出版社而言是文学传播的开始。中国言实出版社将始终秉持"好作品主义"，重视名家不薄新人，盘点、整合中国文学资源，积极开展对外译介和推广工作，自觉地将有风骨、讲美学的文学精品作为永不改变的出版追求。

2020 年 12 月

目　录
CONTENTS

在纽瓦克机场

那个人的举止实在怪异——他一手拉着一只银灰色的拉杆箱，一手擎着一只白色外壳的手机，迈着心事重重的步子，犹疑的目光在一个黄皮肤的人的脸上探寻。这些在纽瓦克机场的黄皮肤的人一个个见惯了大世面似的，眼前见到什么都波澜不惊，只顾埋头看手机或与邻座交头接耳。偶尔有人抬起目光看那个举止怪异的人，目光又像触了电一般慌忙地躲闪开来。这是个什么样的人？他这是要干什么？

方良平一坐下来，就发现了那个举止怪异的人。此刻是纽约时间上午 9:50，他和老婆袁茵办完了登机手续，坐在登机口附近的椅子上休息。

比方良平小三岁的袁茵，五十五岁时就看破红尘——提前办理了退休手续。一年前，方良平五十九岁，袁茵就开始为美东之行做功课。终于盼来了方良平退休，为了不让退休综合征在丈夫身上露出苗头，袁茵决定立即启程。因为准备充分，所以，这次的美东之行非常顺利、非常愉快，虽然两个人偶尔斗斗嘴什么的，但这是他们夫妻生活的常态。现在两个人在纽瓦克机场的登机口，准备搭乘当地时间中午 12:00 起飞的航班返回北京。

美东之行的场景还在脑子里新鲜地翻腾，袁茵想到自己作为妻子的伟大和英明，难抑心头的沾沾自喜，问丈夫："怎么样？良平，此行是你在破书斋里感受不到的吧？说说看，留在你脑海中的印象最深刻的地方是哪里？"

袁茵猜想书呆子丈夫一定会说是大都会艺术博物馆，因为大都会艺术博物馆是昨天才参观的，不仅是因为间隔时间短，留在脑子里会格外清晰些，而且方良平在参观过程中惊呼了好多次，害得袁茵一次次地提醒他在这边公众场合说话要轻声、一定要轻声，要时时刻刻注意自己并不只是自己，而是代表着华人的形象。

问完了，袁茵没想到方良平用右手食指把鼻梁上的眼镜往上推了推说："那个尼亚加拉大瀑布，真是太壮观了，好家伙，就像奔涌的江河一下子奔到了地的尽头，突然倾泻到另一个世界去，那气魄如同天崩地裂一般。"方良平的语言很有气势，声音却很小，得到老婆一次次批评教育的方良平，此刻说话的声音像一只蚊子在哼哼。

"所以说嘛，开启退休生活模式是一件好事。"袁茵自己更是轻声细语的，像一只雏燕在呢喃。袁茵对丈夫脸上的表情很满意，忽然想到儿子方小袁在家中，一家人没有一起出来旅行，有些小遗憾，"就是不知道这十天，小袁一个人是怎么生活的。"

就这一句话，老婆的光辉形象立刻在丈夫的心目中消隐了，"你又来了，一天不念叨几遍都不行，小袁就是这么被你惯坏的，惯到三十了，连个女朋友都不肯找，他的意思是要在我们跟前生活一辈子？"

"所以说嘛，这次我也是发了个狠，有意识地把他一个人丢在家，让他也体验体验独立生活的滋味。"说到这里，袁茵白了丈夫一眼，"好像你一点责任都没有似的，良平，你要警惕退休综合征的苗头了。"

方良平没有研究过退休综合征具体都有哪些表现，既然老婆这么说了，他也就相信自己身上真的露出这种病征的苗头了，方良平有意识地控制了自己的情绪，改用温和的语气对老婆说："你给小袁发个信息，把我们回程的航班号告诉他，明天，他得到机场来接机呀。"

袁茵说："航班就是他预订的，还用告诉他航班号？"

方良平认真地说："那也得告诉，你的儿子你又不是不清楚，一天到晚守着电脑五迷三道的，不提醒一下可不成！"

"好啦，方所长。就像不是你的儿子似的。"退休前的方良平，是一家日本问题研究所的所长，权力虽然不大，但所里有辆公务用车，基本可以满足所长的出行需要。

袁茵从挎包里掏出手机，打开微信语音，欲语又止："这个点儿，也不知小袁休息了没有。"

"北京那边刚晚上十点钟，他能睡那么早？"方良平语带嘲讽地说。

袁茵又白了丈夫一眼，把手机移到嘴边，下定决心似的给儿子发了一条语音信息："小袁啊，你睡了没有？我和你爸已经到达纽瓦克机场了，航班号你一定知道吧？正点的话是明天下午三点抵达首都国际机场。"语音信息发送出去了，但儿子小袁没有动静。袁茵想了想，又补了一条："不过小袁啊，你不用来得那么早，国际航班，你是知道的，一个小时能出航站楼就算快的啦，你下午四点到达都来得及。"

方良平不满地嘟哝起来："什么叫不用来得那么早啊，就应该告诉他早点从家出发，机场线没有一天不堵的，不早点从家里出发能行？所以我说嘛，小袁还是被你惯坏的！"

九月的阳光在辽阔的停机坪上恣意地流淌，远处低矮、青灰色的一道山梁像纽瓦克机场的一道围栏。袁茵把手机捏在手里，手机依然静悄悄的，儿子小袁还没有回复她的信息，不知道此刻他在家里做什么。丈夫的话也破坏了她的好心情，袁茵赌气不理方良平，独自翻看起手机上此次出行的照片来，刚刚流逝了的几天的情景又转回眼前，笑意不由得从脸上一丝一丝泛出来。

夫妻间的冷战是常事，习以为常的方良平，此刻不仅没有感到丝毫的不适，相反倒有一分冷战间隙中得到休整的惬意。

他扶了扶鼻梁上的眼镜，颇感兴趣地打量起眼前形形色色的人物来。

纽瓦克机场人来人往，白种人、黄种人、黑种人，形态各异。光是黄种人里面又分中国人、日本人、韩国人、越南人……谁是中国人，谁是日本人，谁是韩国人、谁是越南人……如果不凭语言，一般人真是难以分辨，但做过日本问题研究所所长的方良平却能根据他们的举止、打扮判断个八九不离十。方良平很得意自己有这能耐，怎么样？此刻这能耐就是一个在与老婆的冷战中打发候机时间的好办法。

可是方良平的目光还是被那个怪异的人吸引住了——他两鬓苍苍，方良平据此判断出他的年龄应该和自己不相上下，甚至也有可能是刚退休下来的；他面色比较红润，白衬衣的下摆扎在浅灰色的裤子里，腰系黑腰带，足蹬带网眼的黑皮鞋，方良平从穿着和神态上判断出他是中国人，而且经济条件还不错。此刻他佝偻着腰坐在一把椅子上，伸出一根粗壮的手指在自己的手机上一阵猛戳，接着抓住手机在眼前一阵猛摇，又眯起眼对着手机研究着什么，一张原本周正的脸因失望、焦灼等表情而显得更加怪异。

然后他像患了疯病一般从椅子上弹跳起来，一手拉着银灰色的拉杆箱，一手擎着那只白色机壳的手机，沿着这排椅子往方良平的方向走来，目光依然在一个一个黄皮肤的人脸上探寻，可是当有人看向他时，他又像触电般地躲闪开来。离方良平还有四五个座位时，他小心而犹疑地向方良平看过来，方良平友好地冲他点了个头，他却立刻慌张地转过身去，顺着另一侧的椅子，一步一步地离开了。

这可真是一位怪异的人，方良平心想，一个人怎么和自己的手机有仇呢？他的手机出毛病了？都到机场了，在商店重新买一个就是。他为什么要一个个地辨识黄皮肤人的面孔呢？难道是FBI在办案？方良平立刻觉得自己的猜想荒唐可笑，影视中的FBI办案，可不是他这种怪异、让人摸不着头脑的派头。

离航班登机的时间还早，登机口附近的椅子上，乘客稀稀落落的。那个怪异的人沿着一排排的座椅搜寻了一圈又一圈后，离开了休息区，拖着心事重重的步伐向咖啡店那边去了。但他又不像要进去喝咖啡的样子，只是在咖啡店的门口探头探脑地张望，有个黑人店员出来不知和他说了句什么，他显得有些慌乱地摇了摇头，又带着那张表情怪异的脸往休息区这边走过来。

袁茵显然也注意到了那个人，她大度地在方良平的腿上拍了一下："良平啊，不要见到什么人都点头哈腰的，你又不是日本人。"冷战结束了。

方良平愣了片刻，马上明白过来，自嘲地说："哎呀，我这几十年的习惯了，哪能说改就改呢，慢慢地，慢慢地，啊，放心，我会改过来的，只是还需要时间。"

袁茵提醒："你小声点。"

离登机时间还有四十分钟的时候，登机口前的人渐渐多了起来，椅子上已经坐满了乘客。袁茵的旁边坐着一位戴鼻环的姑娘，不停地用汉语普通话对着手机窃窃私语；方良平的旁边坐着一位黑人大叔，身上散发着浓烈的香水味，正对着手机默默地看着视频。还有三三两两没有找到座位的乘客就静静地站立在两排座椅之间的过道里。这趟航班虽然飞往中国首都北京，可金发碧眼的乘客却似乎占去了一半。

那个举止怪异的人已经没有了座位，他固执地拎着拉杆箱，沿着一排排座椅，小心翼翼地分辨着每一个黄皮肤的面孔。那认真而又执着的劲儿，让方良平疑心是不是他刚才不小心在纽瓦克机场弄丢了一个人，或者是在候机的乘客中隐藏着一个他失联许久的老友，他现在要千方百计地把他或她找出来。

袁茵见多识广，冷笑着说："他呀，八成是初次出国，手机没办国际漫游，这会儿遇到了什么需要紧急处理的事，所以像热锅上的蚂蚁，坐卧不宁的。"

方良平说："我的手机可以借给他用一下呀，都是同胞嘛。"

袁茵白了丈夫一眼，提醒道："良平呀，这可是在异国他乡，你一点也不了解他究竟是个什么样的人啊。"

旁边戴鼻环的姑娘自来熟地接过袁茵的话头说："如今手机多重要啊，现在流传的'三不借'是不借老婆、不借刀子、不借手机，手机一旦被坏人碰到，要想窃取微信、支付宝以及其他的信息，都是分分钟的事！"

方良平不忍心："如果他不是坏人呢？"

戴鼻环的姑娘笑笑，又对着自己的手机窃窃私语起来。

袁茵拍了丈夫一把，小声但很威严地说："良平呀，管好自己，不许给我添乱！"

方良平就坐着没有动。

这时，一个黑头发、黄皮肤、穿着十分讲究的三十岁左右的年轻男子闯入了方良平的视野。只见年轻男子把手机举在耳边，站在纽瓦克机场的阔大玻璃窗前，用汉语普通话大声地和什么人通着话。他的声音在一群窃窃私语或静悄悄候机的乘客中，显得异常的洪亮。

那异常洪亮的声音一下子就吸引了那个行为怪异的人，他几乎飞也似的冲到那年轻男子面前，说："同志，我需要你的帮助，你能不能告诉我……"

年轻先生见他冒冒失失地冲过来，停止了说话，用警惕的目光注视着他。

他却不在乎这些，就像总算遇见了知音一样，激动地往那年轻先生的身边靠，用带着南方某地方言的普通话说："同志，你能不能告诉我哪个是机场的 Wi-fi，我怎么一个 Wi-fi 也连接不上呢？"他放下了拉杆箱，打开了手机，把手机尽力往年轻先生的眼前凑。

年轻先生厌恶极了，皱起眉头，像躲避瘟疫似的一下子闪开，闪得远远的，又继续大声通起自己的话来。

方良平看见那个举止怪异的人僵在了那里，他向前伸出的手机还是那样擎着，跟泥塑木雕一般，但脸上痛苦的表情分明在加深，那一点一点加深的痛苦终于挤走了他脸上的焦灼和怪异，然后往他的腰部蚕食，他那僵硬的躯体终于被这痛苦蚕食尽了精气神，腰一下子弯曲下来。

方良平只觉得那痛苦沿着自己的目光，一下子钻进心里，也一点一点地啃食起自己的心来，方良平再也坐不住了，他从椅子上站起来。不想让他出风头的袁茵，搜了他一把，但没拽住。

方良平大踏步地走上前："纽瓦克机场没有Wi-fi，同志，你有什么困难不妨告诉我，看看我能不能帮助你。"

这意外的惊喜一下子冲走了怪异人脸上的痛苦，他直起腰一下子抓住了方良平的手："同志呀，我只是想给我女儿报个平安，告诉她我已经顺利地抵达纽瓦克机场登机口了，我、我怕她正在替我担心呢……"

"你的手机没有开通国际漫游吧？我看见你刚才也去了咖啡店那儿，在机场咖啡店里消费，应该可以享受免费Wi-fi服务的。"

"同志，我外语不好啊，只会讲Yes和No的……"他羞涩地说，"第一次出国，什么也不懂，不懂得要办什么国际漫游，也搞不懂这么大的纽瓦克机场怎么连个Wi-fi都没有。"

方良平说："嗨，你早点告诉我呀，那会儿，我冲你点头，你还掉头就走。你干吗躲躲闪闪的，你是哪儿的人呀？"

于是方良平就知道了他叫老陈，是南方某省的一个公务员，的确是刚退休不久。女儿在康奈尔大学读研究生，他是第一次来国外看女儿，在纽瓦克机场已经遭到了两位黄皮肤却并非是中国人的白眼，所以，当方良平冲他点头时，自尊心很强的他又把方良平错当成了日本人。

方良平听了老陈的讲述，不由得笑了，掏出了自己的手机：

"我可以把流量分享给你，只是你知道怎么分享流量吗？我不懂得操作的。"方良平看了坐在那边椅子上的袁茵一眼，袁茵懂得怎么操作，但此刻袁茵却正和那个戴鼻环的姑娘说着什么。

老陈又羞涩地笑笑："我也不知道怎么操作啊。"但老陈毕竟是公务员出身，脑子活络，立刻想到了一个解决问题的好办法，"老方啊，你可不可以添加我女儿的微信，你帮我告诉她，她的爸爸已经平安抵达了纽瓦克机场登机口，你让她放心就可以了。失联十几个小时，我倒无所谓，可急坏了孩子怎么办啊。"

这的确不失为一个好办法，老陈的微信虽是未连接状态，但还是可以找到他女儿的微信号。方良平就添加了他女儿的微信号，需要通过对方的验证才能建立联系，方良平的脑子也不笨，再次发送添加朋友申请时写道：你爸爸已顺利抵达纽瓦克机场登机口，请你放心。

老陈看后舒了一口气，拉着方良平的手一阵猛摇。他说来的时候，在航班上遇到了一个热情的中国小伙子，跟着小伙子在纽瓦克机场出关、转机，匆匆忙忙的，一切都很顺利，用不上 Wi-fi；回程是女儿把他送到伊萨卡机场，到纽瓦克机场转机时，想让女儿放心，就想发个微信，谁知道纽瓦克这么大的国际机场，居然连个免费的 Wi-fi 都没有。老陈对方良平是千恩万谢。

登机的时间到了。儿子小袁给他们预订的机票在机舱靠前的位置。老陈的机票估计是预订得晚了些，在机舱比较靠后的位置，双通道的机舱，老陈和方良平也不在同一排通道。过了验票口，方良平回过头来向老陈挥了挥手，就拉着老婆的胳膊走上了廊桥。

在座位上坐定，方良平喜滋滋地对袁茵说："老陈的女儿还是康奈尔大学的研究生呢，加了微信建立了联系，要是那姑娘不错，没准就是我们家小袁的女朋友呢。所以啊，赠人玫瑰，手有余香，刚才在机场没准是帮了亲家公的一个忙。"

袁茵嘴上骂："你呀，没准被人当牲口卖进了屠宰场，还以为自己到了有肉吃的地方。"心里对丈夫的话倒也怀上了几分期许，老陈那个人看起来眉清目秀的，姑娘一定也错不了，问丈夫，"那姑娘通过了吗？"

方良平摇了摇头："人家是康奈尔大学的研究生嘛，这会儿正忙着学业呢。"

"老陈怎么是一个人出国，他老伴儿呢？"袁茵想到了一个很关键的问题。

方良平愣了片刻，说："刚认识的，还来不及问呢！"想了想又有了个好主意，"老陈到了首都机场要转机，不行我们请他改签一下，到我们家做做客？"

袁茵掐了丈夫的胳膊一把，觉得他出的是一个馊主意。

乘务员提醒乘客航班准备起飞，老两口都关了手机。

途中供应晚餐，晚餐只有两种选择，要么是牛肉米饭，要么是鸡肉拉面。方良平是南方人，要了牛肉米饭；袁茵是北方人，要了鸡肉拉面。航班上的东西，称不得美味，只能说聊以充饥。

两个人充完饥，不约而同地想到了儿子，不知道这十天，儿子小袁在家里都是怎么打发肚子的。

袁茵猜他一直泡方便面吃："方便面这东西，吃一顿两顿还行，连吃十天吃出毛病来可怎么办？"袁茵往下一想，忧心忡忡地说。

方良平立刻否定了老婆的说法："泡方便面也得自己动手泡吧，我觉得咱们家的那个懒家伙，一定天天叫外卖。"

袁茵觉得丈夫说得也在理，就笑呵呵地说："所以嘛，下次咱们还是两个人出来旅行，要让他独立，要让他懂得凡事都要抓紧，父母只能陪伴他一程，这时间过得多快啊。"袁茵说着说着，眼圈竟红了起来。

十五个小时的空中航行，寂寞而又无奈。飞机飞越蒙古国，进入祖国的领空后，方良平和袁茵又充了一次饥，飞机再有两个小时就抵达首都国际机场了。

"小袁这会儿该在机场等着了吧。"袁茵说，"今天是周六，还不知道机场线会堵成什么样呢，也不知道小袁要提前多长时间就出发了呢。"

"来早了，在车上躺着休息一会儿嘛，那么大的人了，又不是小孩子。"方良平不满老婆总是把小袁当孩子。

"热天，躺在车上休息也是遭罪。"袁茵饶了丈夫一句。

"遭啥罪呀，车上不是有空调嘛，打开空调休息，舒服得很。"方良平不以为然地说。

袁茵马上接口："呵，你这可不是什么好主意，开着空调休息，容易一氧化碳中毒。"

方良平又重复了一句："那么大的人了，又不是小孩子。"

北京时间下午 2:55，航班比预定时间早五分钟到达首都国际机场。飞机一停稳，方良平和袁茵都迫不及待地打开手机。手机关闭了十五个小时，满以为苏醒过来的微信消息会铺天盖地而来，谁知方良平的手机上只来了一条微信信息——"谢谢叔叔"，是老陈的女儿发来的。老陈的女儿通过了方良平的好友申请。方良平一打开老陈女儿的朋友圈，就看到了一条：比老妈还唠叨的老爸终于回国了，好开心！文字下方配了一张图片，一朵白云飘荡在美洲澄澈的天空中，无牵无挂、无忧无虑……

一出机舱门，北京下午白花花的阳光晃了方良平的眼一下，他想起十五个小时前，在纽瓦克机场出发时，美洲的阳光也是这么晃了他的眼一下。方良平拉着老婆的胳膊，慢慢地走下了舷梯，想了想，删掉了老陈女儿的微信。

苏醒过来的袁茵的微信消息，比方良平多了好几条，有妹妹发来的问候，最关键的一条是儿子方小袁回复的，"祝爸妈一路平安！"看看发送的时间，却是北京时间子夜一点多。那个时间还不休息，小袁在干什么？等一会儿见了面，非得说他一顿不可。

取行李时，方良平又看见了老陈，他在给女儿发语音信息："女儿啊，我已经平安抵达了首都国际机场，你就把心放得宽宽的吧。回到国内我的心就踏实了，哎呀，谁能想到纽瓦克那么大的国际机场，居然连个 Wi-fi 都没有……"

方良平笑着朝他挥了挥手，老陈也笑着朝方良平挥了挥手，很奇怪的是，两个人都没有提出要加对方的联系方式，也许两个人都意识到，有缘总会再见。

取完行李，袁茵给儿子打电话，手机通的，半天没有人接。方良平提醒老婆："别打了，没准正开着车呢。"

袁茵也觉得这种可能性大，她准备把手机放入挎包时手机却响了，是儿子小袁回拨的，"谁呀，让人连觉都睡不好。"他嘟嘟囔囔的。

"小袁呀，你怎么现在还在睡觉呢？"袁茵不解地问道，"这么说，你没来机场接我们？"

"啊，妈，你们都到机场啦？"小袁清醒过来，有些羞怯地解释，"昨天加了一个通宵的班，一下子给忙忘了。妈，对不起呀，你和爸打个车回来吧，首都机场打车挺方便的，回来我给你们报销车费。"

"去去……净说好听的，我们还要你报销车费？"袁茵嗔怪道，转而无限慈爱地嘱咐，"儿子，你就再睡一会儿吧，下次可不许熬夜啊。"挂了电话，她冲着立在一旁、神情有些沮丧的丈夫挥了挥手说，"方所长，想什么呢，赶紧打车去吧！"

方良平立刻装出兴高采烈的样子，现在的方良平最担心的就是身上会不知不觉萌发退休综合征的苗头。

桃之妖妖

没想到时间过了好多年，罗小雯依然留恋霁鲂市的大黄桃。

"一斤就是七八元钱，就装了这么一只小袋子，都快一百元了。关键是口感还一般……"中年罗小雯絮絮叨叨着，此刻她刚进家门，在玄关那换鞋。我听见门响，懒洋洋地出了卧室，她瞅了我一眼，动了动手中那兜沉甸甸的黄桃。

"妈妈的，确实有点贵了，黑心的商家。"我眼神涣散，打了一个长长的哈欠。

"是街头摊贩！"在罗小雯的概念里，坐地为商、流动为贩，两者不能混淆。纠正完，她用狐疑的目光盯住我："大白天的，躲在卧室里干啥？"

"睡觉呗，卧室里能干啥？"天热，容易犯困，今儿又是星期天，我午休的时间长了点。

一阵风从我身边掠过，罗小雯丢下那兜黄桃，像个大侠似的一掌击开虚掩的房门：我们共同的床上只有一对枕头，两条薄薄的毛巾被，床上一览无遗；柜式床箱，箱底距地面只有两厘米，床下也不可能藏有什么猫腻。

"青天白日的，要拉上窗帘干啥？"她刷地拉开半掩着的窗帘，玻璃窗像水一样的澄澈透明，连一只虫子都藏匿不住。她拉开窗扇探头往外打量。

"咱家十八楼，又装了内嵌式防护栏，没有哪个人敢从窗户里往外跳，也跳不出去。"

罗小雯不吭声，剜了我一眼，回转的时候，脚步声变得懒散起来，踢踢踏踏地到了玄关，拎起那兜刚丢在那里的黄桃。

我们的儿子俞小罗在读寄宿制中学，一般周末回来一次。现在是暑假，他去了北京参加科技夏令营，家里只剩下我和罗小雯两个"空巢老人"。为了避免加深"空巢失调综合征"，我打算忘掉刚才被她"捉奸"的不快，把话题重新引到黄桃上来。

"这个摊贩的心的确很黑，咋连黄桃都卖这么贵！"虽然骂得没有道理，但我骂得痛心疾首，并且设身处地地为我老婆着想，"要我说，咱以后不吃或者少吃黄桃，他摊贩的心爱黑不黑，都跟咱关系不大了，你说是不是这个道理？何况这东西吃多了也不好，好东西也不能多吃嘛！你比我更明白的。"

罗小雯"狗咬吕洞宾"，白了我一眼，提起那兜黄桃，趿拉着凉拖奔向厨房。此刻的凉拖发出欢快的"嗒嗒"声，就像轻盈的手指在键盘上敲出了一串潺潺的流水声。

最近这两年，每年的七八月份，就有个五十来岁的摊贩像知道我们这个小区的人爱吃黄桃似的，每天载着一三轮车黄桃来到我们小区门口。他说这黄桃是他自家产的。黄桃的确新鲜，一个个闪着像金子一般迷人的光泽，有的还带着一两片翠绿的叶，愈加衬托出桃的娇艳欲滴，勾引着罗小雯的魂。

每一回，罗小雯见到这黄桃，就两眼冒光，扑上前去，一买一大兜，头一天买的还没吃完，第二天见了又买……我们家的七八月份，黄桃侵占了冰箱的每一个角落。

今天虽然是星期天，但护士长罗小雯要值班，她值的是早班，燕北市第三人民医院早班下班的时间是下午三点钟。她一回来，我们家就弥漫起一股浓郁的黄桃香。

厨房的流水声停止了，罗小雯端着一只果盘出来，果盘里黄桃堆积如山，像年画上给王母娘娘上寿的果盘。现在这果盘落在沙发前的茶几上，罗小雯先抓起最上面的一个，恶狠狠地咬了一口，身子还没落到沙发上，那只可怜的黄桃已经露出了果核。她心满意足地一屁股坐下来，海绵垫震颤了两下。

我说："好嘛，地动山摇！"

罗小雯停止了咀嚼，右手的拇指和食指捏着果核，果核上沾着一口鲜嫩的果肉。她似笑非笑地问我："嫌我长得胖了？"

"哪里！你苗条着呢！"我言不由衷地说。

"那是，"她满意了，吧嗒一口，转眼只剩下果核了，她说，"告诉你，我体重还不到一百三十斤呢！等你的何雨晴到了我的岁数，你再看看她的体重！"

"你的何雨晴！"她最近总是这样，我生气了。

"你的何雨晴！"罗小雯不依不饶地叫起来，转瞬又扑哧笑了一下，用手拍拍身边的垫子，"坐，坐嘛，你那么心虚干啥？既然不是你的何雨晴，也不是我的何雨晴，你那么冲动干啥！"

"本来就不是嘛，我早就说过我跟她真的半毛钱关系都没有，你偏偏总要往我身上扯。"我恼怒地说。

"没有关系是吧，我信，我相信。"她又抓起一只黄桃，咔嚓咬了一口，嘴唇快速地嚅动几下，然后笑容可掬地问，"可是，为啥她也那么爱吃黄桃呀？"

"爱吃黄桃的人多了去！"

"对呀！坐！坐嘛！你站着干啥呀？"她说。我不知道中年罗小雯葫芦里要卖什么药，满腹狐疑地坐到沙发的另一端。

"多好的黄桃啊，感觉也有那么一丝当年雾鲂市的味道了，你咋不吃呢？"罗小雯说。我觉得尝尝也不错，就拿了一只黄桃。

她在咀嚼的间隙又说："哦，我知道的，你不爱吃黄桃。"

我就把那只黄桃放回到果盘里："我的确不咋爱吃黄桃，这个世上并不是所有人都像你一样爱吃黄桃的。再说，你比我更清楚的，黄桃吃多了还上火。"

"可是何雨晴也爱吃黄桃啊！"罗小雯似笑非笑地说。

我要跳起来了："你的闺密爱不爱吃黄桃和我有啥关系？"

"冷静嘛！你那么激动干啥？譬如说我吧，从前也不是没吃过黄桃，可就是没有品出黄桃滋味这般好，"她装作陶醉的样子，闭上眼睛说，"都是因为去过你的霁鲂市嘛，品尝了霁鲂市的黄桃嘛！想一想，还是觉得霁鲂市的黄桃好，不但好吃，还能一元钱买七斤。"

"哦，我明白了，你的意思是说何雨晴也是因为品尝了霁鲂市的黄桃，所以才像你一样爱吃黄桃的？"

"不是这样吗？"罗小雯刷地睁开眼睛，冷笑着问我。

"天哪，她啥时候去过霁鲂？"我终于从沙发的另一端跳了起来。

她也站了起来，冷笑着说："难道何雨晴没吃过你霁鲂市的大黄桃吗？难道何雨晴不是因为吃了你霁鲂市的黄桃才迷上了黄桃吗？"

"这、这……"我被她说得有点心虚，但很快就理直气壮起来，"她不是你闺密吗？不是你把她领到咱家的吗？话又绕回来了，她爱不爱吃黄桃，是她自己的事。她爱不爱吃黄桃，和我有半毛钱关系吗？"

"那不好说！"罗小雯坐回沙发上，扑哧一笑说，"榆木疙瘩，我就喜欢看你狗急跳墙的样子，来，你再跳一个给我看看。"

"这不是变态吗？"

她毫不生气，又抓起了一只大黄桃，略微端详了片刻，猛然转移了话题："咦，榆木疙瘩，你那个患难之交袁三海呢，你们咋好多年都不联系呢？他那个罐头厂黄了吗？"

敢情罗小雯今天心气不顺，是因为还惦记着袁三海的黄桃罐头啊！这都是驴年马月的事了！

二十年前，我作为霁鲂市的"引进人才"，被安排在市农业局办公室工作。从繁华的燕北市到八百里外，设市不久的霁鲂。最初两天的新奇感过后，我突然感觉自己就像被人舍弃到一个滚滚而孤独的洪流中，而远在燕北市的罗小雯就是我想抓住的一根救命稻草，煲电话粥、QQ视频都难以抓住这根稻草。

两周之后，我精心策划了一个周末，把霁鲂市描绘成一座世外的桃源，撺掇罗小雯瞒着她的父母，坐了一晚上的火车来到我的身边。之所以要嘱咐她瞒着父母，是因为我未来的岳母一直反对她的女儿和我交往。认识她的女儿时，我还在燕北大学读考古学研究生。我未来的岳母——一位米厂厂长的夫人总以为我将来要干"挖人祖坟"的缺德事。从不喜欢我学的专业到不喜欢学这个专业的人，千方百计地阻挠我和她的女儿交往。所喜的是当年的罗小雯正处在叛逆期，认为她母亲的观点完全是一派胡言。未来的岳母让她往东时，她偏往西；让她往北时，她偏要往南。所以，我们得以一直暗度陈仓。后来，我未来的岳母得知我毕业后留不了燕北市，要远走霁鲂，老人家长吐了一口气，窃喜不已。可怜她做梦都没有想到，我还是把她的宝贝女儿撺掇到霁鲂市了。

那天的罗小雯一出火车站就大失所望，她后来无数次地用"心拔凉拔凉的"这个句子来描述她当时的感觉。幸好那时她没有打道回府。她说，霁鲂市最繁华的火车站周边，还不及燕北市郊区的一个镇。老实说，她对霁鲂市第一眼的感觉，深深刺痛了我的自尊心。我那时候只狡辩说："霁鲂的确小，的确许多地方还不成型，可这是一座正在蓬勃发展的城市啊，要不，能给我一个舞台？燕北市咋不把我当人才呢？"

"霁鲂市农业局要考古？"罗小雯不解。

"再不济我也是一个硕士嘛，霁鲂市只要引进硕士、博士，往上报材料时好看，管他是什么硕士、博士呢！"

"硕士一来就是正科？"

"那还有假！要不我啥时才能当上副市长，调你来霁鲂市当护士长呢？"

罗小雯擂了我一下，说："榆木疙瘩，我的青春是毁在你的一张嘴上了。"

我精心策划了路线，打算带着她参观霁鲂市的中山公园和自然博物馆，领略我嘴中的世外桃源。为了出行方便，我还向农业局的同事借了两辆自行车。当年的霁鲂市，自行车还是上班族的主要交通工具，而燕北市的公交系统要比霁鲂市发达得多。罗小雯已经好久没骑过自行车了，让她骑自行车，也有让她回到童年的感觉。所以，那天霁鲂市的街道留下了她重新骑上自行车时的夸张尖叫和很快熟练掌握后的咯咯笑声。看着她兴高采烈的样子，我的情绪也高涨起来。

霁鲂的七月，是一年当中最热的月份。但这一天老天格外垂青我，有风，而且气温不是特别高。周六上午的项目是游览中山公园，我们在湖上划船，湖面宽广，有烟波浩淼的感觉。湖岸那边柳荫深深深几许，真让人疑心那里有个桃花源的入口。

下午的项目是参观自然博物馆。几件稚拙的石器、陶器诉说着这片土地历史的久远。只是智者千虑必有一失，我忽视了自然博物馆里没有装空调，封闭的空间，两个展馆走下来，我的女朋友大汗淋漓，说什么也不肯再进下一个展馆了。

我自作聪明地调侃："空调房里的花朵虽然美丽，却很脆弱哦。这时候，我们的农民正'锄禾日当午，汗滴禾下土'呢，像罗同志这样一点苦都不能吃的，的确有必要认真考虑一下，要不要在雾舫这个广阔天地中锻炼一番了。"

我不说还好，一说这些，她就发作了，狠狠地白了我一眼，甩下我就怒冲冲地往外走。罗小雯出了自然博物馆，一直板着脸，对我冷若冰霜。

我觍着脸讨好："小雯，你知道吗？其实你板着脸也是蛮好看的。"

罗小雯捏住了车闸，一只脚尖点地，汗水顺着她的鬓角往下滴，她带着哭腔喊："榆木疙瘩，我都快渴死了，你还有心开玩笑！你是不是成心要把我弄到这儿害死啊！"

其实下午我备了矿泉水，一人一瓶。谁承想，自然博物馆里那么闷热，一边参观那几件稚拙的石器、陶器，一边就把那水喝光了。

我想现在去买水，可这条街的道路边尽是卖五金建材的商店，没有发现卖水的地方。只要坚持一会儿，再往前骑五六分钟就到我的宿舍了。

可生气了的罗小雯一步也不想走了。

就在我急得六神无主、两只手乱搓之际，后来常常出现在罗小雯讥讽我时连带着的一个人——袁三海出现了，当然，也出现了让她从此落下爱吃黄桃毛病的罪魁祸首——霁鲂市的大黄桃。

那天，袁三海驾驶着装满一车黄桃的三轮车突突突地从我身边驶过，我见一个个黄桃汁水饱满，吹弹可破，急忙叫停了他。他三十来岁，穿着一身没有领章的黄军装，回过头来，洁白的牙齿在黝黑的脸庞映衬下，闪着白釉一般的光泽。

"要买黄桃？刚从树上摘下来的，又好吃又便宜，一元钱七斤。"他一边说着，一边把熄了火的三轮车往后推了几步。

"一元钱七斤？"罗小雯不喊渴了，她不相信自己耳朵似的问。

他说："是呀，一元钱七斤，我袁三海卖东西不卖贵的。虽然不贵，但个顶个的新鲜着呢，因为都是刚从树上摘下来的，你要买几斤？"

我从兜里摸出两个一元的硬币，财大气粗地递给袁三海："先来十四斤，好吃的话以后常买！"

袁三海笑嘻嘻地说："好嘞！"他从系在三轮车护栏上的一沓塑料袋中扯下两只，手脚麻利地装上黄桃，过好秤，不忘自卖自夸一句："我袁三海卖的只是一个口碑。我袁三海的黄桃，吃了都说好！吃了就忘不了！"

笑意从罗小雯的嘴角浮上来，我不由得暗松了一口气，十分讨好地看着她。罗小雯见到我谄媚的表情，把脸往下一拉，做出不理我的样子，故意和袁三海拉话："你天天都拉这么一车黄桃来市区卖？"

袁三海像要炫耀他那一口白牙似的，咧开嘴说："那当然了，周一到周五上午在吉庆街那边，卖不完的话下午就来林翠街。"

我马上抓住了他说的话的漏洞："你这还是满满一车呀，一上午在吉庆街一个也没卖出去？"

袁三海不气恼，仍然笑嘻嘻地说："今天不是星期六吗？双休日，我只来林翠街。"

我问他："来林翠街东段还是西段？"

他回答："西段。"

我们的宿舍就在林翠街西段，但林翠街西段不光有农业局的家属区，还有水务局和电力公司的家属区。我刚来霁鲂，还真没有留意到林翠街西段还有一个卖黄桃的袁三海。

十四斤黄桃到手，我的女朋友再也不喊渴了。她依然绷着脸，但我知道她是故意要绷给我看的。

奔回宿舍，迫不及待地打开房门，又直奔水房，"哗哗哗……"我快速洗净一个黄桃，被水润泽了的黄桃，愈加妩媚妖娆。罗小雯的举止却粗鲁得很，一把夺过来，咔嚓就是两口，简直就是狼吞虎咽。第二个黄桃我洗得从容些，罗小雯也优雅起来了，先用右手的拇指和食指捏着黄桃，慢慢送到眼前端详一番，就像欣赏一件精美的工艺品似的，然后她叹了一口气，不忍心地咬了一口，才大快朵颐起来。"咔嚓、咔嚓……"那声音就像风吹落叶。她一口气吃了四个桃，最后打着饱嗝儿，心满意足地说:"榆木疙瘩,啥中山公园呀,啥自然博物馆呀,霁鲂市所有的美都赶不上这个黄桃!这是我迄今吃过的最好的人间美味!"

"不再生我的气了吧,你绷着脸的样子把我的小心脏吓得怦怦跳。明天想去哪里转转?"

"转啥呀,榆木疙瘩,就在屋子里吃黄桃呀!"

罗小雯喜欢吃黄桃的病根就是这时候落下的。从前的她也不是不吃黄桃,但从来不会一次吃这么多,从前一次顶多吃一个。

关于罗小雯落下了喜欢吃黄桃的病根这一点,当年,我未来的岳母知道了实情后对我更是恨入骨髓,她说正是因为我把她的女儿骗到霁鲂那个鸟不拉屎,啥好东西也不出,只出黄桃的地方,才害得她的女儿不可救药地迷上了黄桃。如果当年不是去霁鲂,而是去云南的腾冲或新疆的和田做"人才",她的女儿没准就会痴迷上翡翠或和田玉了,那么她的女儿全身上下珠光宝气的,咋也是贵妇呀。她女儿现在这样,完全是被我害的。我忙把头点得像小鸡啄米。我未来的丈母娘贬损我一通,出了一口恶气,又见我虽然没有什么出息,但为人还算老实可靠,终于把紧绷的面皮放松了下来。这时,我已经从霁鲂市回到燕北市,蒙她老人家开恩,可以名正言顺地和她的女儿处男女朋友了。

再说那个星期日的霁鲂市,罗小雯吃了两天的黄桃,从嘴里飘出的、从鼻子里呼出的、从身上散发出的都是一股黄桃的清香。我闻着这清香,一时不知今夕是何夕,禁不住心旌摇荡,身上邪火乱蹿，决定把我们之间的关系再往前推进一步。谁知，罗小雯像一只高度戒备的猫，一下子洞穿了我的心思，还没等我靠近她的身子，她就跳了起来，威胁如果我有非分之想，就立即和我一刀两断！我吓了一大跳，只好跑进水房，端起一盆凉水把自己从头到脚浇个透心凉，总算浇灭了心头燃起的熊熊邪火。在周日的夜晚，殷勤而又绅士地把她送上了返回燕北市的列车。

我就是在她离开霁鲂后，和卖黄桃的袁三海交上朋友的。

那一年的七八月份，霁鲂市的白昼奇怪地漫长，下班时，日头尚在中天的感觉。我一个人在霁鲂市，下了班以后就像一个野鬼，在宿舍里根本待不住。我的脚步指挥着我的大脑，从宿舍楼走出来，径直走到林翠街，继续往西走。走五六百米左右，路的左侧就是我们霁鲂市的畜牧服务站，占去了农业局一栋临街家属楼的一层。畜牧服务站也是农业局的下属单位，经营一些兽药、兽医器械、饲料添加剂什么的。门前有片空场地，有几辆小汽车把这儿当成了停车场。袁三海的三轮车也停在这里，袁三海就在这里卖黄桃。

袁三海怎么在停车场卖黄桃？这里又不是市场，畜牧服务站的人怎么不赶他走，允许他在此叫卖呢？跟袁三海熟了后，有疑惑时我张口就问他。

袁三海却笑笑："兄弟，你去让畜牧服务站的人赶我试试？"

"我让畜牧服务站的人赶你干什么？我吃饱了撑的？你上面

有人？"

袁三海也不避讳，自豪地说："那当然了，要是不认识两个人，谁敢在这里卖黄桃？你看看，这门前除了我之外，可有第二个摊贩？"

"你和关站长熟？"我问。

袁三海却跟我卖起了关子，说："关站长算啥。你没看我在这卖黄桃，关站长见了我也是客客气气的？"

"你认识我们局长？"

袁三海微笑着，既不肯定，也不否定。

"好嘛，卖个黄桃还要认识局领导，你是认识我们赵局长，还是张副局长、杜副局长、钱副局长？"

袁三海笑嘻嘻地摇头，说："兄弟，你就甭打听得那么仔细了，有时候你知道得太多，反而对你不好。"

都认识我们局长或副局长了，还当一个摊贩干什么？可是不当摊贩又能干什么？袁三海又不是大学毕业。真有这么深的水？不过，也不好说。我心里思忖着，越发对袁三海这个人感兴趣了。

那一年的七八月份，下班后，我的脚步指挥着我的大脑来到林翠街西段。每次也都能见到袁三海，看来周一到周五上午，袁三海在吉庆街的生意不好做。林翠街西段又不是繁华地段，顾客也是一阵一阵的，没有顾客的时候，袁三海就坐在一张小马扎上，守着脚边一台电子秤和我扯闲篇。袁三海身上永远是那一套黄军服，我问过他是不是退伍兵。他说他并没有当过兵，只是喜欢穿军服。

有一次我问他："咋每次都是你自个儿来卖黄桃呀，嫂子呢？"

袁三海说："你嫂子在家活儿也很多啊，要照顾娃，要在果园里摘黄桃，再说她也不会驾驶三轮车呀，我就不让她抛头露面了。"

我留心到，虽然袁三海在畜牧服务站门前卖黄桃，但来买黄桃的多是水务局和电力公司的家属，他们一买一大兜，乐颠颠地拎走。我从他们的闲谈中了解到，袁三海的黄桃要比别处的便宜一些，别处的都卖一元钱五斤，而且也不如袁三海的新鲜。

却很少见我们农业局的家属来袁三海的摊位前，难道我们农业局的家属都不爱吃黄桃？我疑惑什么就问袁三海什么。

袁三海说："嗨！农业局不是有各种基地吗？水果基地提供的水果都吃不完，还用得着上我这里买黄桃？再说，我也不乐意农业局的家属来我这买黄桃，显得我打着领导的旗号似的。"

我听后更加觉得袁三海这条汉子不简单。

那一年的七八月份，我和罗小雯聊天时，嘴里时不时要蹦出"袁三海"三个字。

有一回，她醋意大发，说："榆木疙瘩，我求你以后别再找我了，反正咱妈也不看好咱俩。你找袁三海做女朋友吧。"

"你这不是瞎说吗，袁三海是男的，你又不是没有见过。"

罗小雯来了疯劲儿了，说："男的怎么了，国外这种情况不是很多吗？你就找他做你女朋友吧。"她突然脑洞大开："喂，榆木疙瘩，我知道你俩为啥能成为好基友了，你想想啊，别人做生意卖黄桃是一元钱五斤，而袁三海却偏偏是一元钱七斤，敢情与你交往的，脑子里都缺了一根弦。"

我不怀好意地反问："你脑子里也缺一根弦？"

"是呀！"罗小雯回答，"要不咋处你这个男朋友呢！告诉你，榆木疙瘩，现在许多人都当我没有男朋友呢……"

"燕北市的黄桃，也是一元钱五斤？"我故意把话题往黄桃上扯。

"啥呀，我说的是霁鲂市，咱燕北，一元钱还买不上一斤黄桃呢！"

"哎呀，那我从袁三海手上批发一些，到咱燕北市来卖，一倒腾，不就能大赚一笔吗？"

"你有那个脑子吗？榆木疙瘩，不是我小瞧你，你还是在农业局好好表现吧，等你啥时候当上局长了，然后当上市长了，好调我去当护士长呢。"

"唉，小雯，又要让你失望了，感觉不像当初想象的。"我有些沮丧地说。

"那你赶紧想办法给我回来，一年之内不回来，我指定和你分手！"罗小雯给我下了最后通牒。

又是一个下班时间，我在停车场外侧树荫底下见到袁三海。罗小雯的疑惑就在我的心底泛了起来，便问："在咱霁鲂的市场，别人的黄桃都卖一元钱五斤，你卖一元钱七斤，你做生意咋就不想多赚一点呢？你嫌钱多烫手吗？"

袁三海拍拍我的肩："兄弟呀，一元钱六斤，一元钱七斤，这一车下来撑死了能差多少钱啊？我就是想让大家吃出我袁三海黄桃的好，让更多的人留恋我袁三海黄桃的好！"

"为啥？"我差一点就要问他是不是真的像罗小雯说的，脑子里缺了一根弦。

袁三海的一张黑脸神采飞扬："到明年这个时候，兄弟呀，我就不卖黄桃了，我卖黄桃罐头！"

"卖黄桃罐头？"

"是呀，我要办罐头厂，生产黄桃罐头，到时候，既不是一元钱七斤，也不是一元钱五斤，我半斤的黄桃罐头就卖他五元钱了。"

"三海哥，你果然不是一般的人。"我连连冲袁三海跷大拇指。

那个七八月份，袁三海常常要送我一兜黄桃，说什么也不肯要钱。只是我天分不如罗小雯，我一天顶多吃两个黄桃，超出了这个数牙龈就会上火。

虽然如此，我还是忘不了时不时地向罗小雯炫耀一番。

罗小雯听了，啐了一口唾沫说："榆木疙瘩，你只知道自己吃，就不知道给我买几斤？你快点儿去买！"

"咱燕北又不是买不到黄桃。"

"可我咋也吃不出雾鲂市的那种味道。你快点儿，你现在就去！"

"现在？袁三海早回家啦，你让我上他家去买？你真把他当成我的女朋友啊？明天吧，明天我买五十斤，给你邮去。"

罗小雯咯咯地乐起来，说："你果然是榆木疙瘩，五十斤咋邮，还没等邮到，就烂在道上啦。"

我有了好主意："明天我买一百斤，再把买来的黄桃切开、晒干，到时邮你黄桃干不就成了吗，黄桃干又不会烂在道上。你看看我这脑子，以后可不许再喊我榆木疙瘩了啊……"

"咯咯……你还不是榆木疙瘩！你就不会坐一宿的火车过来？你现在就去买，你现在就去坐火车！"

我是下一个双休日的前夜，坐上发往燕北市的火车的。我一只手提了一个大纸箱，每只纸箱里装了二十五斤大黄桃，除此之外，没有带任何东西。第二天一早，我一个人呼哧带喘地出了燕北市火车站。

罗小雯说好不让我去她家，免得因为我的到来影响了她母亲的好心情，而是让我拎着两只纸箱去第三人民医院妇产科找她。这个星期六，她值的也是早班。

我又倒了两趟公交车才到第三人民医院门口。早上八九点钟的光景，第三人民医院门前比集市还热闹。

正在我刚喘匀气，弯下腰准备一鼓作气把两只纸箱子提到妇产科护士值班室时，有个姑娘跟我打招呼："咦，这不是小俞同学吗，你啥时候回燕北的？哟，给小雯姐捎的啥好东西啊，我瞅瞅，这么大的两只箱子。"

那姑娘叫何雨晴，是罗小雯的闺密，她只比罗小雯小两岁，也是护士，不过不在妇产科，而是在心内科。今天值正常班的她，偏就这么巧地碰上我了。我女朋友的闺密，我提着两箱大黄桃遇见了，有不拿给她几个品尝的道理？我厚着脸皮在医院门前水果店里要了一只塑料袋子，给她装了几只大黄桃，并热情地邀请她有空时去雾鲂转转。除此之外，并没有说其他的话，她也很忙，我们就匆匆地告别了。

那天见了两大箱子黄桃，罗小雯同志喜笑颜开。她自己留了一箱，把另外的一箱分给了当班的同事和两位产妇的家属。当班的同事和两位产妇的家属一边吃着我送来的黄桃，一边啧啧称赞。

那天，我的女朋友本想表现得内敛些，但喜悦这东西就像一汪盈盈的春水，蓄不住了，一波一波地往外涌。我的女朋友的脸皮绷不住，整个早班，她的脸上都是喜滋滋的。

值完早班，是下午三点，我陪着她出了第三人民医院的大门。望着她因喜悦和兴奋而显得有些绯红的脸庞，我期期艾艾地说："小雯，我回燕北了，咋也该去你家拜望拜望叔叔和阿姨吧。如果不去，以后他们知道了，是不是不好？"

罗小雯打了我的手心一下，说："榆木疙瘩，我觉得这次你还是不要去吧。我妈那个人，你不是不知道的，你非得要惹她心口疼？"说完，她掏出手机给我未来的丈母娘打了个电话，"妈，何雨晴让我陪她逛街，暂且就不回家了啊。"

第二天，她还是要陪"何雨晴"逛街。实际上，上午我们跑到了燕北市的开发区，参观了一家刚开业不久的名人蜡像馆。这蜡像做得和真人一般大小，我们各自和各自仰慕、心仪的一些名人合了影。下午我们进了一家也是新开业不久的影城。银幕上，男主角捧起女主角的脸，两张嘴唇慢慢地合到一起，接着鼻梁挤压着鼻梁，两张嘴弄得惊天动地，发出像狗吃食一般的吧唧声。我情不自禁地捧起我女朋友的脸，用舌尖拨开了她的嘴唇，内心七上八下的，生怕罗小雯要和我绝交。

那天，罗小雯送我到燕北市火车站，她泪眼婆娑地嘱咐我："榆木疙瘩，你在霁鲂市一定要好好干，你起点那么高，只有干出成绩了，才能改变我妈对你的偏见。"

可我没法在霁鲂市好好干。因为霁鲂市引进我这个考古学的硕士，只是为了人才工作业绩好看。我一下子明白了为啥霁鲂市要把我这个考古学的硕士分到市农业局，而不是分到市自然博物馆。因为，既然是花瓶，往哪里摆都只是为了好看，我顿悟过来，我待在霁鲂市的时间越长，罗小雯的失望就会越大。于是，我通过网络把自己的简历往燕北市撒、撒、撒……

农业局不需要我考古，成为闲人的我很快找到了上班时间打发时光的好办法——钻资料室。

资料室管理员姓刘，那年五十二岁，是个女的，我喊她刘姐。刘姐凭着二十六年资料室管理员的资历，把自己变成了农业局阅尽世事的老人。阅尽世事的刘姐对自己的职业生涯很满意，她一边做着资料室的管理员，一边学会了编织《毛衣织法花色大全》中的所有花色。

当我来到除了她之外不见一个活人的资料室，给她做伴时，刘姐对我充满感激。她一边和我扯着闲篇，一边编织着毛衣，几根银针就像她的话语似的在手上翻飞自如。没两天，刘姐就主动提出也要帮我织一件毛衣。

为了说明资料室的有趣，有一天，刘姐还向我透露起局里钱副局长升官的秘密。她说着说着，袁三海就浮上了我的心头："有一个卖黄桃的，就是在畜牧服务站门前卖黄桃的摊贩说认识我们局长，不知道是不是就是钱副局长。"

刘姐的手指停止了翻飞，看透世事的她抱着一件织了一半的毛衣坐到我的跟前来："真的吗？一个卖黄桃的？"她压低着嗓门，兴奋得满脸放光。

"那还有假，他亲口跟我说的，只是不知道究竟是不是就是钱副局长，他只说认识我们局领导。"

"局领导好几个了，赵局长、张副局长、杜副局长、钱副局长，到底是哪个呀？"刘姐追着我问，仿佛我就是袁三海似的。

我很惭愧，因为自己和袁三海关系不铁，让真诚的刘姐猜起谜语来。"认识局领导是真的，虽然不知道究竟是哪一位，我和他成了朋友后他才告诉我的，要不然他也不会告诉我。您刚才提到钱副局长，我就猜会不会是钱副局长，不过，也说不定……"我说了一堆废话。

"唔……"刘姐却若有所思地点点头。

这天下班后，我的脚步依然指挥着我的大脑，我就很意外地发现有两位农业局的家属从袁三海那里笑嘻嘻地拎走了几大兜黄桃。后来的日子，有越来越多的农业局家属像发现了新大陆似的，纷纷跑到畜牧服务站停车场前买黄桃，难道说水果基地不出产黄桃了？

和罗小雯聊天时，不知道怎么就聊到了这事。她说："榆木疙瘩，人家袁三海就是想通过你放一个烟幕弹呢！你的脑子真是榆木疙瘩做的。"

"可是，小雯，我们单位的刘姐都看透世事了啊！"我感觉我的脑子真被我的女朋友喊成了榆木疙瘩，许多事在里面绕来绕去的，就是绕不出一个头绪。

"榆木疙瘩，"我的女朋友讥讽我，"连你们单位的刘姐都把世事看透了，只有你依然看不透，我还指望你调我去做护士长呢，看来甭做这个春秋大梦了，你赶紧想办法回燕北吧，榆木疙瘩。"

"十一我就回燕北，回燕北时，我给你带些黄桃干。"

我真就用五十斤黄桃制作了黄桃干，这年的十一，我带着这些黄桃干回到了燕北市。十一前夕，雾鲂市的街头已经找不到新鲜的黄桃了。

虽然是黄桃干，我的女朋友仍然能嚼出雾鲂市的味道来，她具有异乎常人的味蕾。鉴于我事业上的乏善可陈，她也就没有把我回燕北市的消息带给我未来的丈母娘。整个假期，她天天陪着"何雨晴"转遍了燕北市的角角落落。

十一长假结束，我回到雾鲂市，秋凉了，黄桃下市了。袁三海也从我的生活中消失了。

有一天，袁三海像个幽灵似的，突然把电话打到资料室，问我晚上有没有空，他要请我吃晚饭。那时候，我月工资不到1200元，每个月最焦渴的就是如何开源节流，因为我几乎每个月都是月光族。既然找不到开源的渠道，有人能请我吃饭，节节流也是好的。

可是，袁三海为什么要请我吃饭呢？

在一家小饭馆里，显得白净了一些的袁三海说："兄弟啊，哥不是挣了几个钱吗？哥现在也不卖黄桃了，有空了，就想和兄弟一起吃吃饭嘛！"

袁三海的话暖人心，我端起酒杯："三海哥啊，说起来应该我请你才对。"

"为啥？"这回轮到袁三海奇怪了。

"不管咋说，兄弟我现在还是农业局的职工嘛，兄弟也不想混日子，不想钻在资料室……"袁三海那么聪明，还能听不出我的言外之意？

"不管咋说，兄弟还是咱霁鲂市的引进人才呢，兄弟的事就是哥的事，不用兄弟嘱咐的。"袁三海笑嘻嘻的。

泛着泡沫的啤酒杯撞在一起，杯子中的液体像海浪一样欢笑起来。

"三海哥，你能不能给兄弟透个底，你究竟跟我们哪个局领导熟呀。"

啤酒的泡沫花在袁三海的眸子里绽放，五彩缤纷的，瞬间，那啤酒花消失了，袁三海用乌黑的眼珠盯着我说："兄弟，你猜。"

我从钱副局长开始，到赵局长、张副局长猜到杜副局长，把我们农业局的领导猜了一个遍，袁三海都不置可否，脸上依然挂着那副笑嘻嘻的表情。

我生气了："三海哥，还拿兄弟当兄弟吗？连这点实话都不告诉兄弟！"

袁三海咧嘴笑了："就是赵局长嘛，兄弟你提赵局长时，我不是点头了吗？"

"可是你又摇头了啊，我提到钱副局长、杜副局长、张副局长时，你不都点头了吗？你一直在点头，又摇头。"

袁三海嘻嘻地笑起来。

"你真的和我们赵局长熟？"我疑窦丛生地问。

"你看看，哥说了，兄弟又不信。"袁三海和我撞啤酒杯，"不说这个了，兄弟，有些事你知道得越多越不好。来！喝酒！喝酒！"

后来，袁三海又请我喝了三回啤酒。我隐隐地感觉到，袁三海大概有什么事要找我。袁三海能有什么事要找我呢？他不告诉我，他就是让我猜？可他认识我们局长，有事找局长不就好了吗？我无职无权的，何必要找我。我这个脑袋真成榆木疙瘩了，绕来绕去绕不出头绪来。

所以，当他第四次要请我吃饭时，我打开天窗说亮话："三海哥啊，一次一次地吃饭，每次都让你买单，兄弟哪好意思啊，三海哥有啥事吧，有啥事用得着兄弟就吩咐！当然，除了借钱。"说完，我先咧开嘴解嘲。

袁三海又嘻嘻地笑了："兄弟呀，你想多了。哥哪会找你借钱呢。哥就是想交兄弟这个朋友。兄弟一定要问有什么事儿，哥就说个事儿吧，兄弟看看能不能帮着打听一下！"

"三海哥，你说。"

袁三海却说："哥交你可没有啥目的啊，兄弟一定要问，哥就顺便说说了。"

我喝了两杯啤酒，飘飘然起来，大手一挥："三海哥有事就吩咐！"仿佛自己已经做了农业局局长似的。

"其实也没啥事。"袁三海身子往我眼前凑了凑，低声说，"兄弟呀，我听说像我这样办罐头厂的，市里有一笔专项资金扶持，这个扶持资金就归你们农业局审批，兄弟帮我打听打听可有这回事？"

帮袁三海打听这事是可以的，又不违反什么原则。但我还是"嗨"了一声："这事呀，三海哥，你直接问赵局长，不就知道了吗？"

"兄弟，这你就不懂了吧，大事找局长嘛！小事也找局长？局长那么忙，小事也烦他，不好嘛！"袁三海坐正了身子，一副老江湖地说。

"那倒也是！"喝了袁三海四回啤酒，我觉得为他办点事，也是应该的。

第二天，我没有像以往那样去刘姐那里报到，而是钻到农业产业化办公室。了解到的情况是，局里的确有一个农业产业化专项资金管理办法，但只有成为市级重点龙头企业才有资格申报，而袁三海的罐头厂还处在筹备阶段，八字还没一撇，自然不具备申报资格。

我打电话把我了解到的情况告诉了袁三海。袁三海说他知道了，语气里不带一丝失望。他对我表示感谢，说他的罐头厂正在落实厂房占地问题，明年一定会投入生产。

在霁鲂市，袁三海就再也没有请我吃过饭喝过啤酒了，也没有给我打过电话。后来的时光，我忙着调回燕北市的事，也没有主动联系过他。

他再给我打电话时，已经是第二年秋天了，他在电话里告诉我，他的罐头厂已经办起来了。接到他的电话，我很高兴，祝愿他的事业越做越大。我告诉他，我已经离开霁鲂市了。袁三海的声音一点没有改变，仍然是那副笑嘻嘻的语调说："兄弟，我都知道，我要是不知道你的近况，我哪里知道你现在的手机号？"

我立刻想到了资料室的刘姐。我离开霁鲂市，回到我的母校燕北大学，在燕北大学下属的一家校办企业做了副总经理。我们这家校办企业一共只有总经理和副总经理两个人，然而这事，属于家丑不可外扬，霁鲂市农业局的老同事通过刘姐只知道我回燕北市后就坐到了副总经理的宝座，其他的情况根本不知道。听说刘姐常常为霁鲂市留不住我这样的"人才"而可惜。

那天，袁三海在电话里恭喜我高升，说："哥现在忙，过不去啊，哥的罐头厂刚创办起来，千头万绪的，不然一定赶过去为兄弟摆庆祝宴啊。"

我不忘谦虚:"哪里哪里,三海哥忙自己的,咱们兄弟之间,来日方长。"

袁三海啧啧称赞:"兄弟都当上副总经理了,还这么低调。哥为了表示一点心意,邮过去两箱黄桃罐头。兄弟如果觉得好吃,告诉哥一声,以后每年都给兄弟邮,保证供应充足!"

不几天,果然收到了从霁鲂市邮来的黄桃罐头,包装虽然一般,但注册商标、产品标准号、生产许可证等都齐全,生产厂商就叫"霁鲂市三海罐头厂"。

罗小雯一见到霁鲂市的黄桃罐头,两眼冒绿光,打开一瓶,一口气吃完果肉,又一口气喝完汤汁,心满意足地摸着肚子。然后命令我,一箱罐头留在我宿舍,另一箱送到她家。我虽然不明就里,但那时候,非常听话,所以,罗小雯一声吩咐,我扛起就走,也不问为什么。不过只敢扛到她家楼下,就再也不肯上去。因为,这时候,我还处在我未来丈母娘的考察期,她老人家依然对我一百二十分的不满意。

罗小雯杏眼圆睁:"为啥?"

"怕你妈。"

"能吃了你!再说了,有我保护你!能有啥事?"罗小雯的口气软了。

"我倒没啥事,就是怕你妈见了我心口疼。"我委屈地说。

罗小雯搡了我一下:"快点上楼!"我只好扛着一箱黄桃罐头,像小瘪三一样地进了罗小雯家。我未来的岳父戴着老花眼镜，坐在沙发上看报纸，见我蹑手蹑脚地跟着他的女儿进了屋，十分慈祥地说："小俞来啦，咋这么长时间不见你登门啊？"他看见我把一箱黄桃罐头放下来，说："来就来，还带东西做啥？"

我未来的丈母娘冷笑一声，扭头拿起电视遥控器要看电视。

罗小雯指着这一箱黄桃罐头对她妈说："妈，这是小俞的朋友袁三海送来的。妈，我告诉你啊，那个袁三海可了不得了，在霁鲂市开了好大好大一家罐头厂，他自己就是总经理。对了，袁三海还跟小俞说了，他厂里生产的这个黄桃罐头要是觉得好吃就吩咐一声，他立马就从霁鲂市邮几箱过来。"

我未来的丈母娘本来梗着脖子，听了自己的宝贝女儿这么一说，冷峻的脸色舒缓了一丝，把电视遥控器放下了，拍着沙发，示意我可以坐下。到这时候，我才明白了我女朋友的良苦用心。物以类聚，人以群分，想我榆木疙瘩交往的都是公司老总，那我能差到哪里去？

留在我宿舍里的一箱罐头，都被罗小雯一个人吃光了。我说好吃就请袁三海再邮几箱过来。罗小雯却觉得吃霁鲂市的黄桃罐头不如吃燕北市的新鲜黄桃，何况现在燕北市的黄桃也改良品种了。

那天她突然想到一个问题："袁三海干吗要邮你两箱黄桃罐头啊？"

"他不说了嘛，他的罐头厂开始生产了，同时也祝贺我当上公司的副总经理呗！"

"拉倒吧，"罗小雯扑哧笑了，"榆木疙瘩，你别自作多情了，没准啊，人家袁三海想的是，你好歹也是公司的副总，他的工厂刚起步，你们公司就不购买一批黄桃罐头，作为员工的福利？"

"他没跟我说呀。"

"你这个榆木疙瘩！你不记得市场上一元钱五斤黄桃，他却偏卖一元钱七斤的事吗？袁三海的脑子，哪像你这个榆木疙瘩。"罗小雯用手指戳了一下我的脑袋，她总是鄙视我的智商。

没两天，我未来丈母娘醒悟过来了，一箱黄桃被她一股脑儿地扔到了楼下的垃圾箱。我未来的丈母娘对我恨之入骨，她咬牙切齿地对着窗户吼："哼！想拿一箱黄桃罐头就骗取我的信任，骗走我的女儿，连门都没有！"从此，她讨厌黄桃的味道，不再吃黄桃，甚至都不允许黄桃的味道飘进她的家门。

而迷上了黄桃的罗小雯一天三餐，恨不得粥饭不沾，完全靠黄桃度日。这么一说，我又要衷心感谢我未来的丈母娘讨厌黄桃的味道，因为，一到黄桃上市的季节，她的宝贝女儿就不回家了，她要去陪"何雨晴"。我每天到黄桃贩子那里，一买一大兜。我的宿舍里，黄桃妖娆，香味浓郁。罗小雯一边大快朵颐，一边声讨着燕北市的大黄桃这品种是如何改良得不到位，说到底还是不如雾鲂市的香甜，却比雾鲂市的贵，这事上哪里找人说理去。

第二年黄桃上市的季节，我又收到了袁三海的两箱黄桃罐头。我的宿舍里又是桃香浓郁。打死我也不敢再扛一箱黄桃罐头去孝敬罗小雯她妈了。此时，我压根儿就不知道我未来丈母娘家里正发生一件石破天惊的事。

这天，罗小雯带着一身浓郁的桃香回家，对这种味道，我未来的丈母娘却没有表现得深恶痛绝。因为她正在家中号啕大哭。罗小雯一见，忙拧干了一条毛巾递到她妈的眼前。

我未来的岳父退休前做过二十年的米厂厂长。二十年里，他的花花事不少。但我未来的岳母兵来将挡水来土掩，许多花花事都被她的一招一式化解了。偏偏这一年，我未来岳父花花事中的一个主角的女儿结婚。我未来的岳父也去了。去了也就去了，偏偏包了一个远超出普通同事关系的红包。包了也就包了，偏偏保密工作又没有做好，被我未来的岳母发现了。我未来的岳母觉得这里面的经纬编织得太不寻常了，敢情人家一直藕断丝连呢，前尘往事瞬间涌上心头，觉得自己这辈子嫁给我未来的岳父真是亏大了，是瞎了眼了，一时悲从心来，不可断绝……

我未来的丈母娘接过女儿递过来的毛巾，一下子顿悟了："宝贝女儿啊，你跟那个榆木疙瘩好，妈也不反对了。妈终于明白了，找男人就该找个榆木疙瘩，找个懦弱无能的，好驾驭！找个你爸那样的人，一辈子都、都累哇……"没等说完，又悲伤不已，放声号啕起来。

我的岳母，终于同意我和罗小雯同志结婚了。

所以，等到第三年黄桃上市的季节，我们的宝宝已经在他妈妈的肚子里了。为了孩子，我们按揭贷款在燕北市买了一套房子，当时这套房子还处在燕北市的边缘。

收到袁三海的两箱黄桃罐头时，恰好，罗小雯的闺密何雨晴来我们家玩，她要参观我们的新居。

我给何雨晴打开了一瓶黄桃罐头，也给罗小雯打开了一瓶。我老婆的闺密，而且做了无数次我的替身，我也就没把她当外人，颇有些自得地对她说："小何同学，这罐头还是霁鲂市邮来的，别看我在霁鲂市待的时间不长，人缘也还不差，这么多年，还是有人惦记嘛。"

何雨晴一边品尝着我递给她的罐头一边恭维我："小俞同学帅气又有才，人又好呀！"她也不忘恭维罗小雯："小雯姐，我好羡慕你哦。"

"是吗？"罗小雯开玩笑，"喜欢你就拿去。"

"小雯姐说好了啊。不过呢，你家的榆木疙瘩是个大活人，又不是一个大黄桃，哪能说拿去就拿去的。"何雨晴嬉笑道。何雨晴已经有男朋友了，男朋友是位高大帅气的远洋船员。船员一年有半年时间和何雨晴腻在一起，另外的半年时间要出海，把何雨晴一个人晾在燕北。

"你啥时吃过霁鲂市新鲜的大黄桃呀？"罗小雯不动声色地问她的闺密。

何雨晴没心没肺地说："啥时呀？不就是那年你家榆木疙瘩捎回来的吗？对不对，小俞同学？"

我心里暗暗叫苦，那年拎两箱大黄桃回燕北市看罗小雯，在第三人民医院门口，我遇见了何雨晴，给她拿了几个黄桃。当时我是觉得没有这个必要，告诉了罗小雯反而会引起她的误解。再说，罗小雯不是分给同事了吗，她能不分给闺密何雨晴吗？她们两个好得像一个人似的。我提醒罗小雯："当时你不是自己留了一箱，另一箱分给同事了吗？"

"哦——是有这回事，瞧我这脑子，都得健忘症了。"罗小雯自嘲地说。

这天，她们俩闺密边吃边聊，一人面前堆了三只罐头瓶子。何雨晴走后，罗小雯收拾着空罐头瓶子问我："世上哪有无缘无故的爱，俞副总，你白吃了人家袁三海好几年的黄桃罐头，就不考虑购买一批发给贵公司的员工？"

"发给谁呢！总经理都跑路了。"这时候，我们的总经理已经好几个月不见人影，我们这家校办企业已经资不抵债了。我正在办理调动手续，打算调往燕北大学后勤处。

"今年你再不买，明年就收不到袁三海的黄桃罐头了，凭啥啊，人家送你三年黄桃罐头了，也不见你买一箱，你也不想想？"罗小雯朝我直撇嘴。

"不邮就不邮嘛。正好我还想打电话告诉他别邮了，不邮正好免得我打电话。"

"为啥告诉人家不邮？"

"不是不能白吃人家的东西嘛！"

"啥人啊，还以兄弟相称呢！"罗小雯贬损我。

我想袁三海明年哪能不邮我黄桃罐头呢。回想我们俩相识，都是在人生低谷的时候，也算得上患难之交了，现在他发达了，一年送我两箱黄桃罐头，对于一个公司来说，算啥。

然而，第四年早过了往年收到黄桃罐头的日子，我们依然不见袁三海的黄桃罐头。罗小雯虽然早有预感，但还是用奇怪的语气问我。

　　我愣了片刻，也说："是呀，咋没收到袁三海的罐头呢？"

　　"你送给何雨晴了吧？"罗小雯不怀好意地问。

　　"送给她干吗？"我不解。

　　"人家喜欢吃霁鲂市的黄桃罐头嘛！人家也吃过霁鲂市的新鲜大黄桃嘛！"罗小雯冷笑着。

　　"不是有一箱你分给同事了吗？"我心里发虚。

　　"好你个榆木疙瘩，"罗小雯发起飙来，"那箱黄桃我只分给妇产科的同事了，我啥时候送到他们内科去的？你表面上看着挺老实的，没想到你一直暗度陈仓，花花肠子那么绕，呜呜……"她竟然哭了起来。

　　"她不是你的闺密吗？她就是那么随口说说的，她哪里吃过霁鲂市的新鲜大黄桃。即使吃过霁鲂市的大黄桃，也不一定就是我送的。"事情发展到这种地步，打死我，我也不会提那天早上分给了何雨晴几个大黄桃的事。

　　"你确实没有分给她？"罗小雯抹了抹眼角的泪。

　　"我啥时候分给她了？"我反问。

　　"你没分给她，那天在我们家，提到霁鲂市的大黄桃，你朝她使眼色干啥？"

　　"我没有使眼色啊。"我装糊涂。

　　"你撒谎，我看得明明白白的，何雨晴提到霁鲂市的大黄桃，你就使劲地眨眼睛，"罗小雯喊道，"你以为我眼瞎啊，那天我是给你一个面子，不想揭破而已，不想让你俩下不了台而已。"

"哦，是吗？我眨眼了吗？也许当时眼睛被迷了呢。"我心虚起来。

"你眼睛被迷了？好，我权当你眼睛被迷了。"罗小雯朝我直撇嘴，"你再说说，你今年真的没收到袁三海的黄桃罐头？"

"真的没收到！去年你不就预测到了吗？"

"真的没送给何雨晴？"

我愤怒了。婚后这几年，她总怀疑我和她的闺密有染。其实，除了那天早上分她大黄桃，后来都是在我们家里见的何雨晴。唯独的一次，她来我们家找罗小雯，罗小雯在商场购物，晚回来一会儿，我又不能不接待她。我告诉了她，她无数次当了我替身的趣事。何雨晴笑得花枝乱颤。除此之外，我们一次也没有独处过。但罗小雯从我岳母身上遗传了一种能耐，愣是能看出何雨晴见我的眼神不对，说话的腔调不对，看出许多平常人看不出来的东西。

"没收到就没收到嘛，一箱黄桃罐头才多少钱，想吃我们买就是了！"罗小雯见我愤怒了，莞尔一笑，反而安慰我起来。

"喜欢吃，买就是了，又不是燕窝海参。"夫妻吵架，要借坡下驴，我的怒气也就渐渐消散了。

"那还不如买新鲜的黄桃呢。你不是常说和那个袁三海是啥患难之交吗？这就是你们的患难之交？"她见我怒气消了，又对我冷嘲热讽起来。

我始终怀疑这一年没有收到袁三海的黄桃罐头，可能是物流环节出了问题。然而，这之后的第二年、第三年我们也没有收到袁三海邮来的黄桃罐头了，我终于相信罗小雯的判断了。

袁三海原本就是一个扑朔迷离的人！

随着岁月的流逝，霁鲂市留在我记忆里的印迹越来越淡、越来越淡，渐渐地，我就忘了袁三海。

谁知过了这么多年，今天因为黄桃，罗小雯又提起了袁三海，说明霁鲂市的大黄桃在她的记忆里依然深刻着呢。

罗小雯扔下第六个桃核后，冲着我说："俞副处长，你现在大小也是一个后勤处的副处长了，你就和你的患难之交联系一下嘛。中秋节马上到了，你们学校的职工不发福利吗，你就买他一批罐头嘛！白吃了人家好几年黄桃，也不知道买人家一箱，你是一个不知道感恩的家伙！要不，我妈怎么说你是只白眼狼呢。"

"我咋是只白眼狼了？护士长！"我怨恨地问。两年前，中年罗小雯终于荣升第三人民医院妇产科护士长了。

"你想啊，我爸做过千人米厂的书记，难免有点花花事。你一个后勤处的副处长，管不了五六个人，你也搞花花事！"

"我哪有？"我气急败坏了。

"是吗？"罗小雯冷笑着说，"你和何雨晴，你俩怎么互称同学？来，快点告诉我，你俩是哪里的同学？"

"那不过就是开开玩笑嘛，一种亲近的称呼而已！"

"是吗？一种亲近的称呼是吧，亲近到啥程度？"罗小雯咬牙切齿地说，"我就很奇怪，何雨晴咋连我们家卧室窗帘和被套的颜色都知道的？"

"她不是你闺密吗？她不是来过咱家吗？"

"可我没领她进过咱卧室啊，一次也没有领过。"罗小雯信誓旦旦地说。

"那也许卧室的门没关，人家瞟了一眼；也许你聊天时无意中说过，言者无心，听者有意。"我压制着怒火解释。

"那人家为啥要听者有意呢？人家那么关心我们家的情况干啥？哦，对了，人家的老公有半年时间不在家……"

"你这话是啥意思？"我气得七窍生烟，差一点暴跳如雷了，"我可没有去过她家。"

罗小雯咯咯地笑了，说："榆木疙瘩，我就喜欢看你恼羞成怒的样子。有就有，没有就没有嘛。你要和她好，我也支持，她毕竟是我闺密嘛。现在，翻开另一篇，说说给你们学校的职工发福利的事吧。"

"我一个小小的后勤处副处长能有啥权力？再说中秋发啥福利，那得打报告到分管后勤的副校长那里签字。"我讷讷地说。

罗小雯换成一副恨铁不成钢的语气："你就向分管副校长打报告嘛，你向分管副校长建议嘛，你不能总是仰人鼻息吧。你白吃了人家袁三海好几年的黄桃罐头，你咋就不想想人家袁三海凭啥要白送你罐头，你凭啥可以心安理得地白吃人家的黄桃罐头！"

"我不都是送给你吃了，我哪白吃了？"我口齿伶俐起来，"你就是想吃霁鲂市的黄桃了，却找个好崇高的理由。"

"是呀，就是想吃呀，霁鲂市的黄桃好吃嘛！要不然何雨晴咋也喜欢上了黄桃？"罗小雯笑嘻嘻地说。

"你不用那么瞅我，她和我半毛钱的关系都没有。"我嘟囔，"你为啥要时不时领她来咱家呀？"

"来咱家，我可没说要请她吃黄桃啊，是你迫不及待地打开黄桃罐头！你咋那样迫不及待？你就知道人家爱吃黄桃！"

"啊哟喂！"我觉得她实在不可理喻。

"榆木疙瘩，你说我咋越来越看不懂你了呢！"

"我也是越来越看不懂你了。我们是夫妻，我说的话你都不信，我咋觉得你越来越像咱妈了！"

"我妈咋了？"

"你妈没咋！"

"我无法不相信自己的感觉。告诉你，我的感觉可准了，你甭想欺骗它。"

我不和罗小雯争论了，婚后这么多年，她越来越胡搅蛮缠起来。

我试试向副校长打个报告，这个中秋，给全校教职员工发些霁鲂市的黄桃罐头。认识我的人，都知道我家有个"黄桃大王"，我要是进一批黄桃罐头做福利，别人不会产生一些联想？再说，我还有一个后勤处长这个顶头上司呢，他最讨厌各种罐头食品，我绕不过他去！

可是白吃了人家好几年的黄桃罐头，一箱也不买，的确说不过去，也该和人家袁三海联系一下了，哪怕说一句感谢的话。

我在手机上翻找袁三海的电话，翻不到。这些年手机换了好几部，袁三海的手机号码说不准是被我删了。不管怎么说，这表明我和袁三海早已相忘于江湖。

该联系联系啦，这一回，我千方百计要找到他的电话。其实不用千方百计，现在要想联系上谁，没有想象的那么难。

这些年，我的手机虽然换了好几部，但旧手机一部都没丢。

不丢旧手机是我的主意，当时罗小雯还牢骚满腹，觉得自己怎么找了一个守财奴，连一堆破烂玩意儿都舍不得扔，难不成考古学的硕士还要在没有两年历史的破烂玩意儿里考古？这是她情绪好的时候。情绪不好的时候，医务工作者罗小雯还拿出一把解剖刀对我的灵魂进行剖析，她能从我的守财奴的性格解析到后天养成，又从后天养成解析到我的出身。我家三代贫农，骨子里永远带着乡下人抠门、小气、斤斤计较的基因，别说扔进黄河，扔到松花江、长江都洗不清的。

有一回她又翻出一堆破烂手机，提出当垃圾扔掉时，我慷慨地说："扔吧，都是一些破烂玩意，碍了您老人家的眼，扔掉吧！统统扔掉吧！"

罗小雯"咦"了一声，盯着我说："榆木疙瘩，你今天吃错药了？你不心疼了？"

"你扔吧，你扔，我心疼干吗？不过，罗护士长，你觉得一扔就万事大吉了吗？"

"怎么啦？"罗小雯狐疑地盯着我，"都格式化啦，都恢复出厂设置啦……"

"哼！天真！你以为把手机格式化了、恢复出厂设置了就万事大吉啦，被人捡了去，一个软件，就能把你手机里的短信、通信录、软件等所有数据全部恢复。就连支付账号、信用卡信息，都可以还原。"我出了一口粗气，冷笑着说。

罗小雯吓了一跳，仰起一张三十多岁却充满天真无邪表情的脸问："真的吗？"

我回了一句："还煮的呢！"

她吓了一跳："那你还是攒着吧，榆木疙瘩。"

就这样，我家的这些旧手机才得以保存下来，都统统装在一只纸箱子里，这么多年过来，攒了二十多部了，看看品牌，什么摩托罗拉、诺基亚、索爱、三星、小米、华为……琳琅满目的，简直是一部当代手机发展史。

我从三星手机里找到袁三海的手机号，打过去，打不通！是空号！袁三海换手机号了？袁三海换手机号了，怎么都不告诉我呢！回到燕北市后，我可从没有换过手机号啊。

罗小雯嘲讽地说："你又不和人家联系，人家换号干吗告诉你！"

我决定不能气馁，要继续联系袁三海。网络时代，袁三海不告诉我新手机号也不怕，我记得袁三海那个厂名，在搜索引擎上输入"雾鲂市三海罐头厂"，谁知网页上找不到三海罐头厂，却弹出了一个"霁鲂市三海食品有限公司"的链接，呵！原来三海罐头厂变成三海食品有限公司啦。从公司网站上看，不但做黄桃罐头，还做梨罐头、山楂罐头、草莓罐头、菠萝罐头……这几年，袁三海这小子是干大发了。

苟富贵，勿相忘，这小子乍富，就忘乎所以了，就不和我联系了！

网页上有电话，向袁三海兴师问罪是分分钟的事儿。那是个座机号，打过去，通了。一个女人接的电话，带着霁鲂市口音的普通话："你好，这里是三海食品有限公司，请问你要订购……"

隔了许多年的时光，听到霁鲂市的口音，我竟有点兴奋，大声且满怀喜悦地说："我不买罐头，我找袁三海啊！"

"你找谁？"她竟没有听懂我的话。

"袁三海啊！我找袁三海！"我加重了语气，这个女子不懂事，你们公司有几个袁三海？找你公司一把手都听不出来？

"你找我们家老袁，你干吗打这个电话！"女子不满地反问。

"我们家老袁"，这么说她是袁三海的妻子？是新娶的？还是复婚的？我在电话里不方便问："啊，他不是换手机号码了吗，对了，你是嫂子吧？你把他的手机号或者办公室电话号码告诉我也行。"

"老袁的电话可不能随便给别人！"女子盘问，"你是做什么的！"

"我是袁三海的朋友，我以前在霁鲂市工作过，在霁鲂市农业局。"我心里有点不悦。

"你是我们老袁的朋友，咋连他的手机号都没有呢？"

"以前有，可是现在，他不是换号了吗？"我解释，只觉得心头有股火在往上蹿。

"你是我们老袁的朋友，我们老袁换了手机号咋不告诉你呢，你是他啥朋友？"

我突然觉得十分无趣，迅速地挂断了电话。

罗小雯"咯咯……"笑起来，她一直在静静地等着看我的笑话。她那懒猫一样的身子离开了沙发，站了起来，一边抚摸着吃得滚圆的肚子，一边放肆地笑着，笑声里全是黄桃的味道。

"我讨厌黄桃的味道。"我愤怒地说。

"你讨厌我？你喜欢何雨晴！"罗小雯又发飙了，"我爸做过千人米厂的厂长，你一个榆木疙瘩，一个只管五六个人的副处长也绕花花肠子？"

"我并没有讨厌你，我只是说讨厌黄桃的味道。再说了，何雨晴的身上不也是这种味道吗？"

说完，我想扇自己两个嘴巴，我怎么自己把话题绕到何雨晴身上来了。

"好嘛，我还说你是个榆木疙瘩！你连她身上是什么味道都知道了！"罗小雯气急败坏，呜呜地哭起来。

一棵叫爱情的树

　　他在写一个故事，故事的开头像一个童话。也许他就是在写一个童话。他在起笔写开头的时候，还不知道自己写的故事最终如何结尾，是不是童话。他是一个理科生，从来没想过自己有一天要虚构一个故事，他总觉得虚构故事是那些作家——职业虚构者的事。可现在他竟然也动笔了，是恋爱季的激情刺激得他文采飞扬、文思泉涌？可中年的他按照道理来说，早过了恋爱季的年龄。

　　有一年的秋天，阳光与往年的金黄色不同，是杏黄色的，如经霜后的银杏叶那么清爽、柔和、晶莹剔透，杏黄色的阳光像流水一般，漫进稻田、漫进溪流、漫到山冈，也漫到山冈上的一棵梧桐树上。梧桐树上的叶子有的绿中带黄，有的已经橙黄，有的成了干枯的褐色，有的已经开始飘落了，远远看去，圆圆的树冠五彩缤纷。

故事当然不是发生在这棵树的叶子上，他把笔墨往这棵树的种子上铺排。一棵树上有无数颗球形的果实，这些果实原本是青色的，可是在秋阳的爱恋下，青色的果实已经变成了褐色，有的已经裂开了口。他把镜头聚焦到一颗果实上，而且透过果荚，把镜头聚焦在果荚里的两粒种子上，一粒被他称作"他"，一粒被他称作"她"。所以，从故事的开头来看，就很有几分童话的色彩。

他们是这颗果荚里挨得最近、挤得最密的两粒种子，从夏到秋，早已熟悉了彼此的心跳、彼此的呼吸、彼此的悲喜……他们是两粒从青涩走向成熟的种子。

原野里，风也穿着杏黄色的斗篷，也许是风染上了秋阳的颜色。风是位殷勤的信使，不停地把稻子成熟了的气息、把高粱成熟了的气息、把甜瓜成熟了的气息带过来。

那种种熟透了的气息，仿佛是在一阵一阵地催促他们，离开枝头的时刻即将到来。刚进入秋天，在一只果荚都没有裂口时，一树的种子就已经开始议论成熟的时刻了，他们七嘴八舌、叽叽喳喳，议论中有期盼、有惶恐、有欢快、有悲伤……他们的声音哗啦哗啦的，伴随在风声里。他和她是憧憬着这一刻到来的，他和她每一天都在讨论着这即将到来的一刻。成熟的诱惑让他们的话语中充盈着激动、兴奋、喜悦……

当然也有不安，偶尔还会有一丝伤感。这天，也许是受到别的种子感伤语调的影响吧，她突然对他说："那天到来的时候，我们都会被风吹散的。即使幸运之神伴随，都能落地生根，但你会变成你的树，我会变成我的树，再想这样挤挤挨挨在一起，是不可能的了……"她垂下了睫毛，眼角分明沁出两滴晶莹的泪珠。

　　他的心紧紧地收缩了一下，他懂得了揪心的滋味。她的担忧，是他不曾想过的，暂且不提能否落地生根吧，如果风把他们吹散，此生能否相见都是未知，原来他和她的厮守只剩下了几分几秒的时光。想到这里，他也悲哀起来。可是他不想让自己的情绪感染了她，让她更加悲伤不已。而且在内心深处，他还是一粒阳光的种子，那丝揪心，只是一朵突然游荡进心灵的乌云，很快被阳光扯成丝丝缕缕，所以，他说："风是不可能把我们吹得相隔太远的，即使你想和我远隔千山万水，风也做不到啊，风没有这个能力！等到明年春天，我们落地生根，我就会和你生长在一起，你长我也长，我们就厮守在这个山冈上，一生一世。"

　　"一言为定！"他的阳光感染了她，她喜悦地说，"如果这样真是太好了！我多么希望能和你永远在一起，我们一起长成大树，叶相触于云中，根相握于地下，永远也不分离。生许许多多颗种子。"一树的果实偷听了他们的话，个个咧开了大口。风偷听了他们的话，笑得在山冈上打了个滚，然后把他们的情话散布得满山遍野。这个秋天，原野里处处洋溢着甜蜜爱情的气息。

故事的开头写完了。写这个开头时，还是大四时的春天。春天的底色是绿色的，绿色的底色上，缤纷的花朵次第开放。而在他的脑海中总觉得春天的底色也是一片杏黄，那是去年秋天烙进他脑子里的颜色。这杏黄像她一样的清爽、明快、妩媚。无论春夏秋冬，她总有一套杏黄色的衣服，衬托着她如新鲜荔枝果肉一样颜色的肌肤和乌黑的头发，这种颜色，让他的心充满了亢奋，他就把杏黄当成了世上最美的颜色。去年的秋天，也是他们相恋的季节。

再有短短的两个月，就要各奔前程了。他考上了军校的研究生，军校在湘水之滨。而她的前程在南京，她在南京的姐姐已为她铺平了道路。他们相约，等他研究生毕业了，就去南京，或者她去他的城市。研究生只有短暂的三年，何况湘水也属于长江支流。"我住长江头，君住长江尾。日日思君不见君，共饮长江水。此水几时休，此恨何时已。只愿君心似我心，定不负相思意。"

他不用找工作，所以大四这年春天，就有了一份编写故事的闲心。她能不知道吗？其实他写的还是一封情书，只不过披上了故事的外壳，他要借这个故事的外壳向她表达爱情的忠贞，而且读者只会是她一个人。这个学理科的男孩，为了自己，生出这般细腻委婉的情怀，好浪漫、好傻、好可爱。"我愿意等你，等你毕业了，我们就永远在一起，一生一世，一辈子。"她发誓。这样的"一辈子"，两个人都承诺过无数遍了，这无数遍的承诺为两个人的爱情套上了坚固的果壳，仿佛永远坚不可摧、牢不可破。

毕业的时间是六月末，在火车站吻别后，一个去了长沙，一个去了南京。相思虽苦，但他记得她纷纷滚落的眼泪，她记得他久久不愿松开的拥抱，相思就有了许多甜蜜的味道。他在鸿雁传书之余，还在继续完成着他的故事。她也很关注那个故事的进展，因为故事中有她的影子。

分别的那一刻来了。是她先离开枝头的，她在离开果荚的那一刻，不忘转身嘱咐他："瞅准我飘落到哪里，你就往哪里飘落……"

他朝她点了点头，随之他就看见杏黄色的风拉起她的胳膊，她像一只小小的飞艇似的，她飘落的地点其实并不远，不过三丈开外的两块石头之间。两块石头之间没有任何高大或矮小的树木，只有鲜美的小草和肥沃的土壤，这是适合种子生长的地方。他看见她在落地之前，朝他幸福地眨了眨眼，就羞涩地钻进土壤中了。

他那颗激动的心啊也跟随着她钻进了那片土壤，此刻他的身子也离了枝头，他努力地调整方向朝着她的地方飘落。他仿佛看见了未来，他们长成了一株连体树。即使未来不是一株连体树，那就相挨在一起，长得比她高大壮实一些吧，可以为她遮挡一生的风雨……

故事里的"一生"仍然坚不可摧，故事里的"一生"仍然是个最美的词汇。他做梦也不会想到，在他初恋的晨光里，"一生"原来可以缩短成两年来表达。

她的父母生活在遥远的乡下，她和姐姐生活在南京，从某种意义上说，在南京这座大城市里，她和姐姐相依为命。若干年前，她的父母就成为家乡人的骄傲，两个女儿不但如花似玉，而且都考上了重点大学。五年前，财经大学毕业的姐姐，进了南京的一家银行工作。努力上进的姐姐，现在已经做到了营业部的负责人，凭借着人脉资源，把妹妹安排进了一家前身是政府职能部门下属单位的国企。妹妹的前程渐渐在姐姐的眼前打开，那灿烂的图景本来就是一片锦绣，做姐姐的却仍然希望为妹妹在这片锦绣上绣一朵靓丽的花。

工作才半年，姐姐就要给她介绍男朋友，她一口拒绝。她当然不会同意，她已经有了海誓山盟的男朋友，她有些羞涩却很认真地把他的情况告诉了姐姐。姐姐虽然有些失落，一次一次地询问了他的情况后，姐姐并没有勉强她。姐姐对自己的婚姻状况都心存怀疑，姐夫是工作狂，当警察的，不顾家。

姐姐介绍的男孩各方面条件都优越些，那时候，"高富帅"这个词尚未兴起，若干年后才成为网络流行语。她回忆当年姐姐介绍的那个男孩，她想他的确配得上"高富帅"这个词。当时，他在某区国投公司旗下，正率领着十六个人的团队。这个男孩的谈吐和儒雅气派让她对他有了好感，心动还谈不上。

这个男孩毕竟比在长沙的那个他出现得晚了。她把姐姐的安排，当作人生的一个小小插曲，小小插曲不会在心底留存，只会储藏在记忆的存条里，若不是分别的第一年，在长沙的他居然忘了她的生日，存条里的记忆一定不会闪现出来的。

他居然就忘了她的生日，这么重要的日子，再忙都不是理由，再忙都不应该。此时的姐姐不再犹疑，她老谋深算地对妹妹说，这回一定不能原谅他，绝对不能原谅他！原谅这种东西，有了第一次，就会有第二次。如果你就这么轻易地原谅了他，你在他心中的分量就会越来越轻。姐姐没有见过那个在长沙的男孩，姐姐不可能对他有什么成见，姐姐只是对在长沙的男孩将来可能要从事的职业有成见。"别说忘掉生日，连家都顾不上的，你是决心嫁给他，还是决心嫁给他的工作？"姐姐正准备和姐夫离婚。

她觉得姐姐有些矫情，男人一心扑在工作上有什么不好，一心扑在工作上并不代表就不关爱家庭，一心扑在工作上代表他有上进心。虽然如此，但她也不肯就这么轻易原谅他忘记自己的生日，她决心要好好地报复他一下，让他感到紧张。于是，记忆存条里的那个小插曲闪现了出来，她生气但却带着笑说，你忘掉了，可有人没忘记，追我的人一个排，个个条件比你强多了，告诉你！他哈哈笑起来，他说除了我会娶你，还有谁敢娶你这样的傻丫头？他太自信了，她觉得自己该刺激得他深一些，于是报复性地提了记忆存条中的那个"高富帅"。

他在长沙听了，知道她不是在开玩笑，就觉得心被一根针刺了一下，又刺了一下，虽然只刺了两下，但滴出的血能连成串。他质问，我们不都发过誓吗？难道那些誓言只是儿戏？她的心软了，软成了一摊泥，但她仍然咬着牙说，谁让你一点也不在意我！他解释是为了完成一个紧急的科研项目，那一周都没日没夜的，他并非是要有意如此，他发誓此生再也不会发生这样的事。他说，为了弥补这次的重大错误，我愿意一生做你的牛和马来补偿。他学着牛叫，学着马叫。她想笑，却紧咬着牙关。他说他这个周末就从长沙来南京，好好陪她，如果不来，他就是小狗；如果不来，她以后可以不理他。他又学着小狗汪汪叫了两声，她忍不住扑哧一声笑了。她相信了他，这一关就算过去了。

谁知，他又爽约了。这个周六，军校特意安排一场抢险救灾的实兵演练，任何人不得请假，他只好又请求她原谅了。她也不是一位不通情理的姑娘，没有像上次那样为他设置了一道难以逾越的关隘，但她的心里总有一丝隐隐的不快。聪明的姐姐看在眼里，于是精心设置了一场饭局，若干人中又见到了那个记忆存条中的男孩。正想冲出婚姻牢笼的姐姐也不是要妹妹立即和长沙的男友一刀两断，她想让妹妹多见见世面，不要局限于自己狭小的天地，当然也包括情感。

这第二次的见面就像秋阳为她从前坚不可摧的爱情果壳打开了一丝裂缝。她感到了害怕，她想竭力堵住这丝裂缝。可是身边的这个男孩是个暖男，他的精心相约，他无微不至的呵护，让她的竭力越来越虚弱无力，这爱情果壳的裂缝越来越大、越来越大，以至于最终裂成两瓣。

那一年，微信时代还没有到来，"E-mail"正在大行其道。但她还是用笔给他写了一封长长的共有七页的书信。因为她觉得这是一篇祭文，祭奠她的初恋，祭奠她逝去的两年韶华，而杀死这场初恋的刽子手正是她自己，所以她祈求他忘了自己，祝愿他幸福。

他在湘水之滨打开这封长长的书信，满腹狐疑。他已经察觉到了近来她的冷淡，他猜到这是一封不同寻常的书信，但他没有想到这是一篇初恋的祭文。读完第一遍，他不相信这是真的，也许她又是在使小性子。军校管理严格，不准轻易请假。但他打算这个周末，无论如何都要把假请下来，去南京陪她两天，他想立刻听到她的声音。但她不接他的电话，拨打了无数遍，都不接。她是有意不接。

他不甘心地重读了这封书信，内心中仍然存有一丝希冀，也许她还是在考验他。他又拨打电话，这回电话通了。他语无伦次地说，我知道你是跟我开玩笑的，这样的玩笑可不能轻易开。电话那头却是她姐姐的声音。姐姐说，我妹妹不是和你开玩笑，我也知道你现在的痛苦，可是长痛不如短痛，我妹妹现在也很痛苦，请你不要再来电话让她更加痛苦，好吗？

他第三遍读了这封书信，发现最后三页有许多字被洇湿过，他不知道这是她的泪，还是自己的泪。他想起了毕业时，在火车站分别的那一刻，她情不自禁地扑到他的怀里，珠泪滚滚，打湿了他的衣襟，那种温热的感觉一直还在。但那一次的泪是为爱而流的，这一次的泪是为不爱而流的。

信的结尾说，如果将来有可能，她希望再读他写的故事。

这个晚上，他一个人携带着那封书信和一瓶烈酒来到橘子洲头，书信一页页展开又读了一遍，然后撕得粉碎，他手一扬，碎片飘进湘水，随着波光一片一片地飘远，不知最终能飘到哪里去，他想起了那首"我住长江头，君住长江尾"的诗来，更觉得每一个闪烁的波光里都是关于她的记忆，山盟海誓的声音从微风中传来，已然是前尘往事。他举起酒瓶，一口气喝干了瓶中的烈酒，后来，就醉卧在橘子洲头。

后来，再拨她的手机，就成了空号，他断了去南京找她的念头。尝试着给她发了几封"E-mail"，她一封都没回。

那时候的她也不是想和他断了联系，只是不想马上和他联系，她在决然地邮出那封信后，内心却充盈起羞惭和慌乱。她不敢接他的电话，他的电话一遍遍响起，让她像一只雏鸟一样一次次茫然无措。姐姐毫不犹豫地换掉了她的手机卡，新的手机号让她觉得现在的自己和从前的自己隔了两个世界。

这是他心情最为沮丧的一段时间，有两天，他精神萎靡，不想吃不想喝。有两天，他又亢奋起来，还当起了诗人，作了几首关于"死呀""活呀"的诗。应该说，他是一个内心强大、自我修复伤痛能力极强的人，不等队干部找他谈话，他就精神焕发起来，把那几首"死呀""活呀"的诗删得一干二净。只是，还没有忘记那个故事，空闲的时候，故事还在继续。

他没能飘进她的身旁。最终没能飘进她的身旁与诚信无关，与背叛无关，而是和不能把握自己的命运有关。他的命运掌握在秋风的手里，掌握在小鸟的嘴里。秋风披着杏黄的斗篷，像个顽劣的少年，明明偷听了他们的情话，却偏要来一场恶作剧，让他们今生不能相聚。

就在他眼看着就要飘到她的身旁时，秋风又吹起了他。秋风把他丢到小溪，看他像一只小艇似的在旋涡里打转，在溪水里挣扎，又看他不可逆地漂过了山冈，漂过了田野……秋风觉得他的样子真是好玩极了，秋风疯够了，就打了一个呼哨去搞别的恶作剧去了。

有只小鸟是秋风的兄弟，整个秋天，它与秋风一起疯狂，一起恶作剧。在溪水的尽头，在秋风疯够了的地方，它衔起了他。它不听他的哀求，带着他一起追逐着秋风的斗篷，那件杏黄色的斗篷忽左忽右，忽上忽下。追过了山冈、追过了村庄、追过了城市……追了好远好远，疯够了的秋风看见了冬天的身影，它瞬间消失得无影无踪。那只鸟儿也累了，它为失去秋风而失魂落魄，衔在嘴中的那粒种子就在它失魂落魄的那一刻，飘飘荡荡地跌落进尘埃中。

跌落尘埃中的他感觉自己进了地狱，那么，此生已经暗无天日，生命中也不可能再透进一丝亮光了。他只是一粒种子，既然不能决定自己最终落到哪里，也就无法改变自己的生存状态，他只能浑浑噩噩地想到自己的生命会在某一个浑浑噩噩的时刻终结。

这段故事断断续续的，花费了他好些空闲的时间。可是写到这里，他不能再让这个故事往下继续了。双休日，一位穿着长袖蓝底红花连衣裙的姑娘飘进了他的宿舍。这位姑娘比南京的她要矮一些，但也瘦弱一些，脖颈白皙而修长，嘴巴较大，赶不上南京的她美。他不甘心，不过出于礼貌，他也没有表现得那么决绝。然而，这位姑娘长着一双会说话的大眼睛，这双大眼睛一张开就能洞穿他心底的一切秘密。她不问他的往事，嘴角挂着浅浅的却是稳操胜券的笑，不用和他商量，拉起他的手，像一阵风似的，把他拉到了长沙的街头。

　　他本来以为失恋是件非常个人、非常隐秘的事，却没想到秘密原来都写在他的脸上，只是大家都不愿捅破糊满他尊严的窗户纸而已。队干部觉得不能让他颓废下去，决定找他谈谈话时，他却已经自我修复了伤痛，于是，这场捅破窗户纸的谈话也就没有进行。但热情的长沙，让他的身边环绕着的都是热心肠的人，那位穿着长袖蓝底红花连衣裙的姑娘就这样飘到了他的身边。

　　湘水长长，湘女多情。他发现自己的审美产生了偏差，因为他越来越觉得这位长沙姑娘其实比在南京的她长得美，无论是身材，还是他当初觉得长得大了一些的嘴。长沙的女子嘴角常常微微翘起，他觉得她有点像电影《非诚勿扰》里的舒淇，他最初的一丝排斥早就化成了一摊泥，融化在她的滚滚热潮里。毕业后，她就理所当然地成了他的妻子。她在长沙市区，他却进了秦岭山区，一直在大山里面待了十五年。

十五年后，他打算脱下军装回长沙，因为他的妻子带着儿子在长沙，一直盼着家的团圆。报告获得批准，然后告别、欢送提上了议事日程。他在收拾这十五年积攒的东西时，翻出了许多年前写的那个童话故事。

故事是用 A4 纸打印的，一共才两页，对折后夹在一本旧书的中间，许多年过去了，书和 A4 纸都泛黄了。当初为什么要把故事打印到 A4 纸上？哦，想起来了，她说过希望能读完他写的故事，原话应该是这么说的，那他是打算保存起来以便以后完成这个故事，或者是打算打印出来邮寄给她？为什么不用 E—mail 呢？哦，想起来了，给她发了好几封 E-mail 也不见她回个只言片语，她是一个绝情的人。

他轻轻地摇了一下头，想了一会儿，这会儿心里风平浪静的，没有当初那种痛彻心扉的感觉。可是后来怎么就没有邮寄呢？后来，一直没有和她联系，也不想和她联系。因为自己的另一半天空已经被妻子占得满满的了。

人真是个奇怪的动物，当初失恋时，简直以为天空都要坍塌了，世界末日已经来临，谁知过不了几天，以为就要坍塌的天空依然天高云淡、流云舒卷，世界也依然安好，看不到未来的尽头。他笑了笑，这笑里有自嘲，也有些感叹的意味。

索性坐下来，展开这两页纸，泛黄的纸片铺展开来，他的眼前慢慢地又出现了那个被杏黄色笼罩着的秋天。故事没有写完，还要不要往下写，他还没想好。收拾行李的时候，他丢弃了那本旧书，把这两张 A4 纸折好夹进一本不想舍弃的新书中。

回到长沙，作为军转干部的他被安置到一个区的卫生局做政工工作。他觉得有些荒唐，卫生局的工作和他的专业一毛钱的关系都没有，他在部队时做的是技术工作，也从来没有一点政工工作的经验。但他已经到了见怪不怪的年龄，什么事到来都能波澜不惊。

工作比较清闲，这让他有些百无聊赖。妻子却很满意，说你是刚回来，适应一下就好了，要真是闲得难受，就帮我多做些家务。他笑了，觉得这些年很愧对妻子，于是积极地擦洗窗玻璃、拖地，也想进厨房，妻子笑着把他推了出去，吩咐他去市场买菜，他风风火火地去了市场……于是，他觉出了生活的饱满。

但工作时间不能干家务，百无聊赖时，他想起了从前写的那个故事，于是把目光继续投到那两粒不幸的种子上。只是再也找不到当初的电子文档了，他重新录入了那两张 A4 纸上的文字，接着把新的文字一个一个地敲在后面。

是春雨将他唤醒的，春雨将干燥的尘埃变成了湿润的泥土，湿润的泥土让他生根发芽，让他找到了生命的皈依。在这个春天，他像小草一样拱破土层，从泥土中探出头来，虽然睡眼惺忪，但他毕竟醒过来了。

前尘往事也就从混沌的脑海中醒过来了，从前的山冈，从前的原野都从他的脑海中鲜活起来。他当然记起了自己还是一粒种子时与她挤挨在同一个果壳里，记起了那两块石头，它们是页岩，很像两摞参差不齐的大书……他的思绪如潮水一般，无法遏止地想起了她。他不知道现在与她相隔了多远，是千山还是万水，他只知道自己是无论如何也不能回到她的身边了，她也不可能来到他的身边，这些都是无法改变的。他的心一阵绞痛。

日子往前流淌，时光并不能抚平他心口上的伤痛。他的思念被春雨打湿了，在微风中颤巍巍地抖动，像他的叶片，他对她的思恋不变。

这个时候的她也该被春风吹醒了吧。如果醒来，却在身边找不到他的踪迹，她该会怎样的焦虑、怎样的彷徨、怎样的忧伤啊！哭泣自然是不用说了，只怕泪流成河的她怀疑他的诚信，怀疑他的忠贞。怀疑他出尔反尔也好啊，只怕她怀疑他不曾生根发芽，甚至已经不在这个世上了。想到这里，他的叶片一阵剧烈的抖动，这时并没有微风吹拂，叶片的抖动是他心急如焚的表现。

与她朝夕相处的希冀已跌落尘埃，他唯一的希望是能和她互通消息，把自己仍然活在这个世上、仍然牵挂着她的消息告诉她，把他心底的忠贞不渝告诉她……

他写得很慢，文字要经过反复斟酌、修改，才写成了这么一段，然后因为工作的原因又不得不暂停了这个故事。在部队养成的优良作风让他在单位赢得了口碑，领导交办的工作每一件都完成得十分圆满，他的工作渐渐地繁忙起来。工作一年半后，组织上任命他为区卫生局的党组副书记。他有了一个到南京出差的机会，他的内心起了波澜。过去了这么多年，不知道现在的她过得怎么样，还在这个世上吗？他朝自己"呸"了一口，笑了，笑得很沧桑。

临行前，妻子帮他整理行李，衬衫装进箱子里又拿出来，旁边的椅背上乱搭了七八件，她还在衣橱里倒腾。她平时可不是这种风格，她干什么事都是雷厉风行，利利落落，绝不拖泥带水。当年，他们才相识半年，他就问她是否愿意嫁给他，她回答"愿意"时脆生生的；孩子刚满月，他回长沙看她，只能待一个星期，临走时他不舍，她用双手推他，说再不走就赶不上火车啦，家里的一切我都能搞定……湘妹子火辣辣的。

当她又把装进箱子里的衬衫往出拿时，一直在旁边默默坐着的他站起来了，说："就这件吧，你放心，到了南京，我不会去找她。"他的声音低沉，但充满了柔情。她一愣，接着"嗨"了一声，笑了，说："你去见她也没有什么呀，很正常，是吧？我不会反对的，我也没有反对呀！"妻子是知道她的，可是她从来不提。他对妻子笑了笑，说："你放心！"拉起行李箱，去了南京。

他果然没有和她联系。没和她联系，不仅因为有了对妻子的承诺，也不是找不到她的联系方式。虽然断了许多年的音信，但毕竟还有同学圈，还有 E-mail，他的邮箱里至今保存着她的 E-mail，假如她的 E-mail 没换的话。来到她所在的城市，他不可能不想起她，他也想知道这些年她过得怎么样。但他不想贸然地和她联系，或者说他还没有做好和她见面的心理准备。他不是负心郎，是她先做了负心女。可是，他还是忘不了她。

公事之余，他在南京的街上穿行，他从这座城市的身上想象着她年轻时的影子、她年轻时的模样，他的内心深处还有一丝按捺不住的期待，期待着与她在街头不期而遇。他去了中山陵，去了雨花台，去了秦淮河畔，他的目光总是在自觉不自觉地搜寻。在秦淮河畔，他真就发现了一位身着杏黄色连衣裙的女子，马尾辫随着她的步伐微微颤动，她斜挎着一只白色的坤包走在他的前面，那走路的模样，有着几分慵懒，也有着几分闲适。一时间，他觉得自己的呼吸都要停止了，感觉她是从时光的深处走出来的。他调匀了呼吸，匆匆上前，正想拉住她那如新鲜荔枝果肉一般鲜嫩的胳膊时，女子转过头来，他看到的是一张陌生的面孔。他尴尬得连说对不起，女子很大度地朝他嫣然一笑。

南京回来的那个夜晚，他半夜就醒了，任思绪天马行空，后来不知怎么就想起了那个未完成的故事，这一年半以来，把精力都投入到工作中，故事都荒废了，故事的原野上已经荒草萋萋了。他决定趁着工作的间隙，来铲除这些萋萋的荒草，让故事变得美丽、生动起来。于是，构成故事的文字就像潺潺溪水一般流淌起来。

为了和她通一下音信，他自己无法做到，他只能向风求助，向白云哀求，向小鸟哭喊……人们走过他的身旁，发现这么一棵柔弱的小树苗，常常摇晃不已，没有风的时候，幼小的叶片也发出哗啦哗啦的响声，真是太孱弱了，眼看着就要进入夏天了，他还在瑟瑟发抖，没有人想到叶子的响动是因为他在声嘶力竭地呼唤。

他的诚心终于有一天打动了一只路过此地的小鸟。小鸟倾听了他的哀求后说："我也没有办法把你的音信捎给她，因为你不能准确地告诉我她的地址。"他听了，刚燃烧起来的希望之火一下子熄灭了，叶片也顿时枯萎下来。

他这回遇到的是一只宅心仁厚的小鸟，小鸟陷入他愁肠百结的哀求中，最后想到了这个："听说思念会化成电波。只要你说的那个她也在这个世上，你就在心里呼喊她，每时每刻的；你就在心里思念她，每时每刻的。你心里的呼喊和思念会化成道道电波，只要心有灵犀，即使隔了一千座山、一万道水，只要有情，总会有那么一天，她能接收到你的电波。"这只鸟和那只顽劣的鸟是多么不同啊，这世上真是什么鸟都有。

时光如梭，转眼就过了十年。他在心里呼喊了她十年，每时每刻的；他在心里思念了她十年，每时每刻的。可是依然没有收到她的任何音信，一丝一毫的音信都没有，仿佛他和她隔离在不同的宇宙。那只宅心仁厚的小鸟也再没有出现过，岁月如水往前流淌。他没有气馁，思念和呼喊仍在继续，片刻也没有停止。思念和呼喊化成了道道电波，在千里万里、千年万年的时空中飘荡，试图被那一颗有着灵犀的心灵捕捉住。十年来，也从来不曾停息。

她已长成一棵大树，山野的风和清甜的水，让她变得更加秀美挺拔。而他生长的地方，因为城市一圈一圈地向外延伸，被圈起了围墙，变成了一所大学校园的一角。当初圈围墙的时候，有个愚蠢的家伙曾建议砍掉他，让围墙变得横平竖直。但有着自然主义情怀的校长，主张保留他，所以，围墙特意为了他往外拓展了三尺。现在，辛勤的园丁，已经把他浇灌得健美而壮硕。

她何尝不在苦苦地寻觅着他，她何尝不在心里呼喊着他，无时无刻。那年，当第一缕春风吹过，她就迫不及待地从土壤中探出头来，她没有见到他的影子，她想也许他还在土壤里睡大觉呢。等他醒来，她一定要嘲弄他一番。然而，等了许多天，所有的小草都发芽了，还是望不见他的影子。一丝不祥的感觉袭来，她难过得哭了，眼泪滴落在身旁的草芽上，成了一粒粒晶莹的露珠。后来，她想，他也许是飘落在石头后面了，等她长高了，就能看见他的笑脸了。或者不等她长高，他就从石头后面露出笑脸来了。然而，他并没有。

第三年，她终于看得见石头后面的景色了，可那里只是几蓬荆棘，没有那个朝思暮想的笑脸。她又猜他一定是飘落在更远一点儿的那丛野竹后面了……

十年里，她一次次的希望都成了幻影，是年年失望年年望。她也不是没有绝望过，然而内心中的渴盼总是在绝望的缝隙中扎出头来。她也曾向风求助过，向白云哀求过，向小鸟哭喊过……

也许关于电波的神话在鸟儿们之间已经流传很久。一只宅心仁厚的小鸟告诉了她思念和呼喊可以化成电波的事，并说，只要他在这个世间，只要心有灵犀，纵然隔了一千座山、一万道水，有情的他终归会接收到她的电波。于是，在这个时空中，也常常飘荡着一道道电波，它们都在寻找着能接收自己频率的那颗有灵犀的心灵。

树木以树木的方式生活着，我们永远也不会知道，树木之间会有怎样的奇迹在发生。

这之后，又因为工作的繁忙，他只好中断了这个故事的写作。偶尔还会想起她，彻底忘记她，他做不到，不过也只是偶尔想一想，既没有了甜蜜，也没有了伤痛，心湖风平浪静，微微泛起一丝涟漪。

有一天，他却强烈地想起她来。这是一个暑假，妻子和中考结束的儿子去了美国东部旅游。微信时代来了，有个大学同学给他发微信，说过几天要来长沙。

暑假时的长沙，连风都像被炒熟过。但他没提这一出，只说要带同学去岳麓山看看。那天满头大汗地从岳麓山回来，同学依然游兴不减，提出去橘子洲头看看。他自然心甘情愿地陪同，不知不觉就转到他当年醉卧一场的地方。

同学并没有跟他提她，同学知道他们最终没走到一起，不想揭他的伤疤。但从橘子洲头回来，他的心弦却被一只看不见的手拨乱了，没来由的，他想立即和她联系。

这时候他们的大学同学已经建起了微信群，不过并不是所有的同学都在这个群里，他也是刚进群不久，她似乎不在。他也不想向其他同学打听她的联系方式，怕引起个别人的遐想。这个同学来长沙，他陪着在长沙整整玩了一天，同学不提，他也没有跟同学提起她。同学离开长沙后，他不可遏止地想起她来，不可遏止地想知道她的现在，就像小时候读一本没有读完的书，他迫切想知道书中关键人物的最终命运。他尝试着给她发了封 E-mail，不知道这些年，她还用不用这个邮箱地址，试试吧。

数小时后，他居然收到了她的回信。虽然写得很平淡，但她很感谢他和她联系。他兴奋起来，又给她发了封 E-mail，告诉了她他的手机号。她这封邮件回复得迟了些，害得他查询了自己的邮箱好多次，最后一次查询是在晚上十一点，他睡不着，又打开了邮箱，终于收到了她发来的手机号。为什么这封邮件回复得这么晚，难道找她要个手机号她的内心都纠结？他没有问她原因，以后也没有问。他想给她打个电话，现在就打。可是又想，现在是晚上，贸然打电话，她的先生会有想法。正在他握着手机沉吟的时候，妻子发来了微信，问他现在睡没睡，他回答没睡，妻子给他发来了她和儿子穿梭在尼亚加拉大瀑布扑朔迷离水雾中的照片。

这个晚上，他像失恋的当晚那样，辗转反侧。

拨通她的电话是在第二天的下午，他是用自己的手机拨打的，没有使用办公室的座机。他听见了她的声音，再也不是记忆中那个甜美的女声了，略有些浑厚、沙哑，岁月这么无情，总是喜欢把美好的事物变得不那么美好起来。他在电话里又确认了一遍的确是她，他们客气地互致问候，客气得像两个陌生人，现在的他们的确是陌生人。然后就没有了话题，不知该说些什么。

她似乎没有愧疚的意思——对于当年的分手。也许她不想触碰这个话题，他也不想触碰。为了这次通话能够继续，他没话找话地提起自己当年写的故事。她轻声笑了一下，他在这一边，仿佛看到了当年的她嘴角微微上扬。她说："是吗？呵呵，这么多年，难得你是个有心人。"

他兴奋起来，但不想唐突，试探地问："你还要看吗？记得你说过希望看到结尾的。"

"是吗，我说过这样的话吗？我现在什么都记不得了。"她的语气似乎有些吃惊，她自己说的话，真的忘了吗？他也不想揭穿，只是在沉吟着，如何让谈话顺畅。她的语调变得欢快起来："好啊，谢谢你还向我分享那个故事。"

这次通话，促使他要尽快把两粒种子的故事完成，正好妻子不在国内，晚上也可在家写上一段。

这注定是一个不同寻常的早晨，新鲜的阳光驱散了晨雾，清风吹来花草的芬芳。她那颗注满了柔情的心弦突然弹奏出一个音符，像是被谁的手拨动了一般。她听到了一个声音，像来自天国的，可又分明属于他的，这是幻觉吗？不，不是的。她激动得浑身颤抖，叶片发出一阵沙沙响。

十年的寻觅、试探、修正，他和她终于对上了适合自己的频率——只属于他们之间的频率。一旦接收到对方的信号，瞬间就可以转化为对方的声音。这是一件多么不可思议的事情啊。

从此，无论是白天还是黑夜，他和她倾诉着不尽的思念。树叶婆娑，即使在无风的日子，也会奏起一支支缠绵的乐曲。

思念千万次不如见面一次，他们也知道两棵远远相隔的树是不可能见面的，就像远隔的两座山永远碰不到一起一样。但心里存了这个念头了，有一天，这个念头就会突然地冒出来。这天，在倾诉了不尽的思念后，她有些伤感地说："你呀，生活在校园里，被人侍候着，时常浇浇水、修修枝条什么的，你帅气得不行了吧。哪像我在山野里自生自灭的，只是一个丑陋的村姑罢了。"

他的心一下子就飞到那片山野了，他真诚地说："表面上看，我的生活似乎很光鲜。可是你不知道呀，围墙的外面就是一条公路，公路上的车辆就像山冈下那条溪水似的从不停息。可车辆毕竟不是溪水呀，溪水给我们送来的是湿润、清甜、快乐，而车辆给我送来的只是喧嚣，还有混浊的汽车废气。我每天都要忍受这喧嚣的市声，呼吸这些混浊的废气，我能长成什么样子呢？歪瓜裂枣的，只怕你见了，要嫌弃我呢。倒是你，在山野纯净芬芳的空气里，出落得比仙子还仙子吧。"

她娇羞起来，说："你来看看我嘛！"

他觉得自己真能飞过去似的，说："我去看你，你等着我呀！"

她知道这是不可能的，娇嗔地说："你呀，什么时候学会了要贫嘴！"

他把上述所有的文字通过 E-mail 发给了她。这个时候，建立了联系的他们已经互加了微信，但 E-mail 仍然在扮演着传书的鸿雁，还没有退出时代的舞台，也许将来也不会退出。

她不喜欢故事的后半部分，她知道在他的笔下，那粒叫"她"的种子身上闪动着她的影子，或者说是他理想中的她，这与现实有很大的差距。他在故事中小心翼翼地避开当年"分手"这个话题，然而故事中的相思不渝与现实恰恰相反，故事中的相思不渝深深地刺痛了她。她有些懊恼，为什么竟要接受和他的联系，读他的故事，她是想自取其辱吗？

当年的她从国企出来，也读了研究生，就在南京上的学，然后留在这所高校里工作。当年的那个"高富帅"——她现在的丈夫，事业发展得并没有当初设计的那么好，多数投资成了画饼，团队遭到了解散，但这些都没关系，他仍然进了一家市级机关，现在也做到了副调研员。虽然官不大，但他自我感觉良好，举手投足间的那种领导派头，有时也让她生厌。不过，丈夫对她很好，很在意她，他们有个女儿，家庭幸福。

生活哪有那么完美，太完美的也不真实。中年的她很会安慰自己。

这些年，虽然没有和他联系，但从同学那里也得到过他的一些信息，大致了解他的现状。当年他去了秦岭山区，姐姐还替她庆幸。姐姐和姐夫离婚后，找了个新姐夫。新姐夫倒不用没完没了地加班，但也不顾家，婚后半年就露出了风流成性的尾巴。几年前，姐姐又和第一个姐夫复婚了。世上的事，翻来覆去的，凡人哪能料得准啊。

那天下午接到他的电话，心里是有准备的，却还是起了波澜，她有点后悔自己当初做得绝情了，可是那时候自己年轻嘛！无知嘛！懵懂嘛！既然他主动和自己联系，一定不是兴师问罪的意思。

能回到从前吗？她被自己突然冒出来的想法吓了一跳。回不去了，也不想回去。那么，过去了这么多年，相逢一笑泯恩仇，做一个普通朋友也未尝不可，何况还是同学，何况还拥有那么多共同的记忆。当然，偶尔，她也想，假如当年自己没有亲手埋葬这份感情，他那么有情调的人，也许自己的生活比现在的要丰富多彩。往事并不如烟啊，和他相恋时的情景一缕缕地从记忆深处浮出来，刚开始出来的确像烟一般淡，但一缕一缕的烟越凝越厚、越凝越重，最后竟凝成片片雨云，飘在她的心头，让她充满了感伤。

他在电话里约她有空时去长沙做客，她也约他有空时来南京做客。

第二次通话时，她主动跟他提起了读他故事的感受，她百感交集地说："你写的呀，不过是童话，生活一定不会是这样的。"他却没有听出她声音的百感交集，只听出她的声音诺诺的，比上次电话里的声音要甜美许多。她年轻时的声音从他心灵的深处飘出来，他心潮澎湃起来，思绪一下子飞回青春岁月。

接下来的几天，他觉得自己仿佛真的回到了青春岁月，回到大四时那个春天，他激情勃发，浑身洋溢着朝气。晚上，他把故事又往下写了一段，这回写得飞快，他打算把自己的故事从童话世界中拉到现实世界中来。

时间又过去了五年，他长成了一棵参天大树，枝叶春天青翠，夏天繁茂，秋天缤纷，像一把华丽的巨伞，为这所大学里许多耳鬓厮磨的青年男女提供了一方亲密的小天地。

又不知过去了多少天，人们发现凡是在这棵梧桐树下牵着手走过的、卿卿私语过的、缠缠绵绵过的、山盟海誓过的，感情都会浓得化不开，都会对爱情忠贞不贰。

奇妙现象的发现缘于一对青年男女。这对热恋中的男女在完成学业后，迫不及待地走进了婚礼的殿堂。

婚庆仪式上，主持人笑眯眯地问："请问美丽的新娘，在众多的追求者中你为何要选择这位先生做你的终身伴侣呢？窈窕淑女，君子好逑。在这个吉祥的时刻，你能否让众多求之而不得的君子明白，为何是他最终打动了你的芳心？"

新娘面露羞涩，垂下了长长的睫毛，沉思了片刻说："有个夜晚，我和他牵手走在一棵梧桐树下，这个夜晚月光如水，那棵梧桐树的叶子沙沙地响个不停，像情侣在窃窃私语，那晚并没有风呀，我不知道那棵树是在向谁倾诉衷肠，也许是叶子跟叶子吧。原来草木都有情啊，那一刻，我仿佛醍醐灌顶一般领悟到生命的短暂，只有爱情可以永恒。"说到这里，新娘深情地看着新郎，"也许他不是我今生遇见的最优秀的一个人，但一定是最适合我的，在有限的时光里，我愿意'执子之手，与子偕老'。"

"哇，这么说来，原来那棵梧桐树是你们的月老了。"主持人遵循着他的程序，又煽情地说，"请问帅气的新郎，在众多的追求者中你何以要选择这位小姐做你的终身伴侣呢？或者说，在这个美丽的时刻，你也要让众多'求之不得'的姑娘明白，新娘拿什么俘虏了你的心，让你最终拜倒在她的石榴裙下？"

新郎双目炯炯有神，那热切的目光穿越了时空，他含情脉脉地说："的确是那棵梧桐树，那个晚上，我们相拥在树下欣赏美丽的夜色，当我看到月光从宽大的叶缝间倾洒下来，脑海中交错浮出'年年中秋待月圆，月圆最是相思时''江畔何人初见月？江月何年初照人'的诗句，月有阴晴圆缺，明月无涯，而人生短暂，难以承载悲欢离合。我想，我要对身边的她好一辈子。好一辈子还不够，老婆，下辈子我还要对你好！"

"是吗？"

"是吗？"

"哪棵树？"

"在哪里？"

没有人不对那棵树感到好奇，感到神奇。

接下来的日子，有好事者运用求同法、求异法、求同求异共用法来求证。果然发现，近年来，特别是近五年来，凡是在这棵树下盘桓过的恋人，从此就再也没有分过手，没有遇到一个反例。有一位男孩大学毕业后，从军戍边，立志扎根边关，和他牵过手的女孩，甚至放弃了都市优越的生活条件，追寻他去了边关。一时传为美谈。

今天，往来这棵梧桐树下的青年男女就更加络绎不绝了，甚至远在千里之外的人都赶来，因为他们都相信爱情，都对爱情怀着一颗忠贞不贰的心。

有人把这棵树命名为"爱情树"，只是没有人去想，"爱情树"怎么可能只有一棵呢，"爱情树"一定会有两棵，另一棵"爱情树"到底在哪里？

故事仍然通过 E-mail 发给了她。她阅读了这段小故事，记忆的雨云在心头飘荡，她知道他仍然在意她，一时间她忘了她曾经做过爱情的刽子手，脸上竟浮现出初恋时的羞涩笑容来。另一棵"爱情树"在南京呢，她猜他写作时一定是这么想的。

丈夫心思细腻而缜密，对妻子最近言行，诸如常常愣神、时而抿嘴一乐满腹狐疑。问妻子是不是有什么心事，她一口否定，脸上却飘起两朵红云。趁妻子中午不在家，副调研员从单位回来，不动声色地打开了妻子的电脑，他知道妻子电脑的开机密码，但他不知道妻子电子邮箱的密码。这没有关系。

他打开电脑寻找蛛丝马迹，后来调阅了妻子最近打开的文档，然后发出了像被蜂蜇了一般的尖叫。文档上有他的名字，这是一个他听过一次就能烂熟于心、铭记一辈子的名字，本来他以为这个名字再也不会在他们的生活中出现了，可谁想到现在居然这么触目惊心地突兀在眼前。他发作了，他狂怒，他摔碎了一只水杯，还想再摔另一只时，发现这是一只工艺大师亲手制作的精致紫砂杯，他把这只杯子搁到原来的位置，抱着头坐到沙发上号啕了一阵。然后给妻子打了电话，命令她立刻回家。

她合上了手机，没有理睬丈夫的命令，依然和朋友们一起用完了午餐。但丈夫歇斯底里的语气破坏了她的好心情，她改变了平时饭后在校园里散步的习惯，愠怒地回了家，于是，她看到了一张丑陋而猥琐的脸。丈夫盘问她和他联系多久了，暗度陈仓了多少回。她生气地喊："我和他什么也没有，刚联系上的，过去了许多年，作为普通朋友联系也不行吗？"

"普通朋友？普通朋友还给你写童话故事，哟，写的还是爱情树！"丈夫气急败坏地声讨。丈夫从前就是这样的小心眼吗？似乎不是这样啊，从前很忙，说的都是投资的事儿、盈利的事儿，从来没有这样失态过。自从到机关做了副调研员，他的时间清闲了，便把精力用到关注她的一举一动上来，甚至她平时和同事聚会都要被他盘问一番，哪有一个男人的样子！

她笑了，她气极时常这样，不哭，只是笑。她从椅子上站了起来，直视着他的眼睛，一字一句地说："我和他的确不是普通的朋友，这回，你得到了心里想得到的，该满意了吧。"

副调研员发出长长的一声"呃——"，两眼上翻，直挺挺地倒在沙发上，口吐白沫。她慌了，从没见丈夫犯过这样的疾病，她先给姐姐打了电话，姐姐让她立刻拨打120。第三个电话是在长沙的他打来的，她没接，后来又响，她直接挂断了。

这让在长沙的他大惑不解。他首先想到的是她和她的丈夫在一起，可这是周二的下午啊，哪个机关周二下午会放假？而她周二的下午没有课——他通过她了解到的，所以，特意选择这个时间段给她打电话，她却有意不接。在开会？轻声告诉在开会就是了，没有必要直接挂断嘛！或者发个短信告诉不方便接电话，也没有！她对他还是那么绝情，就像当年向他提出分手一样。真是多情总被无情恼，她如此无情，自己还要这般自作多情做什么？

他抽了一支烟，这时，局办公室主任敲门进来向他汇报工作中的一件事，他认真地听取了汇报并做了指示，这样一个小时就过去了。他又拿起手机，本想再打个电话过去，想想又放下了，他已经不是冒冒失失的毛头小伙子了。后来，他给她发了一个短信，一直到这天过去，她都没有回。

她去了医院，丈夫的身体并无大碍，她的姐姐指责了她，她觉得很荒唐，感觉生活一地鸡毛。这些，他都不知道。他只记起了她的无情，这种无情又深深地刺痛了他。

妻子知道他有心事。美国东部旅行结束，妻子已经回到了长沙。这是农历八月，然而长沙的热度似乎没有消减，依然像一座蒸笼。他前几天眉飞色舞的，那喜悦的劲儿从眉梢往外流淌，掖都掖不住，没听说有升迁的事要发生。这两天，却又一副怅然若失的样子，没听说他在工作中遇到了什么难事。晚上，他一个人躲进书房里。她推开书房的门，屋子里烟雾缭绕，他对着电脑的显示屏，正在键盘上敲敲打打。她忙打开了书房的窗户，窗外的热浪袭进来，她拿手在面前摇了摇，仿佛她的手能将热浪逼退似的，然后，她关了窗户，因为书房里开了空调，她嘱咐他烟要少抽点，就退出了书房，并没有进一步打扰他。

隔天晚上他有应酬，她进了书房，好奇地打开了他的电脑，于是她读了他断断续续、写了许多年一直还在写的故事。她一下子就明白了，那个在南京的她在自己丈夫的心灵存条里，仍然占据了满满的一格。

他到深夜才回来，满身的酒气，倒到床上就鼾声如雷，直到第二天早上才醒来。醒来了，她也没有跟他闹，她默默地做好了早餐，然后守在餐桌旁，等他洗漱好，一起吃完了早饭。他拎起公文包，她帮他整理了一下领带，说："你要是想她，就去南京看看吧，或者请她到长沙来，毕竟曾经一场，也正常，我没事……"这句话的尾音颤颤地，她吸溜了一下鼻子，并没有眼泪流出来。

他怔了一下，朝妻子望去，正好妻子也抬起眼来，他看到两只深潭似的眼睛。"桃花潭水深千尺，不及吾妻送我情。"当年，他每次回秦岭山区，妻子都要送他到车站，难舍难分的。有一次他就改了李白的诗句，念给妻子听。那次，妻子听完，笑着用拳头轻轻地擂了一下他的胸膛，可笑容却瞬间收敛，换成泪如雨下。

一转眼，儿子都要上高中了。这么多年，妻子一个人拉扯着孩子，她也埋怨过他，但她仅仅是发几句牢骚，其间经历了多少不容易呢，真是难为了她。他见到她眼角的纹路似乎深了好多，变化似乎就发生在这一两天的时间里。她的眼圈也有些发黑，昨晚应该没有睡好，头发也添了许多白丝，有些老太婆的前兆了。

他深深地拥抱了她一下，在她的耳边轻语："净瞎说！以后不许胡思乱想。"他出了门，坐上车。他想自己是不会对不住妻子的，不过他也奇怪难道妻子有双火眼金睛，能洞穿他心头的蛛丝马迹。他想把心头的蛛丝清理得一干二净。

这之后过了一周左右，他收到了南京的她发来的短信，这是一条解释的短信。她解释那天没有接电话和回短信的原因，是她去上课了，没有带手机，后来一忙，就忘了及时回复，很抱歉。他想她这个理由编得实在不高明，但他也没有揭穿。他知道他和她已经回不到从前了，既然回不到从前何必依然和她纠缠？他觉得忘掉她自己做不到。他忘不了的也许已经不是现在她这个人，而是他自己的初恋。那么，和她做个朋友也不错。他觉得有必要把自己的故事安排另一种结局。

有个男人和女人听到了"爱情树"的故事后都沉默了许久。

男人和女人已经分别了二十年，二十年前他们就毕业于那所学校。二十多年前，当他们还是男生和女生的时候，他们也曾牵着手在校园里走过，虽然不清楚那棵梧桐树的确切位置，但既然曾经走过校园里的每一个角落了，那棵梧桐树下，他们必定也是牵手走过的，也是卿卿我我过的。可是，他们为什么就没有走到一起？他们曾经的山盟海誓呢？怎么就成了阳光下飘起的、虽然美丽却又转瞬即逝的肥皂泡？

这个男人和这个女人不相信校园里有这么一棵神奇的树，

他们以为所谓的"爱情树"不过是恋爱季的男女精心编织的故事，就像商家的"噱头"，别出心裁地推出"情人节"和其他种种节日。就像许多景区都挂起一串串的"同心锁"，你别以为挂了"同心锁"就能厮守一生一世，该离婚的还得离婚，该分手的还得分手，"同心锁"只能将两只锁锁到一起，并不能锁起两颗心。

可是，"爱情树"的故事毕竟在他和她的心里都泛起涟漪了，涟漪层层闪现的都是对方的影子，那些青涩的往事齐齐涌上心头，一颗心和另一颗心再也平静不下来了。

二十年来，他们不曾见过一次面。没有见面，是因为他们生活的城市，一个在南、一个在北，而且各自都有了一个美满、幸福、温馨的家庭，谁也不想毁掉自己亲手营造的幸福。但现在，人到了中年的末梢，生活的节奏一从容，他和她都想起对方了。原本以为早已忘了那个人呢，没想到那个人其实一直未曾从自己的心里消失，只是被岁月的土壤一层层覆盖，成了一粒覆盖得太深的种子，潜藏进心灵的最深处。记忆就像春风，只要一吹，就能让种子发芽，任你埋藏得多深。

他和她都坐不住了，亢奋而心神不宁。她还想，我就主动一回，邀请一下他吧。她也不是要和他重续前缘，只是想看看他现在的样子。她的邀请信还在道上颠簸，他的邀请信却到了，他在信里相约："这个秋天，母校成立七十周年纪念，我们一起回母校看看吧。"他并没有约她来他所在的城市，或者他去她所在的城市。他们的会面地址选择了记忆中那座共同的城市。

他在信中没有提那棵"爱情树"，她自然也不会提起。没想到，隔了二十年，在这件事上，他和她还有当初的心有灵犀。

二十年未曾谋面的初恋情人相逢会发生怎样惊天动地的故事呢？"金风玉露一相逢，便胜却人间无数"？不要说别人，就是在来时的路上，他和她都为重逢兴奋又忐忑过千遍了。他只告诉自己的妻子要去参加校庆，没想到遭到了极力反对，因为他的妻子猜测他和她要不可避免地在校庆上重逢。他的妻子甚至威胁说，如果执意前往，就准备回来离婚吧。离婚就离婚，如果仅仅是因为一次正常的重逢，他生气地想。

他幻想着要牵她的手，就像二十多年前那样。二十多年前，她温柔的舌尖也按捺在记忆的深处呢，这回苏醒过来，比记忆中的其他任何东西都鲜活。假如她愿意，也可以来一次亲吻，他激动地想。甚至为这次重逢，他身边还特意备了一瓶速效救心丸，他怕会出现意外。

然而，当他们几乎不约而同地认出对方来，几乎是不约而同地叫出对方的名字，他们仅仅是握了一下手，那种礼节性的握手，客气得像陌生人。他们的确是陌生人，因为中间隔开了二十多年的时光。所以，当他们走到那棵声名远扬的树下后，内心都出奇地平静。他微笑着，像是自嘲似的说："没想到这一生，你还肯见我，真是谢谢你。知道你过得很好，我就知足了。"

没想到他就这么知足了，她隐隐有些失望，她不想他就这么容易知足，她希望他有多一些的企求，然后她拒绝他，刺一刺他的心。可是过去了这么多年，何必要刺痛他的心呢？于是她也笑吟吟地说："我也这样想呀，你过得不错，我也就心安了。"

她的话一下子拨开他断裂了二十年的时光，秋阳从梧桐宽大的叶片间倾洒而下，洒下来的仿佛都是前尘往事。他有些动情地说："真希望有来生啊，我们再在这棵树下山盟海誓一回，做一世的夫妻。"

她却摇了摇头，为自己到底还是刺痛了他一回而高兴，所以，笑盈盈地说："我已经有他了呀，这么多年，我哪能忘记他的好。你看看……"她掏出手机，幸福地说，"他知道你也会来，还托我给你问好呢……如果有来生，我还会和他做一世的夫妻。"他和她之间，仍然隔了一段二十年的时光，这是天堑，没有什么东西能够填补。于是，他知道自己不再需要那盒速效救心丸了。

在这棵"爱情树"下，他和她的手，又重逢了一下，他的手和她的手，都找不到当初的记忆了，他们的记忆只埋藏在心底，并没有埋藏在手上。于是，两只手触碰了一下，只是那么轻轻地，触碰的声音，像两个人的心底发出的一声轻轻的叹息。

有许许多多像他和她一样后来并没有走到一起的初恋情人，怀着各种各样的目的来到这棵神奇的树下。他们和她们来到之后，灵魂、情感无不得到升华。他们和她们都没有做棒打不散的鸳鸯，也没有"破镜重圆"，他们和她们都成了好朋友。

他们为什么还要来这棵树下？他们都有一段需要祭奠的青春。于是，有人就把这棵树命名为"友情树"，这棵树就更加声名远播了。

这个故事的结尾，依然没有另一棵树的影子。那棵叫"她"的树怎么样了？"他"叫"爱情树"，又叫"友情树"，那"她"呢？故事并不完整，可是，他不打算再往下写了，他又不是作家，他可以随心所欲地想结束故事时就结束故事，而且不打算再写另一个故事了。

　　故事的结尾，本来是想写给她看的，可是写完了，要不要发给她，他却犹豫了两天。在一个午后，他下了决心，点动鼠标，E—mail 欢快地把故事的结尾送到了她的终端。这个故事的结尾寓意很明显，只是珍惜相识的缘分，希望在有生之年，和她仍能做个朋友——那种超越性别之上的朋友，因为爱是难忘的。

　　他想假如再去南京出差，就约她出来喝喝茶聊聊天，为了避嫌，约她时，连她的家人一起邀请。

　　这之后，他去了两次南京。头一次是夏天，在宾馆安顿好后，给她发了个微信。但是非常不巧，她在北京出差。他调侃了一下："到底是没有缘分啊。"她只回了一个笑脸。他没有再发下文，她也没有。

　　她的确是在北京出差，他的短信让她心底泛起涟漪，闪闪的波纹里，都是他年轻时的影子。这是个不错的男人，一个女人的生命中能有一个这样的蓝颜也未尝不是美事，她幸福地闭上了眼睛。

　　他站在窗前，眺望着南京的夜景，旖旎的街灯连成一条条的线。光带中，长沙的夜景迭现出来。他觉得这两座城市的夜景几乎一模一样，分不出彼此。今晚，这座城市没有她，他也没有感到失落。

后来，她去过一次长沙，不过没有和他联系，因为她的丈夫陪在身边。她没有告诉他她来过长沙的事，也没有在微信朋友圈透露一点踪迹，她一般不发朋友圈，他也是。所以，他不会感到失落。

他第二次来南京出差是在秋天，周日上午的航班。秋天，南京街头法国梧桐的叶子黄一块枯一块，也给人一种斑斓的感觉。他想起了自己故事中的树，和这法国梧桐并不是同一个品种。

像头一回一样，在宾馆安顿好后，给她发了个微信。这回她没有出差，她回复说："我来安排吧，你来南京了，我得尽地主之谊，一会把地址发你。"他觉得这样也不是不可以，回复了一个"好"字。内心莫名地激动起来，想见面时要给她送份礼品——来之前，他并没有准备好礼品。

他匆匆下了电梯，来到一楼的宾馆商场。买什么呢，送项链首饰等肯定不合适了，苏绣是当地产的，送女同志也有点暧昧的感觉，后来他挑了一款水晶花瓶摆件，他觉得这种晶莹剔透可以代表一种友情的纯洁。

她想订一家饭店，要距离他所住的宾馆不远。她不想带自己的丈夫去，也不打算去他住的宾馆，她是个善于拿捏分寸的女人。不过她得告诉丈夫，晚上她不在家吃饭，晚饭请他自行解决。副调研员的工作很清闲，但他的年龄尚处在年富力强的阶段，把心思都用在了调研妻子的生活上。当然不同时期，调研的对象不同。妻子最近和同事聚会频繁，他正挖空心思地想调研出到底是哪一位同事。是男同事，还是女同事？他警觉地问。

她没好气地告诉他，是大学同学来南京了，这回不是同事聚会！

大学同学？男的，女的？他狐疑地问。

愤怒涌上了她的胸膛，愤怒里裹挟着丈夫以往的种种不可理喻，像中子一样在撞击、裂变，她觉得自己简直要爆炸了，她爆炸时也要笑，于是，轻轻地笑着说出了他的名字。副调研员"呃"了一声，两眼一翻，又直挺挺地倒在沙发上，口吐白沫。这回，她有经验了，立刻拨打了120，耳朵里似乎就响起了急救车的警报声，她记得他还在等她回复，但她顾不上，她的生活已经一地鸡毛了。

他在宾馆里精心打扮了一番，鬓发虽然已经花白，但脸上却洋溢着成功男人的从容和淡定。他在想，中间隔了这么多年，不知她的容颜会有怎样的改变？他一边幻想着他们见面的情形，一边不时地打开手机翻看，一直没有收到她的回复。他疑心是不是宾馆的 Wi-fi 出了问题，关了 Wi-fi，打开手机移动数据，可是依然没有收到她的回复。这让他心神不定、忐忑不安。但他决定还是等，不主动去问。一直等到窗外城市的夜灯一盏一盏亮起，串成条条珍珠的线延伸到天际，还是没有等到她的回复。他有些失望，有些愤怒，决定不再等她的回信。但这个夜晚他也不想平静地度过，于是给在工作中结识的一位南京朋友打了电话，朋友很快驾车前来，带他去了秦淮河畔。这个秋夜，他不用朋友相劝，就把自己灌得酩酊大醉。

这一次，他在南京一共待了两天，一直没有得到她的回复，他也不打算再发短信问她，她的绝情再一次伤害了他，连带着年轻时那次失恋的伤痛，更加痛彻心扉，他终于明白，原来年轻时失恋的伤口并没有痊愈。他还明白，实际生活中，既然没有了"爱情树"，也不会出现"友情树"。

他带回了那只水晶花瓶，妻子很高兴，她不动声色地看着他脱下外套，打开行李箱，捧出了水晶花瓶……什么都不会逃出她的眼睛。

她笑逐颜开，把水晶花瓶摆放在客厅最显眼的位置。几天后，她又采来了两根银杏的枝条插在水晶花瓶里。枝条上经霜后的银杏叶也黄得晶莹剔透，简直可以和花瓶呼应生辉。

他初见时，又是一愣，情不自禁地想起了那年的秋天，满脑子都是一片杏黄。于是，他还明白了，杏黄也是回忆的底色。

黑虎拳

"小强！小强！快点！快点！"

这个午后，太阳略有些偏西，给明晃晃的青石板街道镶了一溜灰黑的边。少年小强坐在这灰黑的边里，嘴里念念有词：川乌草乌不顺犀，人参又忌五灵脂，官桂善能调冷气，若逢石脂便相欺。……他爹开中药铺，眼光长远，要把儿子培养成未来的接班人。可小强的一双眼却痴痴地望着阳光在青石板上跳跃，那阳光的线真是由无数根丝组成的，那无数根丝中还有无数个武林高手在过招，拳打脚踢，闪转腾挪，勾住了少年小强的魂，他口中的词儿就念得上句不接下句的，他爹不满地朝他瞪起眼。恰在这时，另外两个少年小山和小海仿佛一下子从眼前的光线里跳出来似的，在青石板街上向他招手，小强立刻从凳子上弹起来，拔腿就跳出店门。

"呃，大热天的，干什么去？"他爹追到铺子门口问。

小强回头自豪地告诉爹："练武去！小山教我们练黑虎拳，练成后做霍元甲那样的大侠！"说着，还"嚯"的一声，亮出一个"大鹏展翅"的姿势。另外两个少年也各自比画了一个动作，白盈盈的日光把三个少年的影子投射到明晃晃的街道上，像三条乌黑的鱼在水面上嬉戏。这年，镇上的人家已经有了黑白电视机，《大侠霍元甲》的主题歌《万里长城永不倒》从镇街的东头风靡到西头。开中药铺的小强爹也是大侠霍元甲的粉，他还知道霍家也像他一样经营过中药铺，对儿子说要去学武，他便表现了浓厚的兴趣，看着三条乌黑的鱼消失在石板街的转角处，嘴上就美滋滋地骂了一句："这些小东西！"小山和小海，他都认识，小山是镇上派出所民警小岳的弟弟，小海是隔壁南货店老板老江的儿子。

三个少年一路呼啸着往镇子的西街走，额头上的汗珠像是溪水的源头，和身体其他地方的汗珠汇成一条溪流，从脚上注入明晃晃的石板街上，蒸腾起一丝云雾。这天不逢集，午后的镇街上少有人行。东街铁匠铺老钱家的那只百无聊赖又精力充沛的大黄狗，看见他们，一下子兴奋得跳起来，一蹿一蹿地尾随着他们绝尘而去。

西街有一片杉树林。说是杉树林，其实就是行道树，长有一里路，宽却只有四五米，树也恰好只有四五行。杉树栽种的时间也不长，粗的才有碗口粗，细的刚好当哨棒。但这杉树一棵棵仿佛都要长成栋梁之材似的，铆着劲地笔直笔直地生长。树干一人高往上，枝杈密密麻麻地交织在一起，成了喜鹊、鹧鸪和麻雀们的天堂，它们在里面啁啾、蹦跳，弄得杉树的枝条不时扑簌簌地颤动。杉树林的左边是镇上中学的后墙，过完这个暑假，三个少年都将升到这所学校里读书。后墙有一个豁口，不知是被什么人什么时候扒开的，也不知他要扒开干什么。三个少年顺着豁口跳进学校，围墙后面就是操场。假期，学校里一个人也没有，三个少年在操场上玩了一会儿，白晃晃的阳光逼得他们从豁口跳出来，没把练武的场所放到学校的操场上。杉树林的右边是供销合作社，供销社一度是镇上的商业中心，现在却处于半死不活的状态，从杉树林这边的缝隙望过去，很少见到有人去供销合作社买东西。少年小山把练武的场所选在这里，按照武学的理论，除了清静，还有背倚围墙、藏身林间的意思。

小山是三个少年的头，他的哥哥小岳会武功，小山得高人亲传。镇上派出所里一共三位民警，会武功的只有小岳一个。小山近水楼台先得月，先跟他哥学会了招式，再来这个场所教小海和小强，当然也不完全是教，还有自身巩固和加强的意思。

今天学黑虎拳第八招：猛虎跳涧。小山说："我哥说了，学武要学会避险，这一招就是用来躲避危险的，这一招的关键在转身、跳步速度要快，快如猛然跃起的猛虎。"小山边说，边一招一式地比画给小强和小海看。第八招比画完，小山又意犹未尽地从第一招打到第八招，那拳脚，真个是虎虎生风，有了几分少侠的派头。前面几招，小强和小海也会，却没有小山打得这么熟练、这么潇洒。小山像师傅一样地教训他们："你俩回家都得给我好好练，我哥说了，师傅领进门，修行在个人。不过，今天的重点还是学习第八招。"第八招，小海比小强学得快。小强左腿向左伸直成仆步时，一点猛虎的气势都没有，倒像一只懒洋洋的猫。小山指点："小强的问题，主要在于功力不够。我哥说了，练武不练功，到老一场空。小海，你呢，强是强一点，可也是不够，练来练去，尽练些花拳绣腿，成不了大侠的。"听完，小海和小强都有点羞惭。

三个少年怀揣着梦想——成为霍元甲那样的大侠。至于成为霍元甲那样的大侠后干什么，一时还没想好。小强希望的只是在一街人仰慕的目光中，武功在身的他们背着手从镇街上缓缓而过。这种少年老成的样子是看完电视剧《大侠霍元甲》后，留在他脑海中的一个难以磨灭的印记。

练完招式后，他们开始练功。太阳已经移到杉树林的那边，杉树林的影子像一只张开大嘴的巨兽，不动声色地慢慢靠近学校的围墙。他们先练腿上功夫，腿上功夫就是练蹲马步。两只脚打开与肩齐，下蹲，两大腿与地面平衡，上身直立如马桩。小强蹲不到三十秒就双腿发麻，咬着牙坚持，屁股却不自觉地往起抬；小海坚持不过四十秒，小山能坚持两三分钟。小强和小海对小山佩服得不行，小山却不忘谦虚地说："我这不算啥，我哥在脑袋上顶个茶碗蹲马步，半个小时内茶碗里的茶水都绝对不会溅出一丝水星。"小山的哥哥，在小强和小海的心中，就像大侠霍元甲那样的伟岸。

练完腿上功夫，接着练手上功夫。三个少年练习的手上功夫有两项：一是把沙子装进缸里，双掌伸直如铲，往沙子里插。缸沿也豁了一个大口，像学校的围墙，好在中部和底部都还完整，能存得住沙子。缸应该是供销社经销的，破损的一只就废弃在杉树林的边上，三个少年把缸从杉树林的那边挪到这边来，装上了沙子，就成了练铁砂掌的工具。双掌几番插下来，三个少年的指甲已经被沙子磨平了。手上功夫的第二项是用手掌外侧劈打树干，那棵碗口粗的杉树，棕色的树皮在一米左右高度时已经被掌劈没了，露出乳白的颜色。小山说："我哥说了，就这么练下去，可以练成铁砂掌，单掌能劈死一匹马。"小山边说边比画着，单掌呼呼带风从上往下一劈，嘴里发出"啪"的一声，仿佛落掌下去真的劈死了一匹马。

派出所的另外两位民警都不会武功。一位是所长老吴，老吴身材魁梧，长了一张紫檀色的国字脸，喜欢背着手从西街走到东街，用看嫌疑犯的眼神打量镇街上的每一人，对谁都没有笑脸。老吴常来小强爹开的中药铺买马齿苋泡水喝，小强爹也没有见他露过一次笑脸。但有人见过他对铁匠老钱露出过笑脸。老吴平时说话声音低沉，可是咳嗽声却格外嘹亮，半条街上的人都能听见。他来小强爹的中药铺买马齿苋，小强爹一眼就判断出他是一位肺结核患者。老吴年轻时当过兵，会打枪，但会打枪和会武功是两回事。另一位是户籍警女小乔，女小乔的爹是老吴的前任。女小乔长得文文弱弱的，在镇上中学读书的时候，学校里那几个喜欢欺负女生的坏小子，对女小乔也是蠢蠢欲动，但最终没敢欺负女小乔，就是因为忌惮她爹的一身警服。女小乔长得文弱，学习成绩也一般，高中毕业没有考上警校，也没有考上其他大学，却光荣地穿上了警服——她爹老乔提前两年退休，让女小乔接了班。一年后，县里就取消了公职人员的接班制度。老乔年轻时也当过兵，会打枪，但会打枪和会武功是两回事，退休后的老乔就在镇街上颐养天年，夏天的早晨常跑到镇东街尽头的运河边打太极拳，一招一式，打得有模有样的。但会打太极拳和会武功还是两回事。女小乔连太极拳都不会打，更谈不上会武功了。

当年的小岳高中毕业后应召入伍，在部队里当的是特种兵，转业到了镇上的派出所。后来，镇街上也没有走出过第二个特种兵，所以小岳是镇上唯一一位武功在身的人。小岳武功在身，人又长得英俊潇洒，穿上那身警服，更加成了镇上的男神。文文弱弱的女小乔，警服在身，也奇怪地变得英姿飒爽起来。小岳和女小乔在镇街上走，引得一街的人行注目礼，然后发自内心地赞叹这是天造地设的一对"金童玉女"。小岳和女小乔听见了，却都装作没听见，相视一笑时，却发现那笑在对方的眼波里撞出了涟漪，一撞二撞三撞……这涟漪就一圈一圈地放大，风生云涌，便在对方的心湖上荡起了波澜。

小山的爹开包子铺，包子铺在镇子东街，东街尽头有一座运河码头，就是派出所老所长老乔喜欢早晨去打太极拳的场所。

早些年运河里樯橹如云，后来铁路兴起，这座码头就渐渐废弃了。码头虽然废弃了，运河却没有废弃，水仍然清泠泠的，一棵棵苗壮的枫杨树沿着堤坝往东延伸，东边绿烟葱茏处是镇下面的一个个村子。镇上逢三六九赶集，集市就在东街，不在西街。逢集的日子，小山家一屉一屉的包子蒸得热气腾腾的，蒸包子的炉火要一直到集市散了才能熄灭。

这天逢集，一个赶集的人眼尖，远远地看见小岳和女小乔在集市上巡察，就冲着小岳爹起哄，"我说老财迷，今天我的包子就不要收钱了吧，权当吃你儿子的定亲宴了。"

小岳爹却开不起玩笑，一本正经地说："他俩呀，只是同事啊，吃包子都堵不住你的嘴，小心包子烫了你的舌头。"

"什么同事呀，同事有那么亲热的？我们早把她当成你儿媳妇了，哎呀，你这个老财迷，连几只包子的钱都算计。"小岳的爹沉下了脸，赶集的人却不懂得看他的脸色。

小岳和女小乔并排走了过来，年轻的脸庞像两朵盛开的向日葵。另外一个赶集人善意地戏谑，"俩民警成亲，打一歇后语，叫什么？嘿！叫'肥水不流外人田'呢。"

小山抓了两个热乎乎的包子跑过来，给他哥和女小乔各递了一个。女小乔一只手接过来，会意地与小岳对视了一下。小岳咬了一口，对女小乔说："灌汤的，趁热吃了吧。"女小乔却很矜持，拿手帕把包子包起来，然后用纤巧的手摸了摸小山的脑袋。小山真心希望女小乔成为自己的嫂子。

天气很热，杉树林里的鸟雀一下子安静了，只有蝉在树冠上个比个地赛着嘶鸣。三个少年练罢功夫，随意地坐在地上，看杉树林的阴影像一只巨大的怪兽渐渐吞没了学校的后墙。小山突然出掌一拍，面前的一块残砖断成两截，嘴上恨恨地说："等我练成了黑虎拳，第一个劈死的是派出所的老吴！"小山从爹的闪烁其词中，明白了女小乔可能成为不了自己的嫂子。小山的话，小强和小海却不感到奇怪。因为，小强和小海也想劈死派出所的老吴。

　　前几天，所长老吴来小强爹的中药铺。小强爹的中药铺和小海爹的南货店都在东街，距小山爹开的包子铺大概两三百米远，因为东街斗折蛇行，两家店铺之间有个拐角，所以，永远也不能照面。老吴常来小强爹的中药铺买马齿苋泡水喝，来这里不稀奇。稀奇的是，以往来时，老吴或穿警服或不穿警服，即使穿警服也不会戴警帽，而这次是既穿警服又戴警帽全副武装地过来。另外，以往都是一个人悄悄来，这次还兴师动众地带了女小乔。女小乔也穿了警服戴了警帽，左腋下还夹了一只黑色的公文包，一副公事公办的派头。中药铺出什么事啦？小强爹自己也纳闷儿，停了一笔正在进行的交易，迎上前来，亮出灿烂的笑脸，从香烟盒里恭敬地抽出一支，谦卑地递给老吴。以往老吴来中药铺，小强爹递他烟，他也接了抽。这次却不接，不但不接，还板着那张紫檀色的脸，理也不理小强爹递过来的举着香烟的手。顾客还在眼前，小强爹的笑脸中就夹杂着一丝尴尬了。

镇街不大，平日里也难得有新鲜事发生。中药铺出啥事啦？瞧热闹的街坊邻居围过来好几位，其中就包括隔壁的南货店老板老江，老江就是小海的爹。小海的爹没文化，小强的爹有文化，开南货店的也没法和开中药铺的比，两个层次的人，尿不到一壶里去。但小海的爹就在隔壁，镇小，不逢集的日子，生意也清淡，街坊邻居免不了凑到一起聊聊天，侃侃大山。侃大山时，有时就免不了侃到了镇上的派出所，侃到了派出所的老吴，小商小贩的，谁都觉得自己攀上了派出所所长这个人物有面子。小强爹端着茶杯漫不经心地说："老吴？我的顾客，常来我店里！"老吴从不去南货店，老吴的女儿小芳在供销社上班。供销社虽然半死不活的，可是日常的生活用品还在销售。老吴不去南货店，可以理解他家的日常用品都是从供销社购买的，但南货店里也还有一些东西是供销社里没有销售的，老吴如果需要都让他女儿小芳来买。老吴老婆患了类风湿，常年卧床不起，让女儿小芳跑跑腿也是应该的。可是，中药铺里的马齿苋，老吴却偏要自己亲自来买，从来没有让女儿跑过一次腿，这真是一件奇怪的事。侃到这儿，小强爹就纳闷儿，老吴这是为啥呢。南货店老板老江也纳闷，可南货店老板老江光知道纳闷儿，不知道往下深思，小强爹就知道深思，深思后就理所当然地认为，老吴是看得起他，而看不起老江，这话当然不会说得这么直白，可是在侃大山时那语气就不经意间往出洒一点儿，再洒一点儿……

　　小海爹的肚子里早憋着气呢，一条街上，都是做买卖的，不同的买卖，有什么高下之分！这回，小强爹尴尬的笑容被小海爹看到了眼里，小海爹就意味深长地咧嘴一笑，这咧嘴一笑又被小强爹看到了眼里，似乎往恼火上添了一把干柴，嘭地火苗蹿出老高。蹿出老高脸上却不能流露出来，因为正在接受老吴的询问呢。

"你这店里，最近有没有销售过敌敌畏？"老吴声音低沉，但不失威严。

小强爹的脸上堆着笑，任那股恼火在面皮底下乱窜："我这是中药铺呀，吴所长，敌敌畏是农药店销售的！或者你去供销合作社看看！"

老吴像一尊黑塔似的矗立在中药铺里："我不知道敌敌畏是农药？可你这中药铺也不只是卖中药啊，你不也卖西药吗？"

小强爹脸上的笑容消失了，他这中药铺的确卖西药。镇小，药店少，中药铺兼卖点西药说到底还是为了方便老百姓，他辩解道："不论是中药还是西药，说到底都是治病救人的呀，我这店里只卖治病救人的药，不卖农药！"

老吴霸蛮地说："不要跟我说这么多，你只需要回答我，有还是没有？"

小强爹恼火地说："没有！"

老吴命令女小乔："去检查一下。"

女小乔果真去检查，自然没有检查到农药。但老吴一句道歉的话都不说，领着女小乔扬长而去。事后才知道，老吴到中药铺检查是否销售农药，是因为下面村子里有人家的大肥猪被人用农药毒死了。

事后，小强问他爹："您没告诉女小乔，我和小山一起练武吗？"

小强爹不怨女小乔，"和女小乔没关系，只怪那死老吴！"

小强因为他爹受辱，所以想劈死老吴。小海也是因为他爹受辱——老吴从不去他家的南货店，所以，也想劈死老吴。当然，要实现他们的愿望，得等到黑虎拳练成之后。

三个少年同仇敌忾地在镇街上走，影子裹着他们的脚像皮球一般往前滚动。快走到东街西街交汇处时，少年小钱从铁匠铺里跳出来截住了他们："小山哥，我也想跟你学武！"

"去去去！你还小着呢！"小山皱着眉头朝小钱摇手。

"你还不够资格！"小强和小海自豪地冲着小钱说。

小钱不甘心，左挡右拦地挡住小山前进的方向："小山哥，我就是想跟你学武！"

小山想了想，说："我们并没有练武呀，你怎么知道我们在练武，我们是去抓水怪的。"

这个夏天，不止一个人在运河里见到潜藏的水怪露出了水面，见到水怪的人都说得有鼻子有眼的，所有的家长都严禁自家的孩子去运河里洗澡。提到水怪，小钱一缩脖子。三个少年的影子像皮球一般滚到了西街。

小钱突然明白过来，撒腿冲着他们的影子喊："水怪在东街的运河里呢，你们骗人！"小山他们仨也飞跑起来，小钱家那只百无聊赖又精力充沛的大黄狗，"呼"的一声从阴影里跳出来，撒着欢地加入到三个少年的行列，把委屈的小钱丢在了东街的尽头。

三个少年一口气跑到杉树林边，身上湿漉漉的，像刚从运河里洗了一个澡起来。大黄狗坐在树荫下，龇着牙呼呼地喘气，眼睛直盯盯地望着他们仨。小强指着大黄狗问："是不是小钱派它来偷学我们的武功？"

小海望了它一眼，大黄狗心怀鬼胎地把脑袋扭向一边。小海说："没准儿啊，派出所的老吴可是小钱的表叔啊，他们是一伙的。"

小山盯着大黄狗沉思了一下说："它只是一条狗呢！要不我们还是把它赶走好了。"说着，从地下抄起一块半截砖向大黄狗砸去，大黄狗见自己这么不受欢迎，嗖的一声钻进杉树林，从另一边怏怏地回去了。

三个少年开始表演铁砂掌。小山把三块齐整的砖头摞到一起，两头分别垫上半截砖，砖是从围墙的豁口处掰下来的。小山开始蹲马步，运气，劈掌如刀，刷的一声下去，三块砖头齐生生地从中断为两截。小山拍拍手，有些自负地退到一旁，示意小强和小海上场表演。小海先登场，小海功力比小山弱一些，把两块齐整的砖头摞到一起，两头分别垫上半截砖，学着小山的样子，蹲马步，运气，劈掌如刀，刷的一声下去，两块砖头纹丝不动。小海骂了一句娘，又摆马步，运气，暴喝一声，劈掌，这回两块砖从中齐生生地断了。小海拍拍手，扬扬自得地退到一旁。轮到小强上场了，小强的功力最浅，尚不能断砖，但多日苦练，已经达到单掌断瓦的程度了。小强在杉树林边上找来一块瓦片——镇上窑厂烧制的青瓦，1.5厘米厚，从前常被运河的船一船一船地运走，名闻江左江右。小强也蹲马步，运气，然后一声暴喝，出掌如刀，瓦片断了，手掌也被瓦片击得生疼，站起身时直甩手，嘴里嘶嘶地吸着气。

杉树林那边突然有人喝彩，原来是小岳。小岳穿了一身警服，但没戴帽子，他猫着腰朝这边看，身边还站着一位姑娘，原来是老吴的女儿小芳。小山兴奋地向小强和小海介绍，"我哥，我哥，我哥来了！"一个镇上的，小强和小海都认识小岳，也知道小岳是小山的哥。

小岳站起身，客客气气地对小芳说："你回去吧，正是上班的时间，有顾客来买东西，你却不在，多不好啊！"小芳身材随老吴，有点胖，但心灵美，憨憨厚厚地说："哪有顾客呀，半天也不见一个顾客来，你真的不进去坐一会儿了？"

小岳礼貌地说："不进去坐了，你看那边，三个小家伙，都跟着我练武呢，算是我的徒弟们，我得过去瞧瞧了，你快回去吧。"不等小芳回应，小岳一猫腰从杉树林那边钻过来，头发上挂了一串杉树的叶子。小芳猫下腰，朝这边瞅了一眼，憨憨厚厚地冲他们一笑，撑着一把碎花的伞缓缓地回供销社了。小山想起了女小乔，心不由得缩了一下。

小岳用手扑了扑头发上的树叶，笑着问小山："你们，怎么跑到这儿练武了？"

"这儿安静！没有闲人！""背倚围墙，藏身林间！"小强和小海抢着回答，他们第一次在练武场见到偶像，觉得跟平时在街上见到小岳不一样，两颗小心脏兴奋得怦怦跳。

小岳摸了摸他们的脑袋，说："你们都是不一般的小孩儿，你们都是了不起的小孩儿，你们会武功，是小英雄！"说着，冲三位少年跷起了大拇指。三位少年挺起了胸脯，三张喜气洋洋的脸开成了三朵娇妍的花。小岳改变主意，让他们不要翘尾巴，说："你们觉得自己是小英雄了，可你们距离真正的小英雄还很远，"他曲着手指数，"你们看，小交通员潘冬子、小侦察员张嘎、小英雄王二小……他们可都在比你们还小的年纪做出了不起的大事啊……"三位少年的脸上隐去了自得，露出一丝羞愧又夹带着一丝期许的神色来。

小岳意味深长地扫视了他们一眼，突然大声问："你们想不想成为真正的小英雄？"他们异口同声地说了一个"想"字。小岳依次拍拍他们的肩。他们都闻到了小岳衣袖上飘来的清香——是雪花膏的味道。

小岳高兴地说："既然你们都想成为真正的小英雄，那么从今天开始，你们就开始做我的线人。线人，你们懂不懂，就是一旦发现不法分子的线索要及时向我报告。你们说，能不能做到？"

"能做到！"三个少年异口同声地回答。

"哥——"小山吞吞吐吐地问，"你怕老吴吗？"

小岳疑惑地打量着他。

"你哥武功第一，怎么会怕老吴呢？"小强说。

"你哥武功第一，老吴都听你哥的。"小海补充。

小岳轻松地笑了。

三个少年在镇街上结伴而行，六颗警惕的眼珠滴溜溜地转，正午的阳光把他们的影子缩得比皮球还小。铁匠铺老钱家的大黄狗见了他们，忘了旧恨，呼的一声跃起，冲进白花花的日光中，围绕着三个少年的前后左右上蹿下跳。铁匠老钱停下手中叮当作响的铁锤，往街上撩了一眼，笑笑说："小岳的弟弟，也把自己当成民警了。"

小钱对爹说："他们仨很坏，他们仨都不肯带我去练武！"

老钱摇摇头说："练武？连小岳都不是你爹的对手，练啥武啊。"

小钱瞪大眼问："爹也和小岳在擂台上比过武？"

老钱笑笑说："在啥擂台上比武啊，你看镇上谁能像你爹抡起这么大的锤？"说话间，徒弟把一块烧红的铁放到砧板上，老钱抡起大锤，"当"的一声，火花溅进石板街的阳光中，被白晃晃的阳光融成一样白了。

三个少年在镇街上呼啸而过，太阳白花花的，镇街上的石板烫得能烤熟鸡蛋。

路过中药铺时，小强被爹叫住了，"你们不是要练武吗？毒日头下，在街上疯疯癫癫地干什么？"

小山挺身说："叔，我们接到了任务，今天要去抓水怪！"

隔壁的老江听见了，跳出店门，问："谁给的任务啊？"

小山自豪地说："我哥，我们仨都是他的眼线！"

老江不懂什么叫眼线，可是三个少年已经走远了，老江冲着儿子的背影喊："你们可不能下到运河里！小海你要是不听话，回来看我不敲断你的腿骨！"

小山扭头喊："叔叔放心吧，有我呢！"

这回是走村串乡的货郎看见水怪了，货郎在河堤上歇凉时，突然听见运河里一阵泼刺刺的响，紧接着浪花翻滚，钻出一个有眼睛有鼻孔有嘴巴，却没有头发没有眉毛没有鼻梁的怪物来，这怪物似人非人，浮出水面，冲他龇牙一笑，吓得他魂飞魄散，挑着货担跟跟跄跄地奔到派出所报案。派出所的三个民警，最有能力的是小岳。小岳到水码头边查勘，什么也没发现。小岳有许多其他重要的任务，就想到了三个少年。

三个少年坐到河堤的树荫下，眼睛死死地盯着水面。水面波光粼粼，有两只秋沙鸭在水面上寻寻觅觅，什么异常也没发现。枫杨树的影子投到水面上，一点一点地往对岸延伸，直到暮色像苍茫的水汽四处弥漫开来。这一天，三个少年一无所获。

第二天，他们比昨天来得早些，看到了刚打罢太极拳的老乔。老乔正顺着河堤边甩胳膊踢腿边往回走。小山迎上去问："乔伯，我是小岳的弟弟小山，您刚才看见水怪了吗？"

老乔退休了好多年，威风劲儿一点没散去："哪来的水怪，尽胡说！"对小山提起小岳一点儿也不感兴趣。

小山不甘心地说："我哥说有人到派出所报案了！"

老乔边摇头边继续走，声音从脑后传来："这世上只有人怪，哪有水怪！"

"老家伙，说的什么我一点也听不明白！"看着老乔走远了，小强和小海义愤填膺地说。阳光从枫杨树的梢头劈下来，击到运河的水面上，把自己击得粉身碎骨，让每一粒水珠都幻化成一颗太阳，发出耀眼的白光，晃得三个少年的眼珠生疼。树上知了的声音似乎比往日更加嘶哑些，他们依然在水面上一无所获。小山正回味起老乔的话，"这世上只有人怪，哪有水怪！"只见东街的老毕光着膀子，只穿了一条短裤，鬼鬼祟祟地从水码头溜下，然后不见了，一股波纹冲到他们眼前，老毕露出水面，抖抖头上的水珠，冲着三个少年龇牙一笑。三个少年恍然大悟。

原来老毕还是小毕时，县剧团晚上在没有通电的村子里演出，舞台四周高悬起神奇的汽灯。调皮的小毕爬到木杆上去够汽灯，谁知汽灯一碰就"砰"的一声爆炸了，滚烫的灯油瞬间兜着小毕的头浇下，可怜的小毕不仅头发眉毛鼻子，连耳朵都烫没了，就成了现在的一张鬼脸。

搞清了水怪真相的三个少年向派出所飞奔。石板街明晃晃的，像运河的水漫了过来。走到老钱的铁匠铺前，却被老钱挡住了去路，老钱横着膀子一本正经地说："此路是我开，此树是我栽。打从此地过，先收买路财。"小钱站在老钱的身后嘿嘿地笑着。

小山气喘吁吁地说："别开玩笑了，我们有急事。"

"你们能有什么急事？"老钱也嘿嘿地笑起来，对着小山说，"听说你武功高强，我打铁的老钱不会武功。你能掰开我这只胳膊，我就放你过去。"打铁的老钱伸出一只粗壮的胳膊。

"小山，用铁砂掌劈他！"小强和小海愤怒地吆喝。

大侠小山开始运气，出掌如刀，然后暴喝一声，往老钱的胳膊上一劈。铁砂掌，老钱的胳膊就废了，小强和小海努着四只眼珠看，然而，老钱的胳膊却纹丝不动。错愕间，却见老钱哈哈一笑，顺手把小山摞倒在石板街上。肚皮烙在石板街上，似乎能闻到烤熟了的香味，小山顾不得和老钱计较，爬起来就往派出所跑。小强和小海略有些失望地跟在他的身后。

小岳不在所里，老吴也不在所里，所里只有女小乔一个人。女小乔应该涂抹了雪花膏，身上散发着馨雅的味道。小山惴惴不安地问："我哥呢？"

女小乔的表情和平时不一样，不但表情淡淡的，还把眉头皱了一下说："没在所内。"

莫非女小乔知道自己被老钱摞倒了？小山有些羞愧地问："乔姐知道我哥去了哪里吗？"

女小乔不耐烦似的说："你去供销社那里看看吧。"

小岳果然在供销合作社这里，和他在一起的，还有老吴。奇怪的是会武功的小岳居然在不会武功的老吴面前低着头，身子倚在一棵杉树上，一只鞋尖在面前的地上不停地旋着圈，地上已经旋出了一个土坑。老吴高大的后背对着三个少年，像一堵高大的墙。

"你只是一个编制外的民警，老子一句话，让你滚蛋，你就得滚蛋！"老吴的声音低沉而威严。

"也许是小芳误解了我的意思，我并没有说那样的话。"小岳有气无力地解释。

"那你去给小芳道歉去！"老吴命令道，"我告诉你，以后不许对她三心二意！"

"哥！"小山窃窃地喊了一声。

小岳似乎没有听见，也似乎听见了，往三个少年这边看了一眼，尴尬地笑了一下，身子离开了杉树，向供销合作社的方向走去了。老吴背着手，威风凛凛地跟在小岳的身后，像押送着一个嫌疑犯。

三个少年无精打采地在镇街上走，影子在他们的身前升得长长的，他们心事重重地尾随着影子，生怕踩疼了它们⋯⋯

豆腐冠军

吉祥街上店铺不计其数。

卖豆腐的店铺却只有两家。

一家在北边，一家在南边。北边的豆腐店老板姓冯，叫冯国昌，今年四十六岁；南边的豆腐店老板姓赵，叫赵国盛，今年四十三岁。冯老板长着一张国字脸，身高一米八，身材本就魁梧，现在有些发福了，显得膀大腰圆，像个天天杀猪吃肉的屠夫，不像豆腐店的老板；赵老板长着一张刀条脸，身高一米七一，身材瘦削，倒像个常年吃豆腐的。冯老板和赵老板在一起说话，得隔开两米远，不然赵老板仰头才能看见冯老板的脸。两家豆腐店的老板是表兄弟，冯老板管赵老板的妈妈叫姑姑，赵老板管冯老板的爸爸叫舅舅。两家原本就是世交，祖上好几辈都是做豆腐卖豆腐的，后来越走越近，越走越亲。到了冯老板赵老板父亲这一辈上，两家成亲戚了。早先，冯老板家在霁鲂市北边，卖北豆腐，冯老板的爷爷用秤钩钩着一块北豆腐，扛着秤杆走几十里路豆腐也不会掉下去；赵老板家在霁鲂市南边，卖南豆腐，那南豆腐软一分就是豆腐脑，硬一分即成北豆腐，入口即化，软硬恰到好处。冯老板家和赵老板家的豆腐，《霁鲂县志》上都有记载。

霁鲂市有了吉祥商业街，政府集中盖好了店铺，店铺对外招租。两家商量好了，都到吉祥街上来做豆腐、卖豆腐。客户那么多，有喜欢南豆腐的，有喜欢北豆腐的，加上你在街的南头，我在街的北头。干脆，我们两家店都卖一样的品种，什么北豆腐、南豆腐、豆腐皮、豆腐干、豆腐片等一模一样。两家商量好了，甚至作息时间都一致，早上四五点钟起床做豆腐，七点开门迎客，一边卖豆腐一边做豆腐，晚上七点打烊。吉祥街上开门最早、闭门最早的店铺，就是冯老板和赵老板的豆腐店。豆腐店本小利薄，冯老板和赵老板都没有雇帮手，帮手就是自己的老婆，他们开的都是夫妻店。

冯老板有个儿子叫大康，大康在霁鲂师专上大三，明年上大四。赵老板有个女儿叫雪聪，雪聪在霁鲂四中上高二。冯老板赵老板各自忙着生意，平时难得在一起聚会，俩孩子却常在一起玩。按说这是好事，赵老板有时看了，却不太高兴，皱着眉头悄声跟老婆嘀咕："下回得提醒雪聪点儿，少跟大康来往，别让大康带坏了。表哥一家把孩子惯坏了，惯成什么玩意儿了，一个师专，别人上三年，他却要上四年。"

老婆手上忙个不停，一边将豆腐包放进木模子里，一边说："你不是她爸吗，你自个儿不会去提醒？"

赵老板愁眉不展的："你是她妈嘛，你提醒一下更合适。"

老婆朝他撇嘴："醒醒吧，老师说你姑娘的成绩在班上垫底，要是能考上霁鲂师专，我就烧高香了。"

赵老板不死心："都是被大康带坏的呗，一天到晚尽惦记着玩，你就不管了？"

老婆回他："你要能管了，你管！"

俩孩子常在一起玩，冯老板的姑妈和赵老板的舅舅也常常见面，见面也不在豆腐店里，在吉庆街冯老板家或赵老板家。兄妹俩见了雪聪、大康俩孩子常在一起玩很高兴。

这位说："多好的一对呀！可惜现在不兴近亲结婚呢！"

那位顺着这位的话说："不然亲上加亲，多好哇。"

兄妹俩喜滋滋地望着俩孩子，又从俩孩子身上聊到各自儿子和儿媳妇身上，话题千丝万缕，多得聊不完，一天的光阴就忽地过去了。

吉祥商业街管理办公室成立四五年了，一直是两个工作人员，一个是主任，一个是科员。主任一直是老张，自吉祥商业街管理办公室成立以来就没换过。科员换过一人，小李没来之前，那个科员叫小徐。小徐是位姑娘，身材苗条，长相娇美，在吉祥街工作了两年，有了基层工作经验，小李来了，她就调到局机关去了。也许是小徐调到局机关了，吉祥商业街管理办公室空出一个编制，小李才能够来这里。

　　吉祥商业街管理办公室的办公楼也是两层楼，一间店铺那么大的门面。门前立着一根路灯杆，外墙装着一个宣传栏。一层的屋子隔成两间，里间是主任老张的办公室，外间是科员小李的办公室，外间的一面墙上挂着写有商业街管理职能的纸，镶嵌在一个玻璃镜框里，什么"协助有关职能部门对商业街的环境卫生、公共设施、市场秩序、质量技术监督、消防安全、交通、环境保护、商业文化、租赁经营等社会活动实施综合监督、管理和服务"等，这些都是写在纸上的。实际上，商业街管理办公室的职能也就是到期收收管理费，或者上面要来检查，提前一天，主任老张带着科员挨家挨户地打好招呼，要注意街容街貌，店铺里的摊床千万不要摆到街面上来。商业街规定，商户的经营只能在店铺内进行，摊床摆到街面上来，不但影响市容，也影响行人行走，磕磕碰碰了谁都不是小事。但商业街的商户都觉得自己的店铺小，都喜欢把摊床摆到街面上。平时可以这样，上面来检查了就绝对不行。所以，主任老张一打招呼，大部分的商户能自觉地把摊床撤回店内，但也有个别不自觉的依然把摊床摆到街面上来。上面来检查，主任老张就挨批。批也只是口头上的批，也没把老张怎么样。老张自己也不想怎么样，所以，这几年，主任老张的工作做得不是很好。工商局年终喜欢搞表彰，年终"先进工作者"的奖状能发下来一百张，老张却从来没得到过其中的一张。

不得就不得吧，老张想，再干两年就退休了，自己原来只是局机关的司机，老领导退休前把自己的身份由工人转为干部，又提拔到吉祥商业街管理办公室当主任，若不是老领导提携，司机当主任，想也不敢想。主任老张是一个很知足的人。

主任老张很知足，科员小李却不能知足。小李老家在霁鲂市农村，距霁鲂市七八十公里。农村里的孩子不容易，通过这么多年的努力，考上大学，在大学里做过学生会副主席，现在，一路过关斩将，考上霁鲂市的公务员。本以为前程似锦，从此可以大展宏图，实现人生抱负了。谁知却被分到这样一个部门，每天上班，除了收收管理费，就是陪主任老张聊天。老张要是吐槽，小李只能当垃圾桶。好在老张没心没肺，吐槽的时候不多。说的多是局里的趣谈，老张说者无心，小李听者有意。陪聊了半年，小李悲哀地品出，自己比不了前任小徐，小徐长得漂亮不说，家里还有一些背景，她舅是霁鲂市人民检察院的办公室主任，检察院是干什么的地方？局长都得赔着小心！自己也有舅舅，自己的舅舅不过是老家农村生产小队的队长，自己在霁鲂市可谓两眼一抹黑。小徐在这干两年就调回局机关的好事，在自己身上重演的可能性不大。主任老张过两年就退休了，他不求上进，把这当养老院，一天一杯茶一包烟聊半天，自己再这么陪聊下去就废啦！

小李心急如焚，辞职不干？干啥去？文史哲专业不好就业，自己的同学还有一半在社会上漂着呢，同学聚会时，好多仰慕的目光都能把自己陶醉死。尤其是女同学小苏，那火辣辣的目光，自己能不明白？可不能砸了这金饭碗，是好是歹，都得在这条街上混下去。不、不、不……不能混！得干点事业，不干点事业，哪有出头之日？敢问路在何方，路在脚下。得琢磨道儿啊！

这天，小李不陪主任老张聊天了，找个借口溜出来，从吉祥街的北边走到南边，又从南边走回北边。吉祥商业街共有电器店18家，百货店27家，服装店25家，化妆品店8家，饭店22家，豆腐店两家……转来转去，小李的脑袋就像一台高速运转的计算机，苍天不负有心人，苦思冥想中，一道灵光乍现，小李击掌喜道："有了！"

有了什么？小李想搞一个吉祥商业街豆制品行业评比，旨在利用有限的资源，树立吉祥商业街商品品牌，扩大购物消费，进一步推动商业街繁荣发展。从此也将改变商业街管理办公室懒政怠政、碌碌无为的现状，这个主意好！这个主意不错！小李下定决心，要立足岗位，干出一番轰轰烈烈的事业来！

吉祥商业街共有电器店18家，百货店27家，服装店25家，化妆品店8家，饭店22家……而豆腐店只有两家，小李为何单单要搞什么豆制品行业评比？

"此中有真意，欲辨已忘言。"其实，辨辨也是可以的。原来，在办公室里，小李陪主任老张聊天，老张没有架子，不摆谱，想到哪里就和小李聊到哪里。一天，老张突然对小李说，咱这条街上，别看店铺这么多，还真找不到两家经营品种完全相同的店来，当然，冯老板和赵老板的两家豆腐店除外，这俩表兄弟，好得要穿一条裤子似的。

　　老张这话，说过去也就过去了，老张自己都未必记得是什么时候说的这话。老张是无心人，但小李是有心人，所以，主任老张这话就像一粒种子，埋进小李的心里了，不定哪天发芽。今天就发芽了。小李想起了老张的那句话，小李还想，店的品种不同，的确没有可比性。两家店的品种一模一样，比起来就有意思。其次，第一次搞行业评比，算是首秀，没有经验可循，两家店，数量少，操作起来相对容易些，也为以后开展其他评比积累工作经验。

　　时不我待，说干就干，小李是做过学生会副主席的人，就是不一般。回到办公室，老张又端着茶杯来找他聊天。小李不扯别的，不顺着老张的思路走，当下向主任汇报了自己的想法。主任老张没说同意，也没说不同意。小李觉得这样就行，对于小李来说，只要主任老张不反对就好。来吉祥商业街管理办公室，陪主任老张聊了这么久的天，他早就把住老张的脉搏了。于是，决定先成立起一个吉祥商业街豆制品行业协会，挂靠在商业街管理办公室下面，待时机成熟时再向民政部门报备。协会奉老张为会长，小李当仁不让地为秘书长。主任老张喜欢和稀泥，小李爱怎么折腾就怎么折腾去，只要别犯错误，别给他惹麻烦就成。会长的帽子老张也不推辞，老张觉得自己毕竟还是主任，难不成这个会长的帽子还让小李戴去？说不过去嘛！老张平时工作都是睁一只眼闭一只眼的，就这德行。

　　小李说干就干，吉祥商业街豆制品行业协会说成立就成立。

成立了马上就要搞行业评比。两家豆腐店，这行业评比不就是要在两家店之间评优劣、评高低吗？风声传出来，冯老板和赵老板都听说了，感觉这事好幽默，感觉这事跟自己有关，又好像无关。晚上，豆腐店快关门时，赵老板让老婆关上店门先回家去，自己跑到北边来找表哥冯老板商议。冯老板有些不屑地说："商业街管理办公室的人是吃饱了撑的，他们爱怎么折腾就怎么折腾去，咱哥俩的豆腐，咱哥俩最清楚。嘿！一个配方下来的，让他们评去吧。"

"他们是闲得蛋疼，让他们评去吧。"赵老板笑着说，于是放了心。

第一季度，小李专门请了五家饭店的老板，随机请了吉祥商业街的五位游客，现场品尝北边冯老板和南边赵老板家的豆腐。品尝后无记名投票，请吉祥商业街另外两家店铺的老板当监票人，以保证评比的绝对公正公平。计票结果，两家豆腐不分伯仲，票数相同。这可不行，这样评比还有什么意义，评比就是一定要分出优劣！小李急得一头大汗，主任老张可不管，端着茶杯和人扯闲篇。

小李骑虎难下，只好又专门请来另外五家饭店的老板，又随机请来吉祥商业街另外五位游客。这回，评比结果出来了，获得本季度冠军的是北边冯老板的豆腐店。一张大红喜报贴进吉祥商业街管理办公室外墙上的宣传栏里，另一张大红喜报贴到冯老板的豆腐店外墙上，两张喜报都是小李亲自操办的，小李在做学生会副主席的时候就擅长写喜报，这回总算是找到用武之地了。喜报下面的落款单位也是两个，一个是吉祥商业街管理办公室，一个是吉祥商业街豆制品行业协会，公章却只有吉祥商业街管理办公室一个，没有行业协会的公章，小李相信，这只是暂时的。

评比结果刚出来，冯老板和赵老板都没当回事。赵老板在自己的豆腐店里忙，又熬豆浆又压豆腐的，忙得脚打后脑勺，刚才中山路鸿庆楼大酒店的采买打来电话，今天额外增加十板豆腐，下午五点前派人来取。现在都下午四点了，赵老板和老婆哪有时间去商业街管理办公室欣赏喜报。

冯老板也忙，又熬豆浆又压豆腐的，忙得脚打后脑勺，但喜报贴到他家店铺的外墙上了。

小李来贴喜报的时候，身后瞧热闹的人聚集了一大堆，步行街上的人本来就多，这会儿喝彩声、嬉笑声，闹哄哄一片。老冯系着大围裙，正一瓢一瓢地把一大锅熬熟了的豆浆往缸里舀。豆浆舀到缸里后，还要点卤，让豆浆变成白花花的豆腐脑。还要把豆腐脑舀进豆腐包里。豆腐包是粗纺的棉布做成的，置放在木模子里，然后再用木板压实，等豆腐脑中的水沥干后，一板豆腐就做成了，一个模子做一板豆腐。一次十个木模子摞压在一起。

这会儿，冯老板听到外面动静异常，而且就在自家的店铺外，似乎和自己家有关。冯老板吃了一惊，不知道出了什么事，豆浆还没舀完，就把长柄铁瓢一扔，手揪着围裙，三步两步迈出店门。出得门来，一群人围拢在一起，仰着脖子往他店铺的外墙上看，冯老板急忙拨开人群，呵！大红喜报红艳艳的，原来自家的豆腐店获得了当季冠军！想起了前几天听说的商业街豆制品行业评比的事，敢情是这个呀，不由得笑逐颜开。老婆在店铺里喊："啊哟喂——老冯你这个死鬼，豆浆在锅里都熬煳啦！"冯老板又吃了一惊，丢下围拢的看客，赶紧揪着围裙回店里了。果然，大锅里的豆浆至少熬煳了一瓢，冯老板心疼不已。

当天，并没有什么特别之处。只是，晚上冯老板和老婆盘点当天的营业额时，发现比昨天多了四百块。非年非节的，突然多出四百块，能出什么鬼！冯老板自然就想起那张喜报了。哟嚯嚯，敢情那张红纸能给店里带来好运呢！忙跑出豆腐店来看，只见墙上大红的喜报在街灯的照射下，显得更加鲜艳无比，都能散出红色的光晕来，老冯伸出手在喜报上摸了摸，咧开嘴笑了。

晚上，赵老板和老婆也盘点当天的营业额，发现比昨天少了三百块。这位说，吉祥商业街上冯老板豆腐店的收入多出四百块，按理来说，赵老板豆腐店的收入就应该少了四百块才对呀。其实不然，吉祥商业街是全雾鲂市的商业街，一些平日不在商业街买豆制品的雾鲂人，看了冠军的喜报，动了购买的欲望，所以多出了那一百元钱。

非年非节的，营业额怎么比昨天少了三百块呢？出了什么鬼？赵老板和老婆疑惑不解。赵老板就想起了白天有熟客来买豆腐时说，北边冯老板的豆腐店被评为本季度的冠军了，自己当时还没在意，以为熟客在开玩笑，莫非这是真的？赵老板的心中疑云丛生，让老婆关了店门，先回家，女儿赵雪聪实在不省心，也不管下半年就要上高三了，心里惦记的不是电脑游戏，就是和一帮坏小子交朋友，打电脑游戏倒不算什么，就怕那些坏小子，大康就是其中一个。大康还算好的，怎么说还是表兄，有个底线呢。想起其他的坏小子，赵老板就上火，嗓子火辣辣地疼。得让老婆早点回去监督着，自己到表哥冯老板的店里去探个究竟。

夜晚的商业街依然很热闹，豆腐店虽然歇息了，但其他电器店、百货店、服装店、化妆品店、饭店等等却像刚刚苏醒过来。街上俊男靓女摩肩接踵，音乐声、招徕声、嬉笑声混杂在一起，热闹非凡。有家饭店里传来一只啤酒瓶子的爆裂声，紧接着还传来一个女人的尖叫声。赵老板没心思理会这些，他只惦记着这一天的营业额怎么比平时少了三百块，难道表哥冯老板的豆腐店真的被评为冠军了？

赵老板从商业街的南边往北边走，一路穿过市声，脚步匆匆，但走到商业街管理办公室那里，脚步停了下来，因为他看见宣传栏里果然贴着一张大红纸，往前一凑，呀！白天熟客的话说得一点儿没错，果然是表哥冯老板的豆腐店被评为吉祥商业街当季豆腐冠军了！凭什么？怎么评的？两家店，卖的都是一模一样的品种，用的都是一模一样的配方。赵老板当即血往上涌，脸红脖子粗，伸手要撕喜报。撕不掉！喜报贴在橱窗里面，外面有玻璃门，上了锁，钥匙在小李手里。砸碎玻璃？破坏公物？赵老板不敢，也没想到。

瞎胡闹，净扯淡！赵老板心底生气，脚底生烟，大步流星赶到了北边冯老板的豆腐店。咦？冯老板的店铺外墙上也贴了一张大红喜报。店内熄了灯，鸦雀无声，这个时间，表哥和表嫂一定回家休息了。敲店铺门无人应，赵老板又踢了店门几脚，回应他的只有卷闸门的哐啷声，走吧。悻悻然回头，又瞧见那喜报了，红色的光晕里分明藏着千万根针，一股脑向赵老板刺来，刺得他眼睛生疼，再盯一眼，眼睛就要被刺瞎了。赵老板蹿上前，一把扯下喜报。这里没装橱窗，喜报就贴在墙上，轻易就能扯下来。赵老板像逮住了杀父仇人，把扯下来的喜报撕成几片，又揉成几团，还不解恨，不远处，有垃圾箱，扔进去，往上面吐了好几口唾沫，才出了一口浊气。明儿还得早起做豆腐，今晚得早点儿回家休息。赵老板一边大步流星地往回赶，一边气哼哼地想，两家一模一样的豆腐，表哥真还把自己当冠军了。商业街管理办公室搞的一张大红纸，表哥还真当成宝贝似的贴到墙上，什么玩意儿！这会儿，赵老板不怪商业街管理办公室了，把火全撒到表哥冯老板头上，还以为喜报是冯老板自己贴上去的呢！

第二天，冯老板和赵老板做豆腐卖豆腐，开门营业，一日无话。到了晚上盘点一天的营业额，冯老板和老婆发现今天比昨天又多了一百块，也就是比前天多了五百块。赵老板和老婆发现今天的营业额又比昨天少了五十块，也就是比前天的营业额少了三百五十块。赵老板和老婆不用动脑子都知道，是商业街管理办公室那张大红纸惹的祸，表哥豆腐店外墙上的纸是被自己撕了，可还有一张在嘛，贴在橱窗里，撕不下来。赵老板打发老婆早点儿回家，自个儿关上店门，在店里生会儿闷气，盘算着明天得抽时间去商业街管理办公室找主任老张。你搞豆制品行业评比，你搞你大爷评比，你搞什么我都不反对，可你不能搅我的生意呀，我这一天少了三百多块，再搅下去，我找你赔！赵老板只知道主任老张，不知道这个豆制品行业评比其实是科员小李一手操办的。

正在边生着闷气边盘算时，店门"嘭嘭嘭"被人敲了三下。赵老板问："谁？"

"我！"冯老板在店外答。

原来，早上冯老板发现店外那张大红纸被人撕了，不用脑袋猜都能猜到是表弟赵老板干的。猜到了是表弟赵老板干的，冯老板并没有生气，将心比心，两家做一样的豆腐，经营一样的品种，偏要分什么高低，假如那张大红纸贴到表弟的店外，影响了自家的收入，自己也会闹心，自己也要跑去撕掉。冯老板这么一想，就后悔，昨天商业街管理办公室的小李贴完红纸走后，自己就该把它撕下来。可当时为什么就没撕下来呢？说是忙得脚打后脑勺，难道就没有那几分虚荣心？没有那几分私心？要不怎么打烊后，也没撕下来，反而和老婆端详了好一阵儿，才喜滋滋地离开呢？

这天晚上，盘点后，冯老板就想去表弟那里去看看。老婆不让他去，老婆不但不让他去，还很生气，说："喜报贴到咱家墙上，他凭什么不声不响地撕掉？不是我挑礼，你要撕，好歹跟我们打声招呼吧，打狗还得看主人呢！"

这哪跟哪呀，冯老板朝老婆挥挥手，不耐烦地说："早点回家歇着吧，头发长见识短的。"

老婆说："你头发短见识长，还不是跟我一样卖豆腐！"嘟囔了两句，回家去了。

冯老板关了店门，背着手，从北边往南边走。按理说，冯老板的家也住在吉庆街，应该每天自北向南穿过吉祥街。可冯老板和老婆每天是坐公交车回家，吉祥街是步行街，公交车不从吉祥街走。这个晚上，时间还早，商业街上灯火辉煌，客来客往，人声鼎沸，冯老板天天在商业街做生意，豆腐店一关门就回家，几乎没有逛过夜色中的商业街。这会儿走在街上，恍惚中以为自己来到了另一个世界。

"表哥，你怎么来了？"隔着两米远，赵老板不失礼数地问。

"我约莫着，你还没有走，还在店里。"冯老板有些不好意思地说，"那个事……"

"哪个事？"赵老板知道他要说什么，自己揣着明白装糊涂。

"喜报贴在我家店面上的事，跟我没有关系的，管理办公室瞎搞的。"冯老板瞅着表弟的脸说，看见表弟的表情有些不自然，又说，"我是要撕掉的，我们是表兄弟，我们两家都卖一样的品种，一样质量的豆腐，我心里是有数的，表弟。可是商业街管理办公室的人亲自来贴的，再怎么说，他代表的是公家吧，我总得等他走了再撕吧，做豆腐卖豆腐，忙得脚打后脑勺，你也一样。这一忙就给忙忘啦。"冯老板有些歉意地对赵老板说，"好在、好在昨晚上就被人……撕掉了。"

赵老板不动声色地从兜里掏出烟盒，抽出两根烟，自己嘴里叼上一根，往前走了两步递给表兄一根，并帮表兄点着了火。

冯老板吸了一口烟，徐徐地吐出烟雾，真诚地望着表弟说："理他什么玩意儿评比！咱哥俩的豆腐，咱自个儿最清楚。要评冠军，咱哥俩的豆腐都该得冠军。"

"表哥，这两天，你的营业额增加了不少吧？"赵老板猛吸了一口烟，下了好大决心似的问。

冯老板一怔，忙摇了摇头，回答道："没增加呀，没见什么好处，一点好处没见着，你的营业额增加了吗？"冯老板说这句话时，觉得自己的心跳在加速，在慌乱地应付完表弟的话后，暗暗骂了自己一句，"没出息！"

赵老板阴沉着脸说："还增加？我这两天的营业额，天天都在减少！一天要少三五百，表哥你也知道，我们这小本生意的，一天要少三五百怎么得了。你的也没增加，我就纳闷儿了，商业街管理办公室要搞豆制品行业评比干什么？他们图个啥呀！"

冯老板的心跳恢复正常了，说："瞎折腾呗！他们是吃饱了没事撑的。"

赵老板总觉得自己吃了亏，说："明天咱哥俩去商业街管理办公室讨个说法？"

冯老板不愿意去，说："表弟你也是吃饱了没事撑的！公家总是有理的，你能讨到说法？再说，有那工夫不如做点豆腐。"

赵老板想想也是，又问："说是一个季度评选一次，不知道下个季度还评不评选？"

冯老板肯定地回答："商业街管理办公室搞的东西，兔子尾巴长不了。"哥俩相视一笑，结伴回到了吉庆街。冯老板和赵老板的家都在吉庆街，却并不住在一个小区里。

吉祥商业街管理办公室外墙宣传栏里，那张大红喜报一直贴满一个季度。这三个月，赵老板的营业额每天有多有少，但一个季度下来，足足少了一万块；而冯老板的营业额，一个季度下来，足足多了两万五千块。照这样下去，一年四个季度，就会多出十万块。现在霎鲂市的房价一般一平方米在五千元左右，买套九十平方米的房子需要四十五万。冯老板的老婆乐的，这样干下去，干个四五年，等于多干出一套房子。儿子大康在霎鲂师专上大学，今年本该毕业了，却要多读一年，因为有四门课挂科，这小子将来能有多大出息？不但不能指望他在"北上广"闯出一番天地，就是在咱霎鲂市混下去也不容易，像商业街管理办公室小李那样的工作都得通过招考。冯老板说："真不知道大康明年师专毕业了，能干什么。"

老婆说："没地方去，就跟咱一起做豆腐卖豆腐。"

冯老板把眼一瞪，说："啥？卖豆腐做豆腐，我送他去读大学干啥？头发长见识短！得，先甭管大康将来毕业了干什么，大康也老大不小了，假如有钱，先帮他在霎鲂市把房子买一套是正道。"

晚上，冯老板和老婆琢磨，这个季度营业额为啥多了两万五千块。为啥？为啥？掰着手指头都能算明白，不得感谢人家吉祥商业街管理办公室豆制品行业协会吗？

冯老板老婆指示冯老板："听说下季度评选马上就要开始了，这个冠军你还得给我争回来。"

冯老板不想争，说："争嘛争，第一季度你去争取了吗？这冠军还不照样给咱了。再说，皇帝轮流做，这一季度轮上表弟的豆腐店了。做人，不要那么贪心好不好？"

"啊哟喂，你傻呀，你脑袋是榆木疙瘩做的吗？说你是榆木疙瘩脑袋你还不服气！"冯老板老婆数落道，"这一季度就轮上你表弟的豆腐店了？你是豆制品行业协会主席？你说了算？退回来说，这回冠军真轮到你表弟了，你表弟会感谢你？还不得感谢商业街管理办公室！和你一毛钱的关系都没有。第一季度你没争取，那是大姑娘上轿子头一回，商业街管理办公室摸着石头过河。第二回可不一样了。咱得送点礼，给办公室主任老张。"得！冯老板和老婆也以为豆制品行业评比是老张张罗的，谁让老张是商业街管理办公室主任，又是豆制品行业协会的主席呢！

冯老板还是有些于心不忍，说："表弟一家也不容易的，要不，这回、这回咱还是不争了，冠军就让给他吧。"

"啊哟喂！"老婆这回是真生气了，"还总说我头发长见识短，我看你脑子真是榆木疙瘩永远开不了窍了。你表弟家只有一个姑娘，人家说姑娘是招商银行，将来用得着给她买房子？再说了，你要觉得钱挣多了，过年过节时多孝敬你姑妈一些就是。"

"那——送点礼？"冯老板的心活泛了。

"对！送点礼。"老婆斩钉截铁地说。

"光送老张不合适吧，喜报还是小李贴的呢。"冯老板到底是老板，考虑得比老婆周密些。

冯老板的老婆寻思了一会儿，一咬牙一跺脚，决定："阎王易见，小鬼难缠。小李也送点，只是要比老张少一些。"

送啥呀？夫妻俩谋算好了。咋送呀？没送过礼，冯老板又为难了。

老婆说："趁没人的时候去。"

冯老板说："你说得很对，你去送。"

老婆只是嘴皮子上的功夫，也没送过礼，狠狠地白了冯老板一眼。

冯老板说："好吧好吧，还是我去。"

老婆说："下季度评选马上就要开始了，要去，你给我抓紧点！"

主任老张是个随和的人，好打交道。冯老板忙得脚打后脑勺，去商业街管理办公室只能碰到哪个点儿是哪个点儿。去的这个点儿，恰好小李不在，冯老板见了主任老张，都认识，吉祥街一共只有两家豆腐店老板嘛。冯老板对主任老张说了些感激的话，递上两条"中华"烟和两瓶"茅台"酒。主任老张把手摇得乱颤，说烟和酒可不能收，收了就违反原则了。

虽然是第一回送礼，但冯老板属于那种不送礼就不送礼、一送礼就要送成功的角色，忙诚恳地说："并不是什么值钱的东西，一点烟酒，正常人情往来，不会让主任为难，张主任要是不收下，就是看不起，一家豆腐店的老板如果被张主任看不起，那么在这一条街上都没法往下混了，既然没法往下混，那就只好赖在这里不走了。"

主任老张推辞了几下，最终只好笑纳了，并嘱咐冯老板下次可千万不要这样。

给小李送礼，冯老板和老婆原本就谋算在晚上。吉祥商业街管理办公室是两层楼，一楼做了办公室，二楼也隔成两间，一间是资料库，另外一间就做了小李的卧室。晚上，主任老张回家了。豆腐店打烊后，冯老板让老婆先回家，自己来见小李。都认识，赶巧的是小李晚上也没去别的地方，这会儿，办公室的门还开着呢。冯老板进来和小李闲聊了几句，然后递上两条烟和两瓶酒，只是这烟不是"中华"，是霁鲂市人都爱抽的"玉溪"；酒也不是"茅台"，是霁鲂人都爱喝的"衡水老白干"。冯老板也说些感激的话，跟说给主任老张的话是一样的，诚心诚意地递上烟和酒。

小李拒收。冯老板说："李同志不收下，就是看不起我，看不起我，我在这条街上就混不下去了，我就不走。"小李坚决拒收，冯老板不走也不收。小李拒收不是因为烟不是"中华"，酒不是"茅台"，而是小李年轻有为，希望自己前程似锦，可不敢在受贿上犯错误。

冯老板递过去，小李递过来，如是者三，且次次义正词严："我们吉祥商业街豆制品行业评比绝对公开、公正、公平！冯老板只要把自己的豆制品生产好，能不能获得冠军真的和我无关。你要是不走，你就在这待着，待到天亮，我也不撵你。"

冯老板是位一送礼就要送成功的角色，哪肯听小李的话，把礼品往小李跟前一放，转身就走。小李拿上礼品来追，哪里来得及，冯老板大步如飞地没入了人群。小李只得摇摇头，缩回办公室，不过心里却打定了主意，第二天就把冯老板的礼品退回去。

第二天一早，主任老张却让小李去市局开个会。这个会本来是通知主任老张去的，老张只想混够两年，退休大吉，不想进步了，嫌去市局开会麻烦，不如他在吉祥街喝茶自在，就让小李去参加。

就这样，小李第二次见到了小徐。第一次是小李刚报到的时候，小徐和他做工作上的交接。小徐比小李大两岁，小李的择偶标准是女朋友最好比自己小三四岁。从年龄上来说，小徐不符合小李的择偶标准。何况第一次见小徐，是刚来报到的时候，第一不知道小徐还有那么一位厉害的舅舅，第二作为新人也不敢多想。这第二回见面，感觉可就不一样了。小李开完会要走，这时小徐走过来，说："小李，我想跟你说个事，耽误你几分钟可不可以？"

小李当然愿意啦，再看小徐，就觉得小徐长得太漂亮了，长发飘飘，明眸皓齿，一笑起来，就像一朵玫瑰花在瞬间绽放，一朵一朵的玫瑰花次第绽放，都绽放在小李的心田间。小李的择偶标准瞬间坍塌，有那么一瞬间就呆在那里，有那么一瞬间又心猿意马起来。

小徐眉眼含笑地说："小李，局里每年都帮市红十字会募善款，今年，咱们商业街管理办公室还交白卷吗？"

小李的脸红了，挠挠头，有些羞涩地说："徐姑娘，这事、这事，你得对主任老张说呀。"

小徐扑哧一声笑了，大概是因为小李没喊她"徐姐"，却喊她"徐姑娘"。小徐觉得这个小李真是有趣，笑得还弯了一下腰，说："老张主任我还不了解他，老张指望不上，这事还得靠你，我寻思着，你是新人，新人得有一番新气象嘛！嗯……"小徐说话香而糯，一个字一个字吐出来的仿佛都是一串一串的香气，香风熏得游人醉。

小李说："那好吧，徐姑娘，我尽力而为。"

回到商业街，小李就又后悔又羞惭。后悔的是自己竟然就这么轻易地答应了小徐，羞惭的是为自己过不了美人关。虽然后悔又羞惭，可是已经答应小徐的事，小李觉得还是不能让她失望。

回到吉祥街，冯老板的烟酒还放在办公室的一角，小李这才顾得上跟主任老张说了烟酒的由来，收不收，主任老张可不想操这份闲心，抱着茶杯说："收有收的道理，不收也有不收的道理，你自个儿看着办吧。"

小李心里有了主意，拎着冯老板的烟和酒来到了北边的豆腐店。冯老板的老婆说："李同志你也真是的，这点烟酒，又不值几个钱，不过略表一下心意而已。"

小李一脸正气地说："那哪行，说点浅显的道理，我们商业街管理办公室是为商户服务的，也就是说你是主人，我是仆人。哪有主人给仆人送礼的道理。"

冯老板没想到自己第二次送礼就出师不利，在老婆跟前没有面子，有点恼火地说："呵！李同志不愧为公家的人，理论水平就是高！大道理我说不过李同志，我们只是想表达一下自己的心意，做人哪能连感恩的心都没有呢！"

冯老板的老婆说："就是嘛，你不让我们表示一下，我们心里过意不去。"

小李摆摆手，说："要感谢就感谢你们自己，是你们自己的豆腐做得好。不过呢，"小李停顿了一下，注视着冯老板和他老婆的表情说，"市红十字会你们知道吧？"

冯老板摇了摇头，冯老板望望老婆，老婆也摇了摇头。

小李微笑了一下，说："红十字会是社会救助团体，这几年我们商业街对他们的工作支持得不够，冯老板，你们真要是想表示一下，就捐一千块钱给市红十字会，怎么样？"

冯老板一怔，没想到这个小李比主任老张还狠呢，这两条烟和两瓶酒加在一起还不到六百！早知道就听老婆的，只给主任老张送礼就好了。捐一千元钱给红十字会？得卖多少块豆腐才能赚到一千元钱哪。有心想一口回绝，可是不行，小李把话都撂这儿了。宁可得罪君子，不可得罪小人。老婆犹豫不决地望着冯老板，冯老板像是对老婆，其实是对自己大吼一声："好，我捐！"老婆就哆哆嗦嗦地从当天的营业额里抽出了一千元钱。

小李申明："冯老板放心，这钱不会进我的腰包，我给你们出收据，我替市红十字会谢谢你们的爱心。"

这钱捐得值！第二季度，吉祥商业街豆制品行业协会评比结果又出来了，操作模式同上回。冯老板的豆腐再次夺得冠军！大红的喜报贴到冯老板豆腐店的外墙上，同时，商业街管理办公室外墙橱窗里的那张喜报换了本季度新的。

晚上，盘点完一天的营业额，灯光照着两个垂头丧气的身影。赵老板老婆埋怨赵老板："我提醒你好几次，给商业街管理办公室的老张和小李送点儿礼，你偏不听，这下好了吧，你表哥家又是冠军！"

赵老板黑着脸问："我表哥，老冯，他给商业街管理办公室送礼了？你看见了？"

"哼，大家都看见了，拎着烟和酒，去了两次。"赵老板老婆气哼哼地说，"我提醒你，你还不信。吉祥商业街是什么？是商场，商场无父子！何况你们还不是父子，连亲兄弟都不算。你表哥那个人，我早就把他看得透透的了，看着面善，心可黑着呢！"

"别说了！"赵老板不敢冲着老婆吼，冲着店门吼。

老婆说："你能耐什么？你有能耐冲我来！"

赵老板噌地起身，离了店门，一路气冲冲地往北边冯老板的豆腐店奔。冯老板和老婆回家休息了，豆腐店打烊，店门紧闭。墙上的那张喜报在灯光的照射下，笼上了一层红色的光晕，光晕里藏着千万支箭，攒足劲儿，恶毒地朝赵老板的眼睛射来。赵老板的眼睛就要瞎了，几步蹿上前，一把撕下了大红喜报，千万支箭灰飞烟灭，赵老板把大红喜报撕得粉碎，揉成三团扔进了垃圾箱，然后朝上面呸呸呸吐了三口唾沫。什么冠军！狗屁冠军！为了这个冠军，置表兄弟的情分不顾，给商业街管理办公室的人送礼；告诉别人不要拿商业街管理办公室的评比当回事儿，自己却当回事儿。这不是人前一套人后一套是什么！真是人心隔肚皮，知人知面不知心，老冯啊老冯，你也太卑鄙了！什么玩意儿！这是亲戚干的事吗！赵老板气得呼哧带喘。这会儿要是见到冯老板，连杀死他的心都有。

回到家，赵老板老婆却不心疼赵老板撕喜报辛苦、气坏了身子，只是冷冷地对他说："下一回，咱得长点儿心眼。别到时被人家卖了，咱还帮人家数钱。"

"这教训太深刻了，他奶奶的！"赵老板痛心疾首地说，"回头告诉雪聪，让她不要和大康来往，老冯家没一个好人。"

"自己无能往孩子身上撒气！"老婆白了赵老板一眼，"有能耐你自个儿跟雪聪说。"

"再跟大康来往，我敲断她的腿！"赵老板余怒难平。

第二天一早，冯老板和老婆来到豆腐店，早早就发现昨天才贴的那张给他们一家带来好运的大红喜报不见了踪影。老婆快人快语："你看看，你看看，又是被你表弟撕了。你表弟真是的，喜报又不是我们自己贴的，有能耐，你去把商业街管理办公室宣传栏里的那张也撕了呀。打狗还得看主人呢，你这是什么亲戚！"

冯老板不满地瞪了老婆一眼，说："你瞎叨叨啥！"心里却也生表弟的气：你眼红归眼红，不该这么见不得别人的好嘛！何况我还不是别人，是你的表哥。退一万步说，你要撕这喜报，跟我说一声，我自己撕掉就是，好歹你要跟我说一声嘛！亲戚里道，你敬我一尺，我敬你一丈；你毁我一尺，我毁你一丈。老婆那些话虽粗理却不粗，打狗还得看主人呢！谁怕谁呀！

冯老板本想像上次那样，去表弟赵老板的店里交交心，但表弟这样，这回不去了！爱咋的咋的！冯老板也有驴脾气。

第二季度 6 月某日，农历四月二十三，是冯老板老婆的生日。冯老板一家，冯老板怕过生日，觉得过一次生日就要老一岁，不过生日似乎就不会老一岁。冯老板不过生日，老婆却要过，觉得这是她来到这个世上的日子，很重要，不管怎么忙，都要过。赵老板一家，赵老板老婆不过生日，赵老板却要过，不管怎么忙，都要过。赵老板老婆不过生日，倒不是觉得过一次生日就老一次，而是听说除了小孩，这人不到六十岁过一次生日，就会被阎王惦记一次。赵老板生日是农历九月二十五，离现在还早。往年，冯老板老婆过生日这天，赵老板一家都会赶过来给表嫂庆生。赵老板过生日那天，冯老板一家也会赶过去给表弟庆生。生日也不在饭店里过，就在各自的豆腐店里，打烊过后，点上蜡烛，从饭店里要来几个下酒菜，摆上自家做的豆制品，两家人其乐融融地吃顿饭。一般冯老板家过生日，是赵老板家送生日蛋糕；赵老板家过生日，是冯老板家送生日蛋糕。

一早上，冯老板就记着老婆生日的事，悄声问老婆："也不知表弟一家今天来不来？许多天都没联系了，哑巴悄悄地，一点动静都没有。"

老婆的怨气早就消了，说："谁知道呢，是有那么一阵子没联系了，大家都忙吧，难不成还记恨着冠军的事？又不是我们评的，再说我们都不计较你撕喜报的事呢。来不来的，都得预备着吧。"

"那蛋糕，咱就不预订了？"冯老板惦记着蛋糕的事。

"不预订了吧。"老婆说得没有底气，眼光飘忽地从冯老板的脸上扫过。

大康没忘记今天是母亲的生日，晚上从学校赶回来。人是赶回来了，却好像母亲的生日就是回来吃顿饭，其他与自己没有半毛钱的关系，往椅子上一坐，掏出手机，两只手在手机上戳个不停，口中还念念有词，爹娘忙成那样，也不说搭把手帮个忙。

咦，今天有点不正常，都过了打烊的点儿了，赵老板一家还没来。大康坐不住了，说："我问问雪聪去！"话音未落，身子已溜出店外。

冯老板喊："你给我回来！不许去问！"

"为什么？哦，我明白了，八成是你和我赵表叔闹别扭了吧？"大康说，"我去帮你们说和说和。"

"不许去就是不许去！小孩家家的，说你胖你还喘了。"冯老板黑着脸断喝，"你要是去了，老子敲断你的腿！"呵呵，冯老板和赵老板要能说到做到，俩孩子现在都是瘸子。

大康眨眨眼，垂头丧气地坐回椅子上，手仍然没闲着，问雪聪：你爸跟我爸是怎么了？

雪聪回复：你爸黑了我爸。

大康问：怎么黑了你爸？

雪聪回复：豆腐冠军。

大康问：你也不过来了？

雪聪回复：我爸不让我去。

俩孩子还在联系，北边的冯老板和南边的赵老板可就断了来往。

吉祥商业街上饭店 22 家，现在家家都用冯老板家的豆腐。22 家饭店的老板自卖自夸："我家的食材，都挑最好的。您看这豆腐，可是北边冯老板家的，两个季度的冠军，双冠王，您再看看这颜色，您再尝尝这味道。啧啧……"得！北边冯老板的营业额直线上升，南边赵老板的营业额急剧下滑，再往下滑，眼看着就要关门歇业了。

不能关门歇业，关门歇业了去做什么！赵老板和老婆做了这些年的豆腐，也只会做豆腐、卖豆腐，别的不会干。从头学，年龄大了，学不来学不了呀。煎熬了一个季度，眼看着下一个季度即将来临。吉祥商业街管理办公室的小李又在紧锣密鼓地张罗豆制品行业协会第三季度评选了。

老婆恨铁不成钢地指着赵老板的脑壳子说："这回你能不能开点窍？能不能开点窍？！"

赵老板黑着脸问："咋开窍哇，要不你拿锤子照我脑壳来一下，砸个洞？"

老婆急眼了，声音也提高了八度，说："不开窍，咱就关门歇业，去你表哥家打工！"

赵老板有志气，说："就是饿死了，我也不给他打工！"

"就是嘛！"老婆白了他一眼，换了语重心长的口吻说，"说的就是嘛，你要开点窍！"

赵老板懵懵懂懂地问："怎么开窍？"

老婆跺脚了，说："你榆木疙瘩呀，我真想拿锤子在你脑壳上开个洞，你也给主任老张送烟和酒嘛。"

夫妻俩谋划已定，赵老板买了两条"中华"烟和两瓶"茅台"酒，给自己的亲爹都没有孝敬过这么好的烟酒。老婆拿出一个袋子把烟酒套得严严实实的——怕街上的人看见。赵老板出了豆腐店，拎着袋子走到街上，感觉背后有千万双眼睛在盯着他，有千万只手在指指戳戳，身上生出一万个不自在。没想到送礼是这么难的事，真想打道回府。又想真要打道回府，自己的豆腐店就要关门歇业了，硬着头皮来到商业街管理办公室的对面。一时却不敢进去，站在路灯杆后面往里瞅，瞅了半天，似乎没有小李的影子，拎着袋子一闪身进了商业街管理办公室。

主任老张一边看报，一边喝茶，猛然有人跳进来，吓了一跳。待弄清是南边豆腐店的赵老板来送礼，主任老张很客气，抱着茶杯说："你看看，你要送我东西干什么？你们做生意的不容易，只要你们合法经营，老张我不会为难你们，老张我为难过你们没有？"

刚见到主任老张的时候，赵老板还有些紧张，最担心的是老张不给他面子，不收他的礼。没想到老张这么随和。赵老板就不慌乱了，诚心诚意地说："我们这些在商业街做生意的，要不是您张主任罩着，生意压根儿就没法做，压根儿就做不起来。这些，我们一个个心里都记着呢！本来早就该来看看您了，我开豆腐店的，您也知道，虽然挣不了几个钱，却忙得脚打后脑勺……"

主任老张说："你这么忙，还跑我这里来，你看看，你看看……"一副很过意不去的样子。

赵老板赔着小心说："再忙，都不是理由，没来看您，是我不懂事。"取掉袋子，把手上的烟酒送过去，"这只是一点小心意，也不是送礼，往后还得仰仗您多照顾，您要不收就是瞧不起我。"

主任老张是个好人，不会瞧不起任何人，只好十分不情愿地收下了。赵老板终于松了一口气，出了商业街管理办公室的门，额头的汗瞬间冒了出来，原来方才连汗水也憋着不敢出来呢。回到店里，老婆知道给主任老张送礼的事已经办妥，也松了一口气，一屁股坐到店内的椅子上。

主任老张的礼送了，小李的礼也要送。阎王好见，小鬼难缠。给小李送什么礼呢？早打听出来了，老冯送的是两条"玉溪"和两瓶"衡水老白干"。

"不过，听说小李没收，亲自送回到北边老冯的店里了。"

老婆恨铁不成钢地说："你知道老冯就没有再拎过去？"

赵老板开了窍，开始寻思了："也许老冯真的重新拎了过去，也许小李真就没收。小李怎么不收呢，是知道给主任老张送的是'中华'和'茅台'？要不一不做二不休，也给小李送'中华'和'茅台'？"

老婆心里一哆嗦，仿佛"中华"和"茅台"是两把刀，在她心头挖了两块肉，她捂着心窝摇头说："你发烧了吧？小李又不是决事的人，不收就不收呗，不收心意到了就行。"

赵老板茅塞顿开："我知道了。"赵老板开窍了，现在啥都知道。

给小李送礼容易，趁夜深了去。这时，主任老张早回家休息去了，喧嚣的吉祥街也寂静了。不远处的中山路还有一两辆车呼啸而过，刺破夜幕，声音清脆而悦耳。赵老板拎着两条"玉溪"和两瓶"衡水老白干"走在吉祥街上，想起白天见主任老张，自己那份扭扭捏捏的劲儿，还自嘲了几声，送礼这举措，也是一回生二回熟，多送两次就好啦。现在他的步子迈得比白天从容坚实多了。

小李还没睡觉。白天，又去市局开会。当然，原本通知参会的是主任老张。老张不愿意去，小李乐意去，一方面小李觉得多往市局跑跑只有好处没有坏处，在领导机关混个脸熟嘛，另一方面心里惦记着小徐，最企盼在机关大楼里来一段美丽的邂逅，不期而遇，这是最理想的，假如不能，就去办公室找她，谈谈工作上的事，也很自然。到了中午，假如小徐方便，约她一起吃个饭最好啦。女孩心，比海深，对了，约她饭局可以试试她的心究竟有多深哦。关于饭局，《恋爱宝典》上说，如果女生对你有好感，就不会推辞；如果她总是推辞，而且拒绝你的饭局在三次以上就是对你毫无兴趣。小李想大胆地试试。

这个会议，小徐也来参加了。小李查看会议的座位表，发现了小徐的名字，小徐的座位就在自己的前面一排，不过却靠左错开了七个位置。小李用目光搜寻小徐，刚捕捉到一个侧影，那心就软化了，像软化了的酥糖。小徐开会认真，时不时地做着笔记，有时抬头聆听，用纤纤玉指轻轻捋捋左侧的秀发，那动作都像弹钢琴。会议只有一个半小时，老生常谈的会议，怪不得主任老张不愿意参加。

会议结束的时候，小李看小徐朝他这边扭了一下头，忙举手打招呼，可是小徐似乎没看见，扭回了头，随着人流往门口涌。小李急得几步撵上前，大喊"徐姐"。人流就从小徐和小李身边流走了，会议室只剩下小徐和小李两个人。小徐记得吉祥商业街管理办公室为市红十字会捐款的事，高兴地说："果然是你能力强，咱吉祥商业街实现了零的突破！"

小李兴奋地说："哪里哪里，都是徐姑娘指导得好！"

小徐扑哧一声笑了："怎么又不叫姐了呢！"

小李说："人多的时候喊徐姐，人少的时候就喊你徐姑娘。"

小李有些亢奋，似乎有许多话要对小徐说，千丝万缕的，一时却不知从哪里理出一丝一缕的头，就想约小徐一起午餐。话还没说出口，就见一个中年男子在会议室门口闪了一下头，说小徐你怎么还在会议室呀，赶紧把报表整理出来，赶紧点……小徐只好抱歉地对小李说："我们处长有急事，那只好再见啦！"一阵香风飘过，小徐风摆杨柳地走了。

小李只好怅然地回到吉祥街。晚上躺在宿舍的床上，想给小徐发短信聊聊天，又怕有些唐突反而不妙。一会儿又想如果能追到小徐，和小徐谈恋爱，对自己事业上有哪些帮助。思来想去，脑子里尽是小徐笑意盈盈如花朵一般灿烂的脸。正在这时候，楼下的门敲响了。莫非是小徐？白天没顾得上说话，晚上来找自己聊天？小李一骨碌翻身起床，快速地整理了一下衣襟，嘴上喊着"来了、来了"，一阵风般噌噌噌地下了楼。

原来是开豆腐店的赵老板！小李认识，小李怎么能不认识呢，两个豆腐店老板，都是他的重点关注对象。小李有些失望。

赵老板手上拎着东西，挤进门来。小李摇手坚决拒绝，在失望的心境左右下，只差没把赵老板推到门外去。小李以事业为重，前程似锦的，可不敢栽在受贿这事上。

赵老板额头上的汗又瞬间冒出来了，小李不收自己的东西，那说明小李不待见自己，偏向老冯那边呢！自己的豆腐店眼瞅着就要关门歇业了。赵老板诚恳地说："李同志，我这一点小心意，你要是不肯收，就是瞧不起我；你要是不肯收，我今天就不走。"

小李笑了："怎么你们两个豆腐店的老板都是一个德行，你们俩真是表兄弟？"

赵老板说："是呀，没有错！"

小李说："赵老板，礼品我是坚决不能收的。我们公职人员是有许多红线的，收受贿赂就是一条红线，你可不能让我犯这种错误。冯老板送我的，我也没收，你们是表兄弟，不信你回去问他。"

"一点小心意，也不是什么贿赂。"赵老板说得没有底气。

小李不理会赵老板的话，说："这样吧，你不要给我个人送礼。市里红十字会希望我们商业街继续支持他们一下，要不你捐给市红十字会一千块钱？冯老板上次就是捐了一千块。"

赵老板咬咬牙说："行，我听你的，这回，我捐两千块。"两千块人民币，得卖多少块豆腐、多少碗豆浆才能挣回来呀。赵老板的心生疼生疼的，但说出去的话，就如泼出去的水，能收回来不成？

小李点点头，严肃地说："我代表市红十字会对赵老板的善举表示感谢！这钱可不是给我个人，我给你出正规的收据。不过，我也得丑话说在前，你捐不捐款、捐多少款给红十字会，和咱们的豆制品行业协会评比无关哪。我们的评比只依据评委的票数决定，绝对的公开、公平、公正！"

赵老板点头："绝对的公开、公平、公正！那这——"他提提手上的礼品。

小李下了逐客令："你拿回去，我拒绝一切糖衣炮弹。"

夜比赵老板来的时候更深了，吉祥商业街上不见一个行人。中山路上的车辆似乎也稀疏了不少，间隔好久，才有一辆车刺破夜幕，发出裂帛一样的呼啸声。

出吉祥商业街管理办公室的门，赵老板吓了一跳，有夜行人，就藏在对面的路灯杆后面，是要劫财？大不了手上这两条"玉溪"和两瓶"衡水老白干"不要了。赵老板的心渐渐安定下来，路灯杆才有多粗，那人长得胖，虽然身子紧紧往杆子后面贴，那能藏得住吗？！再一瞅，难道是老冯？这么晚他来干什么？赵老板狐疑满腹，猫着腰，一步一步往路灯杆前逼。那人侧着身子，以路灯杆为轴心，围绕着路灯杆转。赵老板来到路灯杆的东边，他就挪到西边；赵老板来到南边，他就挪到北边……赵老板猫着腰，围着路灯杆转了两圈，直起腰来，不转了，对着路灯杆"呸"了一口，扬长而去。

藏在路灯杆后面的果然是冯老板。冯老板怎么躲到路灯杆后面？难道他也是要来给小李送礼？可他手上没拎礼品哪，再说上回拎了礼品小李又不收。难道是又要给市红十字会捐款？不是！那他来干什么？

白天，有眼快嘴快的人告诉冯老板："你表弟给商业街管理办公室的主任老张送礼啦！"

"是吗？"

"骗你是小狗！"

"都送什么啦？"

"两条'中华'烟，两瓶'茅台'酒。"

冯老板就猜到赵老板晚上要来给小李送礼，他想看个究竟。没想到表弟这么缺心眼，非得围着路灯杆转两圈，非得把他这层窗户纸捅破了不可。冯老板愣了几秒，又羞又气，接连朝赵老板的背影"呸"了三口。

　　吉祥商业街豆制品行业协会评比搞了一年，一二季度的冠军是冯老板的豆腐店，三季度冠军是赵老板的豆腐店。赵老板的生意又一下好了起来。虽说，四季度风水轮流转，获得冠军的又是冯老板的豆腐店，但赵老板的豆腐店毕竟在三季度时缓了一口气，不至于关门歇业了。最主要的，按照风水轮流转规律，下一个冠军不就是我老赵的吗，着急上火干什么，赵老板想。只是每个季度都要给市红十字会捐款，这多少让赵老板有些不爽。

　　吉祥商业街管理办公室这一年的工作搞得好，风生水起，有声有色。年终，市红十字会还给工商局写感谢信，其中特意提到吉祥商业街管理办公室的大力支持。这一年，市工商局年终发奖状，奖状里就有了一张主任老张的。按说，成绩是小李努力来的，和主任老张关系不大。但谁让人家老张是领导呢，小李取得成绩，也说明人家主任老张领导有方，奖状发给主任老张没有错。

　　这一年，小李乏善可陈。不等他再次试探小徐的心究竟有多深，小徐已经公开了她的恋情，小伙子在市公安局工作，高大帅气。小李只是单相思一场，强忍着失落的情绪，祝小徐幸福！小李暗暗下定决心，"临渊羡鱼，不如退而结网""男子汉大丈夫何患无妻"，以事业为重，到时干出一番成绩来，让小徐的男朋友自惭形秽。

我们不得不佩服，小李有一个非常强大的内心，虽说单相思了一场，且辛苦了一年，奖状还归了主任老张。但他并不气馁，他还很年轻，用主任老张的话来说叫"以后的日子还长着呢"。

打算干出一番成绩的小李在本年度豆制品行业协会试水中得到启发，来年，还要搞餐饮行业协会，吉祥街有饭店22家，搞出来一定比豆制品行业协会热闹。另外，还可以成立电器行业协会，吉祥街有电器店18家；成立百货行业协会，吉祥街有百货店27家；成立服装行业协会，吉祥街有服装店25家……如果每个行业都成立一个协会，那商业街管理办公室可就职能满满啦。只是、只是商业街管理办公室的人手的确不够，能不能给局里打个报告，增加一到两个编制，这样是最好不过啦！科员小李请示主任老张。主任老张品着茶水说："那就赶紧起草报告吧！"现在，主任老张的心情特别好，喝着好酒抽着好烟，还能得到奖状，小李的工作他全力支持。小李在起草报告的时候还想，如果市局能增加一两个编制，小徐能调回来最好了。嘿！还忘不掉小徐呢，人家早有男朋友啦！小李狠狠地拧了自己的大腿一把。

现在，吉祥商业街上两个豆腐店老板——冯老板和赵老板可不能见面了，一见面就成了斗急了眼的乌鸡，非掐起来不可。两家豆腐的品种也悄然起了变化，北边冯老板家只卖北豆腐，不卖南豆腐；南边赵老板家只卖南豆腐，不卖北豆腐。两家豆腐店都说自家的豆腐是霁鲂市的豆腐祖宗，有《霁鲂县志》作证。

冯老板和赵老板可以不见面，冯老板的姑妈和赵老板的舅舅却不能不见面。老兄妹俩见了面，先问身体："最近腰还疼不疼？"

"不疼了，你胃酸可好了？听说多吃点油菜、关头卷心菜能治胃酸。"

问完了，老兄妹俩又不能不扯到孩子身上，这个说："我那个熊孩子！"

那个说："我那个也不是省油的灯！"

这个说："都是那个什么豆制品行业协会闹的！"

那个说："不就是来添乱的嘛！"

"唉！"

"唉！"

老兄妹俩各自叹了一口气。这两声叹息就像雨打水面泛起的两个水泡，瞬间成形又瞬间消失，霁鲂市没有其他人在意。

衙斋卧听萧萧竹

　　"又来了，好嘛！了不得，这回还要搞什么课题结题！"办公室主任老谢来到我们办公室，一边莫名其妙地嘟囔一句，一边用混浊的目光朝我们四个人身上扫。我们三个文秘、一个打字员，三个人耳聋眼瞎，只有我一个人耳聪目明。我站起身好奇地问："主任，谁？谁又来了？"老谢不正面回答我，嘴却咧开了，猪肝色的脸衬着满口黄牙，使我想起了北京的吊炉烤鸭。这时候，吊炉烤鸭活了，很有派头地用右手的中指朝我一点，说："你，大才子，你就出来接待一下吧。"我们办公室剩下的两个文秘、一个打字员都捂起嘴，吃吃地笑起来。

　　我只好随着老谢走到接待室，就看见沙发上坐着一位身材魁梧的男子，四十岁上下年纪，国字脸，满面红光，左手手指在沙发之间的茶几上不停地点击着，不知道是因为痉挛还是有弹钢琴的爱好，见了我和老谢也不站起来，大大咧咧地说："老谢你忙你的，不用来照顾我。我就在这儿等，真要等不来我就走。我也不给局长打电话，局长忙嘛，我理解，当下属的，我还能不理解吗？"老谢嘿嘿笑了一下，说："卢所长大驾光临，哪敢不照顾好？可咱大小还顶着这顶办公室主任的帽子，嘿！好嘛，全局吃喝拉撒的事都得咱惦记着。嘛也不敢出错，一出错，吃不了兜着走，照顾不周的地方，卢大所长多担待着点。"转身一指我，"局里新来的大才子，还是咱雾鲂市的引进人才，这么着，我把他派过来，您有嘛事就吩咐他。"

这么着，我认识了老卢——卢班达，当时他是雾鲂市农科所的所长，而我到市农业局办公室上班也没两天。印象中，雾鲂市农科所是农业局的下属单位，却不在局机关大楼办公。初次见面，话也不知从哪里说起，就问老卢农科所为什么不在局机关大楼办公。

老卢这时不敲茶几了，在喝茶，他把茶杯往茶几上一蹾，茶杯悠悠一颤，朗声说："农科所嘛，农科所就应该在城郊办公，农科所的科研人员是农民的贴心人，需要经常到田间地头，服务'三农'，才能接地气。"

"那卢所长的意思，我们局机关就是不接地气，高高在上了？"

老卢愣了几秒钟，摆摆右手，哈哈笑着说："小伙子，话不能这么说，我强调的是农科所搞农业科研项目，田间地头才是真正的实验室。局机关不一样，局机关是领导机构，统揽全局，需要高屋建瓴，目光哪能只盯着田间地头？"

我初到霁鲂市，加上年轻气盛，刀子嘴不知道饶人，就紧盯着老卢问："那您不在田间地头，跑到局机关找局长干什么，局长事情那么多，就是谈工作也该约好时间嘛。"

老卢端起茶杯，啜了一口，一脸庄重地说："小伙子，我牵头搞了一个'霁鲂市引种早园竹相关技术研究'课题，你新来的可能还不知道，这个课题马上进入结题阶段了，时间紧急，必须马上跟赵局长汇报，请他参加结题会。"老卢又啜了一口茶，放下茶杯，幽幽地说，"人家赵局长，不只是咱们农业局的局长，还是我们省科技专家评审组的成员呢！"

我又好奇地问老卢："您是农科所的所长，怎么搞起早园竹的研究来了，早园竹不该是林科所做的研究吗？"

老卢又哈哈笑起来，说："小伙子，咱们局有林科所吗？农科所就是林科所，林科所就是农科所，你不知道农林从来不分家吗？哈哈……"笑声似乎是在嘲弄我的无知。

所以，初次见面，我对老卢殊无好感，"人逢知己千杯少，话不投机半句多"，借口临时有点急事要处理，回到办公室，把老卢晾在接待室。

办公室里的三个人正在叽叽喳喳地议论着什么，见我进来，声音戛然而止。想起刚才他们仨捂嘴吃吃窃笑，原来他们早就知道老卢来是怎么回事儿，怎么回事儿却不肯告诉我，同一个办公室的同事，他们怎么竟这样！我在自己的办公桌前闷坐了一会儿，办公室里鸦雀无声。我闷坐了会儿，觉得坐在这里不如去接待室陪老卢，愤愤然起身到接待室，却发现老卢已经离开了。西转的阳光从接待室的窗口射进来，有一道光柱移到刚才老卢饮过的茶杯里，像粗大的吸管，而茶水恰好已经见底。

　　没想到，后来我却和老卢成了忘年交。那一年，霁鲂市在全国招揽人才，唯学历是举。博士过来就是副处，硕士过来享受正科级待遇。我在燕北大学获得考古学硕士学位后，就忙着找工作。当时给所有的博物馆、学校、公司等相关用人单位投寄简历，却没有一家回音。就在我垂头丧气、我未来的丈母娘劝我的女朋友趁早跟我分手之际，有一家民营的考古挖掘队表示对我这个人才感兴趣，通知我去挖掘队面试。在面试的前一天，我的女朋友、第三十一人民医院的护士罗小雯同志通过一个渠道打听到，这家民营的考古挖掘队其实就是一个盗墓团伙。罗小雯同志自然不同意我去做贼的同伙。在我毕业两三个月工作没有一点眉目的时候，罗小雯同志没有气馁，每天从医院的报刊亭给我买来一大摞报纸，什么日报、晚报、晨报、商报，我每天的任务就是盯着这些报纸的中缝和报尾，寻找各类人才招聘信息。果然功夫不负有心人，我寻到了霁鲂市的引进人才启事。于是，接下来的一切都很顺利，我成了霁鲂市的引进人才，只是与罗小雯同志隔了千里。我们每天晚上抱着电话或 QQ 倾诉衷情，我向罗小雯同志承诺，一到霁鲂市我就是正科级，起点高，农业局又是市政府的重要职能部门，仕途看好。按照党政干部选拔条例，三年后副处，再两年后正处……照此发展下去，不出十年，我就调她来霁鲂市第一人民医院当院长。

罗小雯同志却很有自知之明，她有些兴奋又有些害羞地说：“当院长的，怎么也得医生出身呀，可我只是护士出身呢。”我大言不惭地说：“那就调你来霁鲂市第一人民医院当护士长！”罗小雯同志在电话或者 QQ 的那一头咯咯地笑了，笑得很开心，仿佛自己真的当上了霁鲂市第一人民医院的护士长。

然而，我在霁鲂市农业局却显得颇另类。农业局是个正处级单位，办公室主任老谢才是正科级，我虽然没有主任或副主任的头衔，一来就享受正科级的待遇，让办公室另外两位文秘——唐秘书和钱秘书从第一天见我开始就不阴不阳。头两天，打字员小林本来对我热情似火，我初来乍到，她帮我领取办公用品，帮我办食堂饭卡，一会儿一阵香风旋到我的身边，一会儿又一阵香风旋到我的身边。小林长得不难看，圆脸，薄嘴唇，不施粉黛，笑起来很清纯很甜美的感觉，可当她得知，我已经有了罗小雯同志后，态度立刻来了个冰火两重天，再也没有一阵阵的香风旋到我的身边了。工作了三十年，做了二十年办公室主任的老谢，时刻不忘在我跟前摆谱。我精心起草的文字，他总要在上面勾勾画画，显得学问比我大，比我这个“人才”更“人才”。我一到霁鲂市农业局，老谢就分给我一个写上半年工作总结的任务。我写，“回顾半年来的工作，我局在以下几个方面取得了新进展。”老谢要把“回顾”改成“回首”，等下一篇公文，类似的语境我直接写“回首”，老谢又提笔把我的“回首”改成“回顾”。老谢要时时刻刻提醒我，在霁鲂市农业局办公室，不要忘记谁是老大。老谢这时时刻刻的提醒，让我在霁鲂市农业局工作得并不开心。

这天，当我在"回顾"与"回首"之间茫然无措的时候，办公桌上的电话响了。接起来一听，竟是老卢！老卢不是粗门大嗓，而是把声音压得低低地说："怎么样？小伙子，工作上不是那么开心吧？晚上来老哥这里散散心吧。一会儿快到下班的时间，你出来，老哥派车去接你，车号是……"办公室的其他三人都装作各忙各的，但我知道他们每一个人都竖着耳朵倾听我通话的内容，但我把话筒紧紧地贴在耳朵上，口中只嗯嗯有声，我让他们想倾听也听不出个所以然，等我有一天起来了，看我怎么收拾他们仨，我想。

这个老卢也是神通广大，他怎么知道我工作上不开心？虽然说农科所也是农业局系统的，可到底不在一起办公，局里谁是老卢的眼线？这机关真是池水很深，风波险恶。老卢要关心我干什么？我对老卢这个人，从无好感到产生了好奇。在雾鲂市，我光棍一人，赤脚的不怕穿鞋的。晚上不如去会会老卢，看看他葫芦里究竟卖的什么药。不入虎穴焉得虎子。

四点四十，我迈着杨子荣往威虎山进发一样的豪迈步子，出了农业局大门。大门前，果然停着一辆车，车号与老卢所说的一致，我拉开车门钻了进去。司机三十多岁，说完自己姓杜，便紧闭着嘴，一声不吭，专心致志地操控着车辆。那时候的雾鲂市还没有"堵车"这一说，从农业局门前出来往左，过两个红绿灯，往右，又过了三个红绿灯，再往前的路口就没有红绿灯了。街道两旁的房屋越来越参差不齐，也越来越低矮，道路两旁的树多是冲天的白杨。不到半个小时，车驶进了一个院子，司机老杜戛然停车，让猝不及防的我脑袋差点撞到挡风玻璃上。

　　农科所是一座破旧的院落，主楼是一幢四层的小楼，墙上长满了爬山虎，长得葳蕤，绿油油的，一直爬到四楼的楼顶，四层楼的窗户都成了在茂密的爬山虎中掏出来的洞。这么蓬蓬勃勃的爬山虎在霁鲂市我还是第一次见，除了农科所，以后也没有在霁鲂市发现第二处。院子里有许多果树，什么苹果、枣树、核桃等，主楼的一侧种植着葡萄，葡萄还没成熟，一串串的挂在藤蔓下，像青色的玛瑙。葡萄到秋天成熟，后来我一有空闲，或者心情不好的时候，也不让老杜开车来接，自己骑着自行车跑到农科所来，摘一串串的葡萄吃。很奇怪，农科所的员工为什么不摘这些葡萄？莫非这上面打了农药？后来问老卢。老卢朗声说："农科所还有葡萄园呢，葡萄园里的葡萄都吃不完！谁稀罕办公楼前那几串葡萄，你喜欢就摘吧，没打农药，不会药死你，药死你了，我不就少一个小兄弟了吗？"

　　老卢第一次派司机老杜接我的那天晚上，我就成老卢的"小兄弟"了。我本来以为，老卢这个农科所的所长，行政级别跟我们办公室主任老谢一样，是正科级的，某种程度跟我也是平级，虽然我没有正科甚至还没有副科的实职，但我是霁鲂市引进的人才，享受的是正科待遇呀。老卢请我吃晚饭，我也就没当回事儿，有种平起平坐的感觉。谁知老卢却说，他的级别比老谢高，他本来可以到机关当副局长的。可是他不想当官，他只想当农科所的所长。农科所的所长是副处级，是霁鲂市政府确定的，体现霁鲂市对科研单位的重视，对科技人才的重视。哎呀，我真是有眼不识泰山，差点得罪了本来能做我们副局长的老卢，心里又对办公室的三个人恨了一阵，尤其恨那个小林。这个晚上在饭桌上，我就有了一种受宠若惊的感觉。老卢一点架子都没有，打开一瓶衡水老白干，就我们俩喝，司机老杜回家了。老卢跟我边喝边聊，推心置腹。老卢喷着酒气对我说："我干吗要去局机关办公呀，我不去，这儿庙是小，可庙小我自个儿说了算哪！"老卢举起杯，一杯见底，国字脸红成了红太阳，吃了一口菜，把筷子一放说，"局里那帮人，当政的都是白衣秀士王伦，《水浒》里的那个王伦，小兄弟，你知道的。老谢不就是王伦嘛，小兄弟，你有才华，可你越有才华，白衣秀士们越嫉妒你呀。"我点头称是，并说没想到霁鲂市农业局是这样，早知是这样，我就不来这里了，有一家博物馆要高薪聘请我，还被我放弃了呢。老卢没理我这茬儿，继续说："赵局长老赵，和老谢一样的人哪，小兄弟，你说我能去局机关当副局长吗？我宁为鸡头不为凤尾，我不爱当官。"这个晚上，我也是被老卢的酒灌得糊涂了，分不清老卢是真的不爱当官，还是假的不爱当官，只觉得老卢的话句句说到我的心坎上，心里那个熨帖哟。那天晚上，老卢用一瓶衡水老白干，把我灌得酩酊大醉，也把我灌成了他的忘年交。

我记得我在醉倒之前，曾大着舌头对老卢说："老卢，卢所长，不，我还是叫您老哥。局里有什么事，老哥您就吩咐！小弟一定鞍前马后效劳！"我酒喝大了，把自己都当成霁鲂市农业局的局长了。

老卢把我当成了"小兄弟"，我就得把他当成"老哥"。罗小雯同志也是这么嘱咐我的。这天，我看见赵局长回来了，局长办公室在我们办公室的斜对面。来找局长的人在局长室门前排了七八个，有请示汇报的，有反映问题的，有找局长签字报销的。我估计局长一时半刻不会离开办公室了，就悄悄地跑到接待室给老卢打了个电话，让他赶紧过来。估计老卢是想等那些找局长办事的人办完事了再过来，七八个人的事，处理起来，怎么也得一个小时。谁知等老卢一个小时后赶到局机关，赵局长却被张市长的一个电话叫走了。局长什么时候回来下属谁知道？等是等不起，老卢又扑了个空，搞得我内心很歉疚，像是我被张市长叫走了似的，只好安慰老卢："卢所长，好事要多磨。您下次再来，下次一定不会扑空了，事不过三嘛！"

　　老卢第三次为"雾舫市引种早园竹相关技术研究"课题结题的事来局机关找赵局长的那天，我去市政府办公厅送材料了。老卢在局机关接待室里给我打电话问我在哪里，并和作为"小兄弟"的我开了一句玩笑："哎呀！我们局真会人尽其才呀，让大秘兼机要员。"我跟老卢解释，送材料的确不是我的工作，是办公厅综合处的大笔杆子吴处长要跟我谈文稿中的一个细节。吴处长说电话里说不清，就把我喊过来了。"赵局长在办公室吗？哦，听说一会儿就回来呀。那您在接待室坐会儿，我让办公室的小林给您泡茶。"老卢说："不用！小兄弟，你忙自己的。"我嘘了一口气，心想刚才说了大话，真要让办公室的小林给老卢泡茶，小林能听我的？

我在办公厅综合处耽误的时间可不短，吴处长主要和我核实我局上报材料上的一组数据，就是"2005年我局实现社会效益9000万元"，吴处长问我这数据是怎么来的？我到农业局上班没几天，这数据是我从我局上半年上报的材料中摘抄出来的。吴处长听完就跑到一排文件柜里翻检，抽出一份资料来，同样是我局上半年上报的另一份材料，上面写的却是"2005年我局实现社会效益1.3亿元"。吴处长长着一张鲶鱼嘴，说话不紧不慢，他边用笔在那数据下画了个粗线，边问我："怎么少了4000万？被你贪污了？"把我吓出一身冷汗。两个数据不统一，我只好打电话问办公室主任老谢。老谢没等我说完就批评我："搞文字工作首先要细心，你为嘛这样粗心？"我心头的火就腾地上来了："上半年上报的两份文稿，都是经过你审定的，两个数据却不统一，你倒批评起我来了！现在吴处长问到底以哪组数字为准，你定吧。"老谢是欺软怕硬的主，我一生气，他倒软了。定下来的数据是，"实现社会效益1.3亿元"。不知这社会效益究竟是怎么计算出来的，我至今仍是一头雾水。当时，免不了被吴处长批评教育一通，我心情郁闷地离开市政府大楼，心想，这个老吴叫我来市政府，没准就是为了批评教育我的。

　　离开市政府，想起老卢，不知现在他见到赵局长没有？也许赵局长一直没有回来，局长的时间哪有个准，老卢早就回他的农科所了。我心情有点糟糕，加上又是回局里的路上，也就没有给老卢打电话。

　　谁知，回到局里，我发现局长办公室大门敞开，赵局长回来了。赵局长正在向谁质问："你引种过早园竹吗？你引种了早园竹，我怎么一点都不知道。"被质问者是老卢。

老卢坐在局长办公桌前的大沙发上，不卑不亢地说："引种是引种了，您忙得很，几次想汇报，您都没时间！"

赵局长讥讽地说："大白天的，说鬼话干什么！你农科所的那点事儿，你以为我不知道哇，我用不着你来汇报。你说你引种了早园竹，你倒是说说，你引种在哪里了？"

"交警队院子里不就有一丛吗？结题会时，我邀请您和所有的专家去实地考察。"老卢依旧不动声色地说。

"交警队院子里的竹子，是你引种的吗？"赵局长突然笑了。

"反正是我市引种的早园竹。"老卢似乎有些窘迫，我看见他那魁梧的身子在沙发里扭了一扭。

"卢所长，卢班达！我见过不要脸的，还没见过像你这么不要脸的。"赵局长坐在真皮椅子上，他后面是一组书柜，书柜前有一面鲜艳的五星红旗。赵局长把腰挺得如旗杆一般直，他一字一顿地说，"卢所长，你这个结题会，我是不会去参加的，我今天把话搁在这里，科学的事不能有半点虚假，结题会的事就到此为止，你不要为这事再来找我！"

"我也不想找您，可不找您不行啊，找您不是因为您是霁鲂市农业局的局长，而是因为您是省科技专家评审组的成员哪。"老卢欠欠身说，他身上有种不屈不挠的劲儿。

赵局长不再说话，把身子往沙发上一靠，闭目养起神来。老卢还想说什么，见他这样就生气了，说："老赵，你也别装了，你那点儿底细别以为别人不知道。哦，全霁鲂市就是你牛！你都成省科技专家评审组的成员了，我搞个早园竹课题结题会都不行啊，都是一个市的，抬头不见低头见，何必呢！"说完，老卢起身离开局长办公室，头也不回，对立在门边的我也视而不见，气哼哼地钻进了电梯。

回到办公室，主任老谢正和唐秘书、钱秘书及打字员小林聊得起劲儿。老谢最喜欢听马三立老先生的相声，所以，说话带天津味儿。老谢说："好嘛，这个老卢，能量大得很，还敢跟赵局长犟嘴，赵局长却拿他没辙，换了别人，嘿！"老谢说到这儿就不说了，像说相声一样留个包袱。

钱秘书问："老卢真有把农科所独立出去的打算？"

老谢背着手，说："嘿！还真有打算？嘛叫真有打算？告诉你，马上市政府就要发文了。张市长都找过赵局长谈过几回话啦。咱霁鲂市要进一步合理配置科技资源，推进农林产业创新升级；要坚持以科技创新为引领，全力打造智慧城市。咱霁鲂市，你，你，还有你，嘿！你们就看好吧。"老谢不背手了，用右手的中指把他们仨点个遍说。

唐秘书仍然关心农科所独立出去的问题，问："农科所独立出去，还叫农科所吗？"

老谢刚想回答，见我进来，记起了自己办公室主任的身份，把面孔一板，摇着手说："不知道！不知道！各个干好各个的，不该问的别问，问嘛问？"说完，背着手离开了我们办公室，也不问我去市政府办公厅综合处的事。

晚上，老卢约我去农科所小酌。我已做好了当垃圾桶的准备，等着老卢朝我吐槽。三杯酒下肚，酒精点燃了老卢心中的怒火。老卢先骂了一句："什么玩意儿！"然后揭短，"一个靠造假起家的人，竟也爬上了农业局局长的宝座！以为别人都不知道，把别人当傻子呢。"头一次听老卢这么揭短，我还是吃了一惊。在老卢的声讨声中，我听出了大概的眉目。原来赵局长当初是雾舫市下面一个县的农业局局长，因为在该县大力推广新型节能沼气池，受到上级重视，省里认为此举不但实现了节能减排，也改善了农民生活条件和生态环境。新型节能沼气池在全省推广，赵局长说是他发明的，一下子成了省科技专家评审组的成员，人走红运，城墙都挡不住。赵局长就从县局提拔到市局，先当三年副局长，局长马上就要退休，局里的事不闻不问，实际是赵副局长说了算。老局长退休了，赵副局长就成了赵局长。"老赵哪来的红运？市委韩副书记跟他是老乡，老家一个镇上的。韩副书记是女的。"老卢说到这里神秘一笑，话没往下说。韩副书记我见过，水桶腰，一点姿色没有，如果没有乳房，扮起男人来比男人还像男人。赵局长会和她？老卢这是说过激的话。老卢又说，"那新型节能沼气池真是老赵发明的？谁都知道是办公室打字员小林她爸发明的，小林她爸发明的东西为什么甘心让给老赵呢，是因为小林不争气，连大学都考不上，小林她爸希望老赵帮他女儿解决工作，要有编制。当初只想进县农业局，谁知老赵升到市局，就把小林解决进市局了。"听了这些，我心里又是一惊。雾舫市农业局，潭水竟然这么深。

在老卢的嘴里，我们赵局长跟我心目中的老谢是一路货色，妒贤嫉能，小肚鸡肠，见不得别人比他们好。这个晚上，我和老卢都喝多了。我们相扶着出了饭店，我问老卢要不要叫司机老杜过来，好送他回家。老卢把大手一挥说："不叫他，叫个熊！今天晚上就住农科所，你，也住下。"我们相搀着来到农科所的院子，离饭店不远，走几步就到。突然有了尿意，掏出家伙对着院子里的一棵树哗哗地尿起来，旁边的老卢也弄出一阵哗哗声。那晚，天空清幽，繁星很大很亮，仿佛离我们很近，那晚的夜空我到现在还记得。

　　老卢的"霿鲂市引种早园竹相关技术研究"结题会按照计划朝前推进。谁也没有想到老卢口中"妒贤嫉能，小肚鸡肠"的赵局长，竟然派我来协助老卢的结题会工作，表示局里对老卢工作的支持。当然，派我来农科所协助老卢的会务，是办公室主任老谢下达的，但如果不是赵局长的意思，借老谢一百个胆子，他也不敢。赵局长此举，让我叹服当局长的就是不一样，"宰相肚里能撑船"，量小的人成不了气候，也让我对那天晚上老卢吐槽的坚信产生了动摇。

　　我去农科所找老卢时，老卢正愁得一塌糊涂，眼前烟雾缭绕，面前烟缸里的烟蒂堆了不少于七八根。我不解："老哥，你咋了？局里派我来协助您，这不是喜事吗？"

　　老卢猛吸了一口烟，冲我摆摆手说："小兄弟，老哥发愁和你无关，和局里也没有关系。"他又猛吸了一口烟，气愤地吐出烟雾，接着说，"关键时刻，省专家评审组的那个老李掉链子，说不来了。他是评审组的组长，别人不来都可以，他怎能不来呢！"说着，把手中的烟蒂在面前的烟缸里摁灭了，痛心疾首地说，"小兄弟，不怕你笑话，你看我们霁鲂人都是这德行，一个市的人不抱团，谁都见不得别人的好。"原来，李专家也是霁鲂人，现在是省农业大学的林业系主任，是本省林业口的权威。李专家不来，可愁坏了老卢，李专家不来，接下来的工作就没有办法往下进行了。

工作僵持住了，呈胶着状态。我刚来霁鲂市不久，还记着工作上的事要早请示晚汇报，就给办公室主任老谢打电话，问这种情况我是不是该回农业局上班。老谢用马三立老先生一样的口吻对我说："嘿！卢所长的事没完，你就甭回来。哪儿凉快你哪儿待着去！"嘿！这回轮到我郁闷了。

好在第三天，老卢紧锁的眉头舒展开来，老卢喜滋滋地告诉我，李专家答应来霁鲂市参加结题会了。

前两天，老卢和我借酒浇愁时，老卢分析，李专家不过来，一定还是赵局长使的坏，别看他派我来协助工作。"老赵总说，早园竹不是我引种的，是交警队引种的，交警队前队长胡炳才是南方人，喜欢竹子，把他老家屋后的竹子移植到霁鲂市，就活了，就长成了一片。老赵说得也不假，可我做的课题是'霁鲂市引种早园竹相关技术研究'呀，我又不是做'霁鲂市农科所引种早园竹相关技术研究'结题会，霁鲂市交警队不在霁鲂市的地盘上吗？对不对，小兄弟？"也是喝了酒，我有些忘乎所以，揭老卢的短："老哥，又不是您引种的，您怎么做相关技术研究呀？""嘿！小兄弟，这一刻我真不知道把你当谁的人了，你是老赵派来卧底的吧？"酒后老卢的脸红得像关云长，他知道我不会是来卧底的，但也对我的无知而表示不满，"怎么做相关技术研究？我不得检测交警队土壤的数据吗？我不得查阅近几年我们霁鲂市的气温、雨水数据吗？科学的事，来不得半点含糊，小兄弟。"

李专家本来真的不想来霁鲂市，除了早园竹不是老卢亲自引种的外，还有家里出了一档子事，让李专家很闹心。这个家里也不是李专家在省城的家，而是在霁鲂市的老家。李专家哥儿俩，他去省城了，老家还有哥哥和侄儿。侄儿刚买了一辆大货车，超载，车被霁鲂市交警队扣了。扣车其实也没有什么大不了的事，不过要罚几个款。但侄儿不想掏这个款，侄儿觉得自己有个了不起的叔叔，去年叔叔回乡，分管农业的张副市长还特意请他吃饭，那么请叔叔给张副市长打个电话，官大一级压死人，交警队还不得乖乖地把车还给他！这年头，哪有大货车不超载的？不超载能赚钱吗？当时，李专家接了侄儿的电话，当即血往上涌，气得想骂侄儿几句，看到老伴在旁边对他挤鼻子弄眼的，所以才忍住了，但决定不睬侄儿这鸡毛蒜皮的事。老家的人常为一些鸡毛蒜皮的事找他，让李专家很烦，就决定一时不回霁鲂市了。

但李专家的哥给李专家打电话了，因为李专家的侄儿迟迟不缴罚款，交警队又将罚款金额提了一倍。李专家的哥打来电话，事情就不是侄儿的事了，是哥哥的事情，得办。正好老卢锲而不舍，第四次打来电话。李专家就问，早园竹是种在交警队院子里的？老卢说是，李专家就将话转到侄儿的事上。老卢嗨了一声，朗声说，小事一桩，李专家你赶紧回来，你侄儿就是我侄儿，那事包在我身上。我要没有金刚钻，也不敢揽交警队的瓷器活。

李专家这才答应来霡鲂市了。结题会的前一天，我陪老卢去高铁站接从省里来的李专家、王专家、何专家等一行五人。待李专家出了高铁站，有个又黑又胖的小伙子，紧紧地跟在李专家的后面，这就是李专家的侄儿了，原来早就在高铁站恭候了。见了老卢，李专家把侄儿往前推，说："卢所长，我侄儿你就当成你侄儿了。你敢反悔，我和你没完。"

老卢爽快地说："那是一定的，哈哈……"

李专家不放心，还要嘱咐："卢所长，咱侄儿的事拖不起呀，拖一天就是一天的损失。"

"我明白，我明白。"老卢频频颔首。

李专家的侄儿也想说什么，可是王专家、何专家都跟着出来了，老卢实在顾不上别的，招呼众专家上了一辆中巴车。司机仍然是老杜，待人上齐了，老卢说了一声出发，司机老杜就一声不吭地操控起方向盘，出了高铁站广场。车没有往农科所的方向开，而是驶入市郊的一家准五星级大酒店。众专家的到来，惊动了霡鲂市的张市长，当晚在该酒店宴请众专家，分管农业的张副市长也来作陪，不知道我们赵局长为什么没有来。

宴罢，众专家回到各自的房间，又有一个惊喜，各自房间里多了一只礼品袋，礼品袋里装着一台数码相机和一只厚厚的装着专家评审费的信封，是老卢安排司机老杜办理的。众专家都叹道，老卢这个人太厚道，太客气了。当晚，各自安息，不在话下。回到房间，我把见到张市长的事跟罗小雯同志说了，并说张市长对我很器重，在酒桌上和我碰杯时还鼓励我好好干。罗小雯同志在电话的另一头给了我好几个热吻。

结题会是在第二天，按照流程，上午先去交警队院子实地参观早园竹，中午回酒店午餐，午餐后休息，下午三点半专家开始投票。

本来以为顺风顺水了，却又出了一点儿岔子。省里来了五位专家，坐一辆中巴。老卢还邀请了雾鲂市的两位专家，分别是科委的马主任、科协的周主席。马主任和周主席有各自的小车，三辆车就组成了一个车队，排成队要往交警队的院子里开，也不跟门卫打个招呼，老卢百密一疏，忽视了这个环节。偏偏交警队的门卫是个年纪轻轻的协警，本来就觉得当协警屈了才，现在又被人轻视，火气腾地上来了！双手掐腰，像金刚似的堵在门口，说没接到领导的通知，中央首长的车也不能放进去。

老卢骂了一句，掏出手机，给一位叫吴政委的人打电话。一会儿，这协警得到上级的指令，往旁边一撤，车队鱼贯而入。别以为交警队都是武夫待的地方，这大院却雅致得很。有潺潺清流曲曲蛇径，将院子中心割成一个小岛的模样，岛上有红亭，有绿色回廊。见了这回廊，何专家就掉了一个书袋："小院回廊春寂寂，浴凫飞鹭晚悠悠。"回廊旁边栽种着翠竹，清风吹来，竹叶轻舞飒飒作响。老卢说这竹子就叫早园竹。我也分不清竹子的品种，只知道粗细，其他都觉得差不多。

见了丛生的翠竹，何专家又雅趣大发，频频颔首："'竹径通幽处，禅房花木深'哪！这一丛竹栽到交警队的院子里，那意义就更不一般了。为什么？交警队也是衙门嘛。郑板桥有句诗叫，'衙斋卧听萧萧竹，疑是民间疾苦声'哦！"何专家是省农林科学院的研究员。据说还有一手好书法，润格都到每平方尺两千了。

众专家听了何专家的话，都驻足在翠竹前，拍手叫好，连连称妙。王专家说："老何，你不去中文系教书，却研究农林，真是太屈才了。"

李专家更是连跷大拇指，说："老何的水平就是高，今天，郑板桥的这句诗可算是念到我的心坎上去了。交警队大权在握，可他们有几个知道司机谋生的不易，我侄儿为买货车，借了一屁股债，他们却不管，一声超载，罚款三百。我侄儿年轻，争论几句，一言不合，好嘛，车子就被扣押起来了……"说到这里，转身对老卢说，"侄儿的事，卢所长可得抓紧办哟，昨晚我本想跟张市长提，你冲我使眼色，不让我提。好嘛，到了你老卢的地盘，我就听你的，可不能拖延哪，拖延一天，侄儿就是一天的损失，损失不起呀。"

老卢一副成竹在胸的样子，说："好说好说，吴政委是我哥儿们，中午他也过来。"

中午，吴政委果然过来了，原来吴政委还不是交警队的政委，是市局的政委。我瞧见李专家给他侄儿丢了个脸色，侄儿双眼立刻熠熠生辉。酒过三巡，李专家携侄儿来吴政委身边敬酒，不待李专家开口，一旁的老卢就把李专家的事对吴政委说了。吴政委当过野战军的团长，做起事来那个雷厉风行！一个电话打到交警队："老冯，那个谁谁的车，不得扣押！后面的事后面再说！"李专家的事一句话就搞定了。估计那个老冯不是交警队的队长就是政委。

下午开专家评审会，"雾鲂市引种早园竹相关技术研究"全票通过，众专家发言都指出这个成果的意义非凡。这下，老卢该喜气洋洋了吧。谁知，他又紧锁起眉头，找到我说："小兄弟，不好看哪，全是赞成票，一个反对票都没有。"我恭维"老哥"："专家们都认可您的成绩呀。"老卢朝我笑了，说："赵局长一直跟我过不去，结题会也不来参加。要不，你代表赵局长，就画一个反对票吧。"

我吓了一跳，连连摇手："我只是协助老哥会务工作的，赵局长没让我代他投票哇。我擅自做主代他投了票，他还不得给我穿小鞋呀？"

老卢拉着我的手，说："你就画一个反对票吧，小兄弟，算老哥求你了。就是走走形式而已，好看点儿，老赵不会知道的。"他诚恳地对我说，"你可能也听说了，农科所要独立出来了，如果你在局里待得不开心，你来我这，我任命你为办公室主任。"

后来，我在农业局真的混得不开心，也动过要到老卢那儿做办公室主任的心思。可我的女朋友罗小雯同志认为，在农业局工作离权力的中心还近一点儿，到农科所去，就远离权力的中心了。"我还指靠着你调我到霁鲂市第一人民医院当护士长呢！"我只好打消了这个念头。然而，我在霁鲂市的工作，一天天地让罗小雯同志的信心丧失。后来有一天，她告诉我，她就要当上第三十一人民医院的妇产科护士长了。"要不，你还是回来吧，你现在回来还不晚，如果你不回来，我可能就跟别人结婚了，你就不要回来了，回来了也不要找我了。"

我不想失去罗小雯同志，只得离开了霁鲂市。我离开霁鲂市后，和农业局的所有人都没有联系，但和老卢还保持着联系——老卢已经不是农业局的人啦。我离开霁鲂市后，农科所就从农业局独立出来，改名叫"霁鲂市农林科学院"，老卢理所当然地当上了霁鲂市农林科学院的首任院长。这些年，老卢在科技期刊上发表了不少科技论文。现在呢，早就荣升为省科技专家评审组的成员啦。

研发助理

青年王小望觉得自己这辈子就要这么完蛋了。

他背着登山包在山道上走，老婆何赛娥走在前头，腰肢扭得带动着屁股像两只香瓜在跳舞，王小望心里痒痒的，想上前摸一把，没承想就一跤从峭壁上跌下来，跌进一个水潭里，呛了好几口水，差一点背过气去。老婆却一点没察觉，继续扭着屁股，甩着辫子往前走。王小望喊救命，嗓子刚才被水呛了，现在还发不出声音来，心里那个急啊。绝望挣扎中，看见峭壁上有一根藤垂到了水面上，藤有拇指那么粗。王小望一把揪住了那根救命藤，一挣一挣地往上爬，眼看就要到顶了，能看见何赛娥了。她依然扭着两只香瓜一样的屁股，坏了，她身边什么时候多了一个男人？那男人高大英俊的样子，似曾相识，可仅凭背影具体是谁又判断不了。王小望又羞又急，一使劲，那根藤却断了，一失足，又"啪"的掉落到峭壁下的深潭里，王小望"啊"的一声惨叫，醒了，浑身大汗淋漓，仿佛真的刚从水潭里爬起一般，犹自气喘不止。

何赛娥被他这一声惨叫惊醒了，以为家里进了贼，慌忙打开灯，急急地问他怎么了。王小望气喘定了，冲老婆一摆手，有气无力地说："没什么，只是做了一个梦，怪吓人的，闭灯睡觉吧。"

闭灯睡觉？说得轻巧！何赛娥可不能闭灯睡觉。何赛娥觉轻、入睡难，半夜惊醒，没有两个小时不可能进入梦乡。王小望觉重、入睡容易，头挨着枕头不到十分钟就能睡得香甜。被惊醒了的何赛娥可不想让他这么快地入睡，索性坐了起来，抽了王小望的枕头，垫在自己的后背上，语含讥讽地问："做什么梦了？说给我听听，在梦里被人宰啦？被人剥皮抽筋啦？怎么最近你总爱做噩梦？你是不是做了什么对不起我的事？"

"我哪有做什么对不起你的事，倒是你——"王小望的脑袋挨不到枕头，没好气地说。

"我？我怎么了？哎，你起来！起来！！起来！！！"何赛娥知道王小望语有所指，来了脾气，一推二推，把王小望推得坐了起来。王小望睡眼惺忪，脑袋恨不得耷拉到脖子上，一副垂头丧气的模样。在何赛娥的眼里，这个男人这会儿哪有一点男子汉的阳刚之气？不由痛心疾首地问："王小望，你最近撞到什么鬼了？一回家就唉声叹气，一沾枕头就噩梦不断！你是不是在公司犯什么错误了？"

"在公司我能犯什么错误？我只是大头兵一个！我想犯错误也轮不到我！"王小望醒了，冲着老婆翻了一下白眼。

"瞧你那点出息劲儿，进利元公司七八年了，还是大头兵一个，你自己还好意思说出口。我说你还不服气，还冲我翻白眼！你有威风在公司里耍去，在老婆跟前耍威风算什么能耐！"何赛娥长了一张得理不饶人的嘴。

"耍威风？我哪里威风了，我从来都没有威风过，我在你跟前都耍不了威风，更遑论在公司耍威风呢，一个大头兵跟谁耍威风去。"王小望是没指望了，现在说话都是垂头丧气的。

"早知道这样，当初你要费那个劲读那个书干吗？读了小学又读中学，读了中学又读大学，读了大学差一点就去考研究生！花了你爸你妈的钱无数，真是可怜你爸你妈一副望子成龙的心。"何赛娥咬牙切齿地说，何赛娥就看不惯王小望这副垂头丧气样。怨恨女人的话一个字一个字吐出的都是无形刀，一刀一刀都割在王小望的心上。

王小望不服，"不读书？不读书能进利元科技公司的门吗？不读书，连利元科技公司的门都摸不着。"他气哼哼地说。

"哟哟，还很有脾气嘛！"何赛娥尖着嗓子嚷，"有本事的男人在外面威风，没本事的男人在家里威风。"这句话是何赛娥的立论基础，家庭发生战争时，她常常要把这句话拾起来念叨几遍，有时还生发出更多的话。

"我也想在外面威风来着，"王小望嘟囔，"我年年都是先进工作者，我常常在大会上小会上被车间领导、公司领导表扬，可就是没有升职的机会。我有什么办法呢？"

"年年都是先进工作者，常常在大会小会上被领导表扬，却到现在连个小组长都没干上！你傻吗？你情商低吧！"何赛娥气势汹汹地喊。其实真怨不得何赛娥生气，她当年的几个小姐妹，不是当了科长的太太，就是成了总经理的夫人。她何赛娥差什么了？论学识，一样的大学毕业。论姿色，她觉得自己还强于她们呢！她差什么了？就差在老公王小望的身上呗！偏偏王小望又是这副软塌塌、一副不争气的样子，她何赛娥能不着急上火吗？

"我、我……"

"你，你什么你……"

"这也不能完全怪我呀！老婆，你不是不知道，在我们利元公司，董事长叫尤卫国，总经理尤其昂是他的儿子；两个副总经理，尤其贵、尤其富都是尤其昂的弟弟，亲弟弟。"王小望委屈地说。

"听你这么一说，似乎是这么回事。利元公司是人家老尤家的。"何赛娥的声音低了两度，但紧接着又提高了四度，"那不是还有一个副总经理不姓尤，姓李，叫李兴民的？你们研发车间的总监不是叫范启亚？也不姓尤！所以说，你就别找借口了，要我说，还是自己能力不行，水平差、情商低。你活该噩梦不断吧！"

"副总经理李兴民是总经理尤其昂的姐夫，研发总监范启亚是总经理尤其昂的妹夫。"王小望哭丧着脸说，"你又不是尤其昂的妹妹。"

"呸！"何赛娥一听，心里一股火窜起老高，拿姻亲说事的男人多么没出息！这一刻，何赛娥恨不得一脚把王小望踹下床去。然而，自己毕竟不是尤其昂的妹妹，似乎确实是丈夫事业上的短板，一时悲从心来，悲把那股心火压了下去，何赛娥觉得自己这辈子只怕连个小组长夫人的梦想都要破灭了。

但何赛娥身上有百折不挠、愈挫愈勇的美德，哑口无言片刻，眼睛突然一亮，直起身子说："既然在尤氏企业，但凡带一官半职的都是尤家的亲戚。那我们就辞职，就换一家公司好了。你傻呀？你情商低吧？东方不亮还有西方亮呢，离开了利元还有利方呢！谁让你在一棵树上吊死了？"

"老婆，东方不亮的时候西方也不一定会亮啊，不信现在你拉开窗帘看看，东窗外是黑的，西窗外也不会就是白天。离开了利元，且不说利方现在缺不缺人、能不能进去，就算能够进去了，在利方拥有一官半职的人，难道不是总经理的亲戚？你去了还不一样做个大头兵？"

"是你去了！"

"对对……我去了，还不一样做个大头兵？"

"照你这么说，你这辈子就是这样了？就这样完了？我当初怎么瞎了一双眼，怎么找了你这么一个窝囊废！"何赛娥悲不可抑，珠泪滚滚。

"你是瞎了两双眼！"王小望也来了脾气，呛了她一句，其实他一直就没有好心情。何赛娥是近视眼，又戴一副近视眼镜。

何赛娥抄起后背上的枕头就狠命地砸向王小望。

何赛娥生气归生气，关键时刻，胳膊肘还得向内拐。早上，王小望匆匆洗了把脸，连胡须都来不及刮，担心上班迟到了，揣着一个面包仓皇地走出家门后，何赛娥是又气又心疼，思来想去，觉得关键时刻还是应该帮王小望一把，同一根蔓上的俩葫芦嘛，帮王小望一把等于也是帮自己一把。怎么帮呢？何赛娥想到了老爸何品清。

何品清当了三十年的中学数学老师，桃李满天下。这座城市又不大，效益好一点的企业，掰着手指头都能数过来，难不成三十年的数学老师算不出来他的学生有多少个？难不成尤氏企业管理层中就没有一个他的学生？这个年头，心眼儿得活泛点。像王小望那样的，怎么能够出人头地？他没有出息，他活该呀！

自家父亲用不着客气，而且何赛娥肚子里也攒不住话，一个电话打过去三句寒暄话后就直奔主题，问尤氏企业管理层中，可有老爸的弟子。问完，心里满是期许。没承想，老爸硬邦邦地说了一句："没有！"

何品清有，有为什么偏要说没有？这里面有缘故：一来，那个学生只是尤氏企业的销售副总监，虽然也和管理层沾边，但不是一个说了就算的主；二来，何品清不愿为这个女婿拼老脸。为什么？说白了，他对这个女婿不满意呗！王小望出身不好，一个乡下进城的孩子，连读大学的钱，都是东拼西凑来的。当初女儿何赛娥要跟王小望谈恋爱，何品清就反对。女儿却固执己见，说他学习成绩好，积极上进，人又老实，不会有花花肠子，跟着他不吃亏。何品清当时就说，学习好、积极上进是不错，可他家一点背景都没有，进入拼爹的时代，将来有你着急上火的时候。你看，这不现在就来了吗？再说人老实有什么用？榆木疙瘩一个，如今混社会需要八面玲珑，榆木疙瘩吃不开的。

在老爸那碰了钉子，何赛娥不甘心，转身找老妈，老妈叹口气说："丫头，你还不知道你妈？你妈这一辈子，都生活在你爸的光环里。"何赛娥是独生女儿，老爸和老妈指望不上，家族中再也没有一个兄弟姐妹可以指望的了。

何赛娥不气馁，现在她身上的不折不挠、愈挫愈勇的美德更加熠熠生辉。她必须不折不挠，她必须愈挫愈勇。因为，她也想像老妈那样生活在老公的光环里。

何赛娥掏出手机通信录，翻、翻、翻……翻到一个人的名字那，手指停住了，指尖涌出一股别样的柔情。其实用不着翻通信录，这个人的电话也记得住，他的电话号码存在她的心头。他是大学同学赵宏伟，记忆的磁盘里，赵宏伟的空间占了老大的一块。为什么？上大学时，赵宏伟追求过何赛娥，两人有过一段切入肌肤的亲密接触。可是后来的何赛娥却觉得赵宏伟花花肠子多，不如王小望老实可靠，倒入了王小望的怀抱。虽然倒入了王小望的怀抱，但和赵宏伟的情丝却没有斩断。只是碍于王小望，只能暗度陈仓了。后来的王小望似乎也发现了点蛛丝马迹，但何赛娥一口否认，都是同学，偶尔联系联系有什么错？再聊这个话题，就跟王小望急！急！！急！！！

赵宏伟为人活络，社交广，本来不该为王小望的事找他的，但关键时刻，不能想那么多了，豁出去。何赛娥果有识人之明，赵宏伟说他的表舅在利元公司，而且偏偏就是王小望的顶头上司范启亚。何赛娥一听，说话的声音恨不得温柔到被王小望横刀夺爱之前。只可惜，从前的时光是永远回不去了。赵宏伟的老婆漂亮、有能力而且是一只著名的醋坛子。曾扬言，如果赵宏伟敢做对不起她的事，她就把他打入地狱，七世不得为人！吓得赵宏伟连陈仓也不敢轻易暗度。

王小望觉得生活有盼头了，这天晚上又做梦。这回不做从峭壁上跌下来的梦了，而是举步轻轻一跃就跃到了彩云上。晴空万里，秋高气爽，身边有几只喜鹊叫喳喳地飞过。又飞来一只喜鹊，这是一只大喜鹊，却持有小喜鹊一般的童心，见到什么都要好奇地尝试一下，它飞来啄王小望脚下的彩云，王小望急忙止住它："傻喜鹊，云彩是水汽形成的，又不是棉花糖，你啄它填不饱肚子的。"然而，这只喜鹊不理他，啄一口彩云就举头伸长脖子做吞咽状，吞咽几下又曲颈啄一口，真把彩云当成了棉花糖，傻傻的样子让王小望不由得哈哈大笑起来。

这一笑，坏了！何赛娥惊醒了。何赛娥觉轻，醒来一时半会儿就难以入眠，不由得恨道："王小望，王小望，你别高兴得太早，能搭上范启亚这根线是不错，但现在毕竟还没有搭上呀！我正为怎么搭这根线犯愁呢，你倒好，连做梦都是笑！笑！！笑！！！你起来！起来！！起来！！！"

一推二推三推，王小望的脑袋离开了枕头，何赛娥一把抽了这枕头，把王小望推得坐了起来。王小望想睡也睡不成了，只好攒足了精神帮何赛娥商量如何搭上范启亚这根线。商量来商量去，提出了一百二十个方案，又否定了一百一十九个，最终何赛娥拍板，拜范启亚为干爹！王小望吓了一跳，彻底不困了，哆哆嗦嗦地问："这合适吗？范启亚顶多大我十岁。"何赛娥气得拍了他一巴掌，说："就是比你小十岁，也得拜干爹。"

王小望拜范启亚为干爹的事就这么商定了下来。当然，现在还只是他们夫妇俩一厢情愿的想法。

王小望一辈子哪经过这样的事，小时候都没拜过干爹，没想到快三十岁时，倒将有个干爹了。这一天上班，心里就很忐忑。既盼见到准干爹范启亚，又怕见到准干爹范启亚。打开电脑，切换到工作界面，写入一个符号，马上醒悟写错了，重新写入，又醒悟写错了。上午一两个小时，心神不宁的，什么都没干成。同事陶小颜与他背靠背，回过头来，喂了他一声，问他是不是早上磕了兴奋剂，一副喜悦却又魂不守舍的样子。王小望一惊，矢口否认，赶忙以昨晚没睡好，早上起来喝了几杯咖啡提神搪塞过去。

就在这么个时候，范启亚来了。范启亚身高一米七六，身材不胖不瘦，国字脸，头发虽然梳得一丝不苟，但略显稀疏。他背着手从研发车间的南边过来，慢慢往北边踱。范启亚不苟言笑，目光如电。据说，从前他没有做研发总监的时候，笑的神经比较发达。当上了研发总监，笑的神经就萎缩了。有得有失，是天道，怨不得范启亚。巡视时，范启亚表达赞许的时候，眉头轻轻一扬，就有人喜笑颜开；表达不满的时候，眉头轻轻一皱，就有人心惊肉跳。好有范儿！每次，范启亚来研发车间巡视一圈走后，陶小颜都要发癫一次，从工位上站起来，双手合在胸前，一双杏眼无限陶醉地说："My god，范总，简直就是男神！"王小望追求的就是这种被人崇拜和陶醉的感觉。已经定好拜干爹的计划了，这种感觉还会远吗？

刚才范启亚巡视到自己身边的时候，眉头是轻轻扬起了呢，还是轻轻皱了一下？似乎是扬了一下，又似乎是皱了一下。不知在拜干爹这件事上，另一个主角范启亚是什么意思。王小望的一颗心又怦怦地跳起来。随后，自己安慰自己，夜里刚商量妥当的事，老婆不会这么快就去落实，范启亚一定对此一无所知，连影子都不知道。一颗驿动的心才稍稍坦然起来，跳得不那么急促了。

中间人赵宏伟传话，范启亚本来是不愿意被自己的员工拜认干爹的，但看在赵宏伟的爸是范启亚表姐夫的面子上，几番美言，费了一点周折，最终拜范启亚为干爹的事有门儿，让何赛娥王小望两口子先做好准备。得到这个喜讯，这两口子又合计了半宿，一致认为，这提前需要准备好的，无非就是挑选大酒店。于是赶紧落实。

挑选大酒店费了一番心思，档次不能低。低了，范启亚会觉得是看低了他；太高吧，消费又得在自己能承受得起的范围内。大酒店挑好了又怕范启亚会不会变卦不来。在家里，何赛娥问王小望："这几天，范总看你是眉头一扬的时候多一些，还是眉头一皱的时候多一些？"王小望打开记忆的闸门，苦思冥想，一会儿觉得这阵子范启亚看他是眉头一扬的时候多一些，一会儿又觉得是眉头一皱的时候多一些。把何赛娥恨得直跺脚，骂他是扶不上墙的烂泥。王小望委屈地说，范总到我身边的时候，我直盯着电脑工作界面，哪敢抬头看他？哪能想起他看我是眉头扬起来多一些还是皱起来多一些？何赛娥想想也是这个理儿，就不再跺脚了。

现在，范启亚什么时候能来还不能确定，所以，订好了酒店，但具体哪个包间还没有确定下来。另外，拜干爹的饭局和一般的饭局有哪些不同，不知道酒店的工作人员有没有经验。如果他们没有经验，就得自己多张罗着，需要准备哪些东西。何赛娥一时兴起，问老爸，老爸一听是要给王小望拜干爹，气得脸都绿了。老爸指望不上，何赛娥只得拉着王小望孤军奋战。

这天赵宏伟给何赛娥打来电话，说看在他爸的面子上，又费了一点周折，范启亚终于答应这个周五晚上有时间，可以把认亲仪式落实下来。

何赛娥激动得不顾夫妻生活大忌，力邀赵宏伟过来当见证人，赵宏伟一想认亲仪式人多口杂，要是他老婆知道自己出来见何赛娥，回家不脱一层皮才怪。婉言谢绝了。

周五晚上姗姗来迟，王小望和老婆早早地恭候在大酒店门口。范启亚的车到了，王小望学着电视中见到的礼节，跑上前用右手拉开车门，用左手护住范启亚的头。范启亚眉头轻轻一扬。何赛娥款步上前挎住范启亚的胳膊，夫妻俩像迎接祖宗似的，把范启亚迎到了包厢。

这一桌饭对王小望夫妇来说，是费了血本的。什么小米扣辽参、燕翅鲍、佛跳墙类，点菜时，何赛娥的心都在滴血，这些钱只怕飞澳洲一个来回都够了，能买一只正宗的 LV 包了，现在她手上提的，还是高仿的，节前在麦凯乐商场看到中意的一款，再看价格倒吸一口凉气，硬是没舍得买。舍不得孩子套不住狼，现在为了王小望的事业，豁出去了。

为了让范启亚吃得高兴，为了让认亲气氛更加温馨，在何赛娥的眼神、努嘴、脚尖、指尖等各种暗示下，王小望使出了浑身的解数，百倍殷勤。

可是范启亚的眉头却越皱越深，夫妻俩面面相觑，不明所以，实在想不出哪个地方没做到位。问问范启亚？不好问，不敢问！

范启亚的眉头为啥越皱越深，他心里不高兴呢！一个认亲仪式，搞得这么冷清，一共才三个人，真是岂有此理！碍于表姐夫的面子，勉强有认王小望为干儿子的打算，刚才言谈间才知道王小望连他表姐夫的面都没见过，不由改变主意，把筷子往桌上一放，大手一挥，说："小望赛娥啊，谢谢你们的热情，但是，我看拜干爹的事就算了！"

范启亚的声音不大，在小夫妇俩那里，却如一声霹雳，王小望傻在那里！何赛娥也傻在那里！感情这桌饭算白请了，往返澳洲的机票打水漂了，一只正宗的 LV 包也打水漂了，真要拿这么多钱打水漂还能溅起浪花朵朵，现在一个浪花都没溅起来。

范启亚的眉头又往起一扬，双手按着桌面说："我的干儿子不少了，小望不错，也不好拂了你们的美意，我就破例收小望做个干侄子吧。哈哈……"

王小望和何赛娥才回过神来，听了范启亚的话，虽然心有不甘，但就像一个原本要判死刑的人，现在只改判了五年的有期徒刑，倒有些喜出望外的感觉了。

于是活泛起来的王小望和何赛娥频频举杯敬酒，左一个干叔叔，右一个干叔叔，叫得比蜜汁还甜。

虽然是干叔叔，但孝敬起来要比对亲叔叔还要孝敬。所以，一段时间过后，范启亚觉得干侄子虽然比不上干儿子，但也好歹属于有点亲缘关系的系列。干叔叔也不能白被人叫啊。恰好这一阵，尤氏公司研发车间任务紧，研发总监范启亚向公司管理层申请了一个助理的头衔，这个头衔就给了干侄子王小望。

王小望顶着这个头衔，一下子在研发车间鹤立鸡群起来。

总监不来的时候，助理代替总监在研发车间巡视。王小望穿着白衬衫，系着蓝领带，衬衫的下摆扎进深蓝色的裤子里，裤缝笔直。虽然身高没有干叔叔范启亚高，不足一米七六；头发也浓密了许多，没有范启亚那样稀疏。不过，这并不妨碍王小望高视阔步。巡视中，他遇到值得赞许的事情，也学着他干叔叔的样子轻轻扬一下眉头；遇到值得批评的事，就轻轻皱一下眉头。这一扬一皱之间的转换，可了不得，在研发车间就代表了天气晴阴的转换，没有一个员工敢不在乎，这微妙的感觉实在妙不可言。

他奶奶的！青年王小望觉得自己找到了成功的秘诀：下一步，要拜副总经理尤其贵或尤其富做干爹，当然，如果天赐良机，当然是拜总经理尤其昂为干爹好。但是，听说总经理尤其昂没有这种认干儿子的爱好。虽然这样，也没关系，可以绕开他，拜他爹尤卫国为干爷爷，自己当个干孙子也好。王小望只觉得自己前程一片锦绣，他一下子想起了那夜自己举步轻扬，一下子跃到彩云上的梦，梦中那只傻喜鹊仿佛一下子飞到了眼前，在啄他脚下的彩云，嘴角不由得扯开来，虽然没有发出声音，但王小望的心情好极了。

研发车间不大，只有五十多个工作台，可是也不小，就算一个工作台占地三平方米吧，再加上公共活动区域，估算起来，研发车间的面积也有二百平方米左右。靠南边有一间用玻璃隔断隔开的办公区，大约有十平方米，以前属于研发总监范启亚的，但范启亚在公司总部另有办公室，几乎没有使用过研发车间的，现在这间办公室的使用权归研发助理王小望了。

王小望曾经的位置现在坐着陶小颜，一位新入职的员工填充了她从前的位置。他巡视到陶小颜的身边时，发觉陶小颜偷眼瞟了他好几次，却佯装一本正经地在工作。王小望没有点破，越过陶小颜、背着手继续往前巡视。他心里却强烈地想知道，此刻的陶小颜会不会像崇拜范启亚一样崇拜他？这得等自己巡视结束之后才能知道。可是，巡视结束之后，自己不在陶小颜身边了，见不到就无法知道啊。王小望觉得下一步很有培植一个亲信、好向自己打小报告的必要。这么一边想着，一边往北边巡视，再从北边另一条过道往南边巡视。

咦？这是怎么回事，车间摆放饮水机的位置，地下怎么积水一摊？王小望站住了，皱紧了眉头。这一刻，研发车间安静极了，连一个敲击电脑键盘的声音都没有。然而，只是寂静极了，却没有人回应王小望，这让总监助理的眉头皱得更深了，他不能再往深里皱眉头了，眉头已经皱到极限，还是没有人回应他。王小望生气了。

"这是谁负责的？唵！"王小望威严地问。

"胡嫂！"有人小声地告诉他。

王小望知道研发车间的保洁工作一直是胡嫂在做，饮水机的维护当然也属于胡嫂的职责范围，他在研发车间待这么多年了。而且，他从前每次见了胡嫂，都要给她一个笑脸。不是为了巴结她，他见了车间的谁，都要给个笑脸，他必须要给笑脸，他懂得丛林法则。但今天的他不一样了，今天的他有了助理的头衔。听说这胡嫂还有点来头呢！哼！一个清洁工能有什么来头？有来头的能当清洁工？王小望想，新官上任三把火，看来自己在研发车间要树立威信也得烧三把火，这第一把火得烧到胡嫂的头上了，活该她倒霉。

胡嫂出现了，一副什么都不在乎的样子，手上拿着一块抹布，左顾右盼的。

"胡嫂你过来！"王小望的声音很威严。

"哟！我当是谁呢，是小望呀，今儿你在车间充什么大头鬼？！"胡嫂讥讽地说，听她的语气，莫非还不知道自己当上研发车间总监助理了？王小望想。

研发车间的人都停止了工作，近百双眼睛齐刷刷地盯着王小望。王小望更要维持尊严了，他必须要维持助理的尊严。"你！"他指着慢腾腾走来的胡嫂说，"马上把地上这摊水给我处理干净！给你一分钟时间，不然，立刻卷铺盖走人！"一个公司的保洁工，临时聘来的人员，他不信自己收拾不了她！

"你歇着吧，该上哪里凉快就上哪里凉快去！"胡嫂讥讽的笑容收敛了，她也厉害起来了，她叉着腰说，"老娘三十分钟后再来收拾那摊水，看你能把老娘怎么着？小兔崽子，老娘还当你是个好人……"

"那好，你等着，胡嫂。"

"等着就等着，小兔崽子！"胡嫂威风凛凛地说。

他不能上前扇她的耳光，虽然他有这种冲动，但自己毕竟是受过高等教育的，不同于那些没文化的人！研发助理出师不利，怒气冲冲地回到自己办公室，他抓起电话，建议人事部门立刻解聘胡嫂这位临时工。

接电话的也是一位助理——人事总监助理，他迟疑了半晌。王小望对着话筒"喂喂"了半天，人事助理开口了，他觉得还是把实情告诉给王小望比较好：不好开除胡嫂，她是副总经理尤其贵的干女儿，只是因为没读什么书，所以才委屈她到研发车间当保洁员。

"什么？这太荒唐了吧，一个保洁员……"王小望只觉得眼前一阵发黑。

是夜，王小望又梦见了自己背着登山包和老婆在山道上走，老婆依然走在前头——在他的梦里，何赛娥永远走在他前头，而且腰肢扭得屁股像两只香瓜在跳舞。走着走着，王小望不知怎么一失足，就跌进了峭壁下的深潭，他在水里扑腾、扑腾，慌乱间，看见峭壁上垂下来一根藤。急忙抓住那根救命的藤，一挣一挣，渐渐地爬了上来，就要到顶了，一看，老婆的身边多了一个人。那背影，似曾相识。王小望这回想起来了——是赵宏伟！王小望心里那个气啊，恨不得一步跨到山顶。一使劲，那根藤却断了。"啊"的一声，王小望没有跌进深潭——他醒了，浑身湿透，跟真的刚从深潭里爬出来一样。

何赛娥又被他这一声惨叫惊醒了，气哼哼地爬起来问他又是怎么了。王小望惊魂甫定，喘着气回答："老婆，这回，我认出那个人了，是赵宏伟！"

何赛娥毫不客气地给了他一巴掌。

哥俩好

1

这哥俩是大学历史系同学，同班又同住一间宿舍。方柏如身高一米八〇，眉清目秀，言谈举止风流倜傥；袁连城身高一米六五，五官倒也清秀，肤色却有些黝黑，言辞木讷，投手举足跟个憨豆一样。

然而，憨豆也有人爱。大学毕业时，方柏如让同学韩秋霞成了自己的准妻子，袁连城也让同学姜一萍成了自己的准妻子。韩秋霞和姜一萍同学不同系，一个是生物专业，一个是数学专业。大学毕业后，方柏如、韩秋霞和姜一萍都进了中学当老师。二十世纪八十年代中期，师范大学的毕业生大部分进中学当老师，那时候的大学毕业生还包分配。

袁连城也想进中学当老师。毕业后，他的档案进了一所中学，人也到了那所中学，可是一个月后，连人带档案都被那所中学退回来了。

为什么？就因为他是个憨豆！师范大学历史系的毕业生到中学主要是当历史兼政治课的老师。学校不缺校长或党委书记，当然也不会让你去烧锅炉搞后勤。方柏如在中学历史课堂上如鱼得水，历史故事记得滚瓜烂熟，张口就来，根本不翻书。正确运用马克思主义唯物史观，一章一节，口吐莲花，让学生听得心旌摇荡，如痴如醉；袁连城当中学历史老师，站到讲台上，面对一双双如饥似渴的求知眼睛，嘴唇嚅动了半天，吐不出一个完整的句子来。于是拿起粉笔，一笔一画地把自己备课笔记的内容往黑板上抄，抄满一黑板，擎起教棒一个字一个字地指点着读给学生们听。学生们一开始犯愣，不知道新来的老师葫芦里卖什么药，可一轮过后，袁连城擦了黑板，又开始板书，学生们就不干了，他们又不是第一次听历史课，这堂课没有这么教的！

袁连城肚子里有货，可他就是茶壶里煮饺子——有货倒不出。学生反映给历史教学组，教学组长反映给教导主任，教导主任反映给校长。校长、教导主任、教学组长急得满头大汗，一起帮袁连城倒茶壶里的饺子，可这饺子怎么也倒不出！校长埋怨教导主任，教导主任埋怨教学组长，当初怎么选了这货？三个人的脸都气绿了。结果一致认为，是师范大学的产品不合格，不合格的只能回炉。袁连城就这样连人带档案退回到大学。

准妻子姜一萍气呼呼地问袁连城，你咋这么丢人现眼呢？一堂中学的历史课你都上不好，你还能干什么？袁连城在姜一萍面前，倒变得伶牙俐齿了，说那些小儿科的知识，我不乐意给他们讲。姜一萍的脸也气绿了。二十世纪八十年代，年轻人谈恋爱不像现在这么三心二意的，否则，姜一萍非跟袁连城拜拜不可。

姜一萍皮肤白皙，身材玲珑俏丽，一头秀发如瀑，细细柔柔地散落在香肩上。典型的窈窕淑女，上大学时身边不缺好逑的君子，方柏如就是其中之一。学历史的方柏如为了表达对姜一萍的仰慕，甚至当上了诗人，写了不少风花雪月、生生死死的诗。有首诗曾打动了姜一萍，那个美好的夜晚，在校园的假山旁，姜一萍羞涩地把小手颤颤巍巍地伸进方柏如的大手中，然而仅此而已。让方柏如想到死也想不明白的是，姜一萍最终却成了别人的人，倒在了比方柏如更优秀者的怀里倒也罢了，关键是倒到了袁连城这样人的怀里。

问她为什么，姜一萍谈感觉，方柏如聪明外露，给人轻浮的感觉，跟他在一起不踏实；而袁连城表面看是憨头憨脑的，可其实是大智若愚，心有锦绣，这样的人稳重可靠。方柏如听了气得直吼，他这也叫大智若愚！那天下脑残的人都属于大智若愚了！你选择跟他好，将来等着后悔吧。这不，袁连城被中学当成次品退回大学了，让准妻子姜一萍后悔的事转眼就到。这时候，姜一萍再想倒到方柏如的怀里，也没有机会了。

方柏如追不上姜一萍，只好给生物系的韩秋霞写诗，到底打动了另一颗芳心。工作后，准妻子韩秋霞有意无意地提醒他早点把婚事办了，方柏如嘴上嗯嗯地应付着，却不见实际行动，让韩秋霞使了好几回小性子。韩秋霞压根儿也不知道这时候的方柏如贼心不死，内心还有所期待呢。

2

方柏如和韩秋霞的婚事办在一九八八年的秋天；袁连城和姜一萍的婚事办得早些，是在一九八七年的冬天。并不完全是因为姜一萍结婚了，方柏如才死心塌地跟韩秋霞结婚。方柏如的婚事比袁连城的晚半年，还有一个重要的原因，他们没有房子。到了一九八八年的秋天，方柏如仍然没有房子，韩秋霞也没有房子，但这时候准妻子韩秋霞的肚子已经大了，再不结婚没法跟家人跟朋友跟社会交差了。有条件上，没条件也得上。两个人的婚房只好设到了方柏如工作单位的宿舍里。

而一九八七年的时候，袁连城和姜一萍的婚礼办得风光，人家袁连城却有房子了。

袁连城被中学当成次品退回到师范大学，弄得灰突突的，肚子里的货更倒不出来了。然而，学校并没有让他回炉，插进某个班级再回读一段时间，也没有被再分配。正好历史系缺一位资料员，不适合在中学当历史老师，难不成连历史系的资料员也做不成？袁连城就留在学校了。

那时候，大学毕业生不像现在找工作这么难。那时候，大学生一毕业，都叫国家干部，分到党政机关的，根本不用参加行政职业能力和申论考试。分到厂矿企业的，也都是单位的重点培养对象……一句话，那时候的大学毕业生是真正的"天之骄子"，头上都笼罩着一层绚丽的光环。而袁连城却感受不到这种光环，一者，那是个以经济建设为中心的时代，高校工作相对清贫；二者，袁连城整天在历史系摆弄一些卡片，成了书呆子中的书呆子。好几次，姜一萍有些绝望，都下了壮士断腕、离开他的决心。但袁连城憨归憨，情商却不低，一次次化险为夷，至于他究竟使用了什么手段，他不说，姜一萍也不说，外人无论如何也难以知晓。

谁也没想到，退回大学也有退回到大学的好处——大学能分房子。不但教授、副教授和讲师分，袁连城在历史系当资料员，也分到了房子。虽然是筒子楼，二十世纪六十年代盖的，又旧又破。袁连城是资料员，分到的房子还最小。说是一套房子，其实只有一间十二平方米的卧室，一间六平方米的厨房，一间四平方米的卫生间。尤其是那个卫生间，不知当初设计者是为了凸显它的地位重要还是出于别的什么原因，地面足足高出卧室地面十五厘米。方便完了，一拉水箱冲水的绳，水箱发出一阵轰鸣，惊天动地，一栋楼都能听见。但姜一萍满意，这好歹有了自己的窝呀，虽说窝里的这只憨鸟差了点，但总比没有窝的鸟强吧。姜一萍的内心终于寻到了一丝安慰。

一九八七年，方柏如还是那只没有窝的鸟。其实，方柏如也享受分房的待遇。中学本身只有几间单身宿舍，不分房子，房子归区教育局分。但区教育局分管好几所中学，等着分房子的老师实在太多了，僧多粥少，分房子得论资排辈，比方柏如早进中学几年的人都没有分到，要排到方柏如还不知是猴年马月。

袁连城和姜一萍结婚的时候，方柏如和韩秋霞参观他们的婚房。破旧的房屋已经整饬一新，望着窗玻璃上贴着的火红"囍"字，韩秋霞羡慕地说，一萍，还是你有眼光，你看你们现在的小日子过得多温馨呀。方柏如听了，心底直往外冒酸水，说，温馨就像穿鞋子，鞋子的外表看着是光鲜，可温馨不温馨只有套进鞋里的脚才知道。憨豆袁连城听了也不反驳，只傻呵呵地乐。姜一萍心里明镜似的，斜睨了方柏如一眼。方柏如意识到自己话里醋味大，就亲热地擂了袁连城一拳，恭维中带贬损地说，你小子，傻人有傻福呀！

3

方柏如和韩秋霞结婚后，第二年春天就有了孩子，一家三口挤在一间宿舍里。宿舍毕竟不是单元房，不要说独立的厨房，连袁连城家那个一拉水箱冲水的绳就惊天动地的卫生间都没有。那几年，方柏如端着盆在卫生间洗尿片，被来教师宿舍楼的学生看见过许多次。洗完的大大小小、参差不齐、五颜六色的尿片挂在宿舍前的走廊上迎风飘舞，被检查卫生的校领导批评过好多次。每次，韩秋霞都流露出对姜一萍筒子楼的向往。方柏如照例在内心深处一次次发出狼一样的嚎叫，他暗下决心，日子不能这么往下过了。

方柏如聪明得跟人精一般，教学之余开始琢磨挣钱的道儿。历史系的师兄编了一本《杨贵妃外传》卖钱，方柏如就编了一本《西施内传》。编了一本《西施内传》，方柏如就不编了。不是《西施内传》没挣着钱，是挣得少，而且周期长。方柏如干什么？他编教辅书，编教辅书之余又开办了辅导班。第一年就盈利，第二年赚了个盆满钵满，第三年，方柏如花钱买了一套三室一厅的房子。一九九三年，这个城市刚开始开发商品房，许多人还不适应这个新鲜的事物，买得起商品房的人更是少之又少。方柏如也不想声张，先瞒着学校里的同事，后来瞒不住，就说是自己借了一堆债买来的。有善良的同事为他们夫妇举债度日，洒了一把又一把的泪，对他们夫妇的生活同情得不行。其实，方柏如是一分钱也没借，买房子的钱全是编教辅书、开辅导班挣来的。拿到钥匙，又请装修师傅装了修。

　　之前，方柏如和韩秋霞一次没请袁连城和姜一萍来家中做过客，他们哪有家呀。这一回，扬眉吐气了，第一批要请的客人就是袁连城和姜一萍。

　　姜一萍是勾着袁连城的胳膊来的，显得亲密得很，幸福得很。方柏如却觉得姜一萍是故意装给他看的。门口这地方叫玄关，方柏如热心地指点着。客厅地面比玄关地面高十五厘米。袁连城笑嘻嘻地说，我们家厕所地面也高出这么一截儿。方柏如一听，心里像吃了一只苍蝇，更加瞧不起袁连城。进了玄关，还要脱鞋，客厅新铺的地板光洁照人。袁连城又摇着他那憨脑袋说，哎呀，好好的水泥地要铺这玩意儿干什么？进门还要客人脱鞋，强人所难，不是待客之道。方柏如也不搭话，嘴角浮着高雅的笑意用脚把拖鞋拨到袁连城的脚边。

换了鞋，方柏如夫妇领着袁连城夫妇参观他们的居室。一圈转下来，回到客厅的沙发上。韩秋霞沏茶去了。方柏如看到姜一萍两眼有些发红，像偷偷哭过似的，动了恻隐之心，说，这样吧，让你们家大学问家有空的时候，就来帮我编编教辅，不是上课也不用动嘴皮子，我们都是老同学啦，有钱大家一块儿赚嘛。韩秋霞把茶水端过来，袁连城接过一杯，低头吹了吹茶水，仰脸瞪着一双茫然的眼睛说，编教辅？主意倒是个好主意，可我没有时间呢。说着就挠头，边挠头边说，真的是一点时间也没有呢。

姜一萍接过韩秋霞递来的茶杯，微微一笑说，他呀，现在确实没时间，读了几年博士，快要论文答辩啦。说完，把茶杯放到面前的茶几上，两个嘴角依然上翘，把自己塑造成一副优雅而幸福的模样。

方柏如心想，这么憨的人还读博士，读完那不憨上加憨吗？别把人读成真正的傻子就好了。瞄了姜一萍优雅的面容，心里窃笑，装，你就继续装吧，看你能装到什么时候，不出几天，你就要有求我方某人。谁能拒绝钱大爷的召唤啊。

4

方柏如想错了，过去了好多天，不见姜一萍的电话过来。方柏如想和姜一萍说话，又不想主动，按捺过几回，最后还是按捺不住，给姜一萍打了一个电话。电话里，先是一番嘘寒问暖。听得出来，姜一萍很高兴，声音有些发嗲。

方柏如旧情难忘，柔声说，一萍，当初辅导班草创的时候，你猜我想到的第一个人是谁？是你。可创业伊始，未来还有许多不确定性，不敢让你担了风险。那边，姜一萍吐气如兰，在电话里幽幽地说，柏如，你为什么还要对我这么好呀。方柏如听了，像打了一针鸡血，得寸进尺地说，一萍，我们找个地方见见吧，我很想见你，我请你喝茶吧。

喝茶的地点取方柏如和姜一萍两人单位的中间地带，叫园圆缘茶楼，是方柏如精心挑选的。品茗的地方在二楼，一楼是个乐器行，顺着逼仄的楼梯走上去，进了一个清幽的单间。隔着茶几坐着，望着有些羞涩的姜一萍，仿佛回到了青春时代，方柏如激动得捂住胸口，怕心脏一不留神就从胸腔中蹦出来。见了面，有一丝尴尬，反而不如煲电话粥畅快，方柏如稳了稳心神，啜了一口清茶说，明前的，真正的云雾茶。姜一萍笑点低，扑哧一声乐了，说你活得还是那么精致，我对喝茶不讲究，也品不出来。姜一萍这一笑，让方柏如一颗紧张的心放松下来，他火辣辣地望着姜一萍说，下次，辅导班上课，你就过来。

姜一萍倒矜持起来，品了一口茶才说，历史系老师开的辅导班，不是让我来教历史吧。

方柏如"嗨"了一声说，你别总想着那个历史啊，辅导班哪有教历史的。你是数学系的高才生，现在又是二中数学教学骨干，哦，莫非你觉得当个辅导班老师屈才了吧。

姜一萍又乐了，笑靥如花，说那好吧，我就试试，但愿不要砸你的牌子吧。

方柏如兴奋得跳起来，先前隔着茶几，这会儿也不征得姜一萍同意不同意，一屁股坐到她的身边，说，什么叫试试呀，我对你信心十足，你、你可是我心目中的女神啊！

红晕浮上姜一萍的脸，她端着茶盅，歪着脑袋看方柏如，说，柏如，给学生上一堂课才挣多少钱呀，我、我只怕还是发不了财吧。

方柏如心旌摇荡，讨好地说，一萍，你如果愿意，这个辅导班就算咱俩办的。

姜一萍的脸比桃花还鲜艳，她垂下眼帘，颤悠悠地说，柏如，你对我太好了，你为什么要对我这么好呢？我一直以为，你要恨我呢。

方柏如动情地说，恨你？我恨不起来呀，我喜欢你还来不及呢。说着说着，一把握住了姜一萍的手。这曾经抓过的手，这会子握在手心还有新鲜如初的感觉，仿佛还像一颗小小的心一样，在颤抖不已。方柏如用舌头撬开了姜一萍的嘴，两个人的舌头搅在一起，方柏如仿佛受到了鼓舞，腾出一只手撩开了姜一萍的裙子，姜一萍略微抵抗了一下，就溃不成军，两个人滚到了茶室的沙发上……

这个晚上，回到家的姜一萍心态就起了变化。袁连城虽然憨，但身体并不憨，有正常的需求，趴到姜一萍的身上，要行云雨之事。姜一萍一百个不愿意，连讥带讽地骂，挤在这么一个小麻雀窝里，孩子也大了，闹出点动静全楼的人都知道，要要要！要什么要，有能耐你弄一套大一点的房子，像方柏如家的三室一厅啊。骂完，姜一萍流出泪来。姜一萍并不是一个水性杨花的人，和方柏如滚了沙发，她觉得有点对不起自己，而不是对不起袁连城。

袁连城生活在历史故事中，哪里能知道这些，在老婆恨恨的骂声中、滚滚的泪珠中，崛起的雄风一点一点变软，以至于雄风不在，再后来，连人见了姜一萍都像耗子见了猫，灰溜溜的，连一句完整的话都说不出来。

5

袁连城重振雄风要到四年后。这一年，憨豆居然当上了历史系主任。这是个尊重知识，尊重人才的时代。谁让人家袁连城是历史系的首位博士呢？

当年谁读历史博士啊，读历史博士的被人当成憨豆。真是风水轮流转，早知道这么好用，当年我也读一个，唉，真是便宜了那憨豆！历史系一位老师酸溜溜地说。不服气你就弄个博士学位我看看，校长理直气壮地说。酸溜溜的老师说，憨豆不会给学生讲课，您调来不久，不知道当年的他是被中学退回来的。校长挺直了腰杆说，不擅长教学，他擅长科研呀。今后我校要纠正只注重教学不重视科研的现象，做到教学与科研一碗水端平。酸溜溜的老师听完又冒出一股酸水，再也不敢吭声了。

系主任的工作不是去课堂上课，袁连城干得有板有眼的，当得并不差，让先前等着看他笑话的人大跌眼镜。而且，当上系主任的好处转眼就到——袁连城在专家楼分到了一套三室一厅的房子。虽说同是三室一厅，这三室一厅的面积可比方柏如的大，光厅就比方柏如家的大了两倍。拿到钥匙，姜一萍喜极而泣，觉得当年虽然剑走偏锋，但看人还是看对了。越看越喜欢，觉得这憨豆朴拙得可爱，不由自主地扑进憨豆的怀里，尽显万般柔情。袁连城一下子雄起！

现在，方柏如和姜一萍还去园圆缘茶楼，只是没有前几年那么频繁了，以前一个月聚一次，现在三个月聚一次。为什么？一者，这两年，办辅导班的人多起来，他们的辅导班招不来几个学生，缺少在一起聚的理由。二者，孩子大了，孩子上学也牵扯大人的精力。

这一回，离上次聚会四个月了，姜一萍还没有要聚会的意思，方柏如沉不住气，邀请姜一萍去喝茶。姜一萍却不肯去园圆缘，说这一阵家里装修忙，声音也淡淡的。

方柏如放下电话，疑惑不已。一颗心没有着落，别的事一概干不成。打车去西郊，回了自己的母校。方柏如大吃一惊，我的天！什么时候开始，师范大学成了火热的工地。从前，袁连城和姜一萍做窝的地方，那些筒子楼无影无踪，一排排脚手架正在搭建。问了一个明白事理的人，知道专家楼还不在这里，历史系的袁主任家搬到学校的东山去了。方柏如不死心，跑到东山看个究竟，到了东山又大吃一惊，东山原来是个荒草坡，这会儿却是一幢幢洋气的小楼，天然红板岩饰面，一色的欧式落地窗，窗外围着白色的卷花护栏。方柏如心里那个气呀！生谁的气呢？生学校领导的气，学校哪来的钱给袁连城他们盖这么好的房子？这个社会究竟是怎么了？他们又不能直接创造财富，筒子楼不能住了？简直是一群败家子儿！又生姜一萍的气，自己拿她当心肝，都搬家了，她怎么就从来不向他提一句半句呢？

方柏如没有了去袁主任家参观的兴致，气呼呼地离开东山，坐上出租车往回走，出租车离东山越来越远，方柏如的火气越来越小。不生母校领导的气了，生姜一萍的气。后来也不生姜一萍的气了，自己压根儿没问过她呀。上回，两个人在园圆缘茶楼雅间滚完沙发，方柏如倒是提起了袁连城。方柏如提袁连城是为了讥讽他。在姜一萍面前讥讽她的老公，方柏如是有点缺德，但他们俩的关系不一般，讥讽那个憨豆有在情人面前抬高自己的意思。

方柏如说那一回到了他们家，袁博士的眼镜片厚得快成酒瓶底了，一看就知道学问猛增。见了他也不聊别的，一张口就是学问，柏如，你觉得王阳明的"仁"和孔子的"仁"有什么不同？方柏如对姜一萍说，老婆都跟人睡了，还问人王阳明的"仁"与孔子的"仁"有什么不同？没想到，姜一萍听了却不高兴，默默地整理好衣服，就和方柏如道别了。以往短暂的欢愉之后，姜一萍也差不多是这样，方柏如就没有多想。今天，去原来那座荒草坡走了一遭，方柏如多少品出了什么，讽刺袁连城伤了姜一萍的自尊呗！不就是当上了系主任吗，不就是分了一套三室一厅的房子吗？有什么！我方柏如一直瞧不起袁连城，过去是，现在是，将来还是。有什么！

6

晚饭桌上，韩秋霞不经意地对方柏如说，我今天回师范大学了。方柏如一惊，差一点被口饭噎住，连喝了三口水才稳住心神，结结巴巴地问，你、你回去干什么？

韩秋霞没在意方柏如的失态，只是羡慕地说，姜一萍家的客厅好大，没想到那个老袁傻人有傻福。

方柏如稳住了心神，换了一副讥讽的口吻说，不就是厅大一点吗？同样是三室一厅的房子，你比姜一萍多住好几年了，农奴还得翻身做主人呢，难道你希望人家继续留在万恶的旧社会？

韩秋霞白了方柏如一眼说，人家岂止是分了一套大房子，还当上了系主任呢，醒醒吧，别一直自我感觉良好了。

方柏如哪能服这个气呀，说，系主任算什么，我不也是主任吗？他那个系主任也未必比我这个教导主任级别高。

韩秋霞见不得丈夫夜郎自大的样子，说，那人家的主任还分了一套大房子呢！

方柏如咬咬牙，一跺脚，说，不就是一套大房子吗？咱分不了，咱买！

方柏如有积蓄，把这些年办辅导班的钱全掏出来，在市政府广场附近买了一套一百三十平方米的大房子。掏钱的时候，方柏如感叹，这几年房价涨得真是可以，早知道如此，当年边办辅导班边炒房就好了，唉，谁能想到呢。

房子比袁连城的大十平方米，地理位置也比袁连城的强，那价值自然不可同日而语。这憨豆，还想跟我比，奶奶的！方柏如烦躁地想。

房子买下来了，接下来是装修。据韩秋霞侦查回来的消息，袁连城家的家具全是红木的，厨房是连体的厨具，卫生间里那个红玛瑙坐便器，价值两三万。这个憨豆袁连城，现在工资这么高了？韩秋霞不敢相信似的问方柏如。

方柏如沉着脸"嗯"了一声，他心里盘算这钱应该是姜一萍出的，这些年姜一萍跟着自己办辅导班，没少分她钱。但这话又不能对韩秋霞说，方柏如肚子里生出一股气，却找不到出口，直把自己的脸憋得铁青。既是憨豆家装得好，自己家可不能比他家差。方柏如又咬咬牙，倾其所有，最后还把现在住的三室一厅房子卖了出去。韩秋霞心里埋着方柏如和姜一萍上大学时的故事。这故事像种子一样，只要阳光充沛、雨水充足就时不时发点芽，顶得韩秋霞心尖儿难受。同样是同学，韩秋霞也不想被姜一萍比下去，房子一定要装得比姜一萍家的豪华、高档。

工人来工地了，两个人选图纸、看材料、定款式，忙得不可开交，三个月下来，方柏如瘦了五斤，韩秋霞瘦了八斤。韩秋霞却很高兴，觉得值，没想到房子装得比预期的好，没想到能装得这么好！

这喜悦得跟那憨豆和姜一萍分享，这两口子不约而同地想。

韩秋霞喜滋滋地去了姜一萍的家，回来对方柏如却没了好口气。原来，袁连城家房子装修，两口子没操一点心。为什么？还是人家丈夫能耐。袁连城的一个学生是市建委的干部，学生把装修的任务交代给一家装修公司。装修公司尽职尽责，人家两口子没瘦一两，拎包入住。

7

暑假了，方柏如的辅导班开课了。这个假期，辅导班的学生比去年多一些。方柏如惦记着姜一萍，他们好长时间没有见面了。方柏如知道当了系主任夫人的姜一萍已今非昔比了，何必那么积极主动地约她？热脸贴冷屁股，贴不上没准还会闻出一身臊。

方柏如不和姜一萍联系，姜一萍也不和方柏如联系。也没有联系的由头啊。这天，有由头了，方柏如再也按捺不住想见姜一萍的欲望了，原来这欲望就像摁在水桶中的葫芦瓢，摁下去，瓢在水里面，手一松，就迅疾地浮出水面。方柏如抓起电话，电话里姜一萍的声音很正常，仿佛两个人才隔了一天没见面似的。方柏如约姜一萍出来在老地方喝喝茶。

这是他们的暗号，谁都知道他们的喝喝茶是怎么回事。姜一萍矜持了一下，还是答应了。

方柏如见到姜一萍，很激动。想给姜一萍来个熊抱，姜一萍却不愿意，正襟危坐到茶座上。方柏如吃了个没趣，可不死心，又殷勤地递上沏好的茶水，递到姜一萍的唇边。姜一萍好歹给了他面子，把嘴唇噘成一朵含苞待放的花，微微地啜了一口，"呀"的一声，立刻把这口茶吐了，蹙着眉头说，方柏如呀方柏如，这是什么茶？方柏如大感不解，说，这是西湖龙井啊，你喝出是假的？我去找经理，我投诉他们！

姜一萍用目光打住了他，说，方柏如呀方柏如，也不能怨你，这些年你一直在喝这种冒牌货，你怎么能分辨出好歹呢。人要进步，首先眼界要开阔，这跟喝茶的道理是一样的，不能光觉得自己的茶好，自己的茶真是好吗？得喝真好的茶才能品出来，才能比较出来。你就没有反思过自己吗，你十年前就办辅导班了，十年后还在办这么个辅导班。同样是办辅导班的，俞敏洪办几年，为什么就办成了新东方集团呢？你自己品过这茶的滋味没有？

方柏如自尊心极强，哪里听得了别人的批评，这还是姜一萍，要是换作韩秋霞，他早跳起来了。被姜一萍说得脸上青一阵红一阵的，一时哑口无言，垂头丧气地顾自喝茶。

姜一萍又不高兴了，说你约我出来，不是为了要让我欣赏你喝茶的优美姿势吧？你慢慢品吧，我要走了。

方柏如大梦初醒，记得有件事尚未办理，丢下茶杯，说，别呀，好不容易见一次面，一见面就数落我，数落完就走，一点旧情都不念及吗？

姜一萍轻声笑了，闭眼仰面说，来吧。方柏如趋前抱起姜一萍就啃。姜一萍用手推他，说，你轻些，这么大的人了，还像毛头小伙子一样。方柏如生气了，松开了姜一萍，说，你以前也没这样嫌弃我呀，哦，我明白了，系主任的夫人不一样了。

姜一萍整了整衣襟，冷冷地说，我家的老袁，现在可不是系主任了，是副校长了。方柏如低声吼，副校长有什么了不起，副校长的夫人我就碰不得吗？我偏要碰。姜一萍鄙夷地说，你约我来，不就是为了那点事吗，来吧来吧。把自己的裙子往上一撩。

方柏如却泄了气。

8

这是一个重视人才的时代，没有哪一个时代像如今这般重视人才。什么是人才？怎么衡量一个单位重视人才？我们有考核办法，像考量机器一般的精确。譬如方柏如所在的中学，校长在新学期开学典礼上，描绘明年学校的发展目标时，就特意讲到要引进拥有硕士学位的教师五名，对于引进的硕士人才，学校要给予重任。

不仅是方柏如所在的学校，一夜之间，许多地方都求贤若渴。有的地方承诺引进一位硕士，给予正科待遇；引进一位博士，给予副处待遇。承诺博士年薪若干，硕士年薪又是若干，直听得人血脉偾张，心脏狂跳。

方柏如也怦然心动了。方柏如不怦然心动也不行了，他的好几位年轻的同事读了在职硕士，还有一位猛张飞，直接考上脱产的硕士生走人了。现在是年轻人的天下，后生可畏，如果不弄个硕士头衔，没准将来连这个教导主任都做不成了。

方柏如跟妻子商量。韩秋霞立刻同意，说，你早就该读了，你看那个姜一萍，不就是因为老公是博导吗？一只土鸡愣把自己当成金凤凰了。那个老袁，你总说人家是憨豆，那哪是憨豆呀，那是个贼精的人，一步棋不知道要看多远，啧啧……

方柏如不爱听，皱了皱眉头。

时不我待，方柏如说报名就报名。母校是不能考的，因为袁连城在，又是历史学的权威又是什么副校长的。方柏如可不能仰他之鼻息，方柏如到现在还瞧不起袁连城，那个憨豆能耐是没有的，一个当年被中学退回去的人，赶上了这么一个时代，只不过是他瞎猫碰见了死耗子而已。

自从那次跟姜一萍在园圆缘茶楼分手，方柏如就再也没有和那两口子联系过。那两口子也没和这两口子联系过。大家都很忙，这是一个忙碌的时代。

方柏如报考的是另外一所综合大学的历史学硕士。这么一座城市，只有两所大学招收历史学的硕士。不报考这学校，只能报考那学校。

方柏如踌躇满志，志得意满，自以为稳操胜券。没想到一连考了三年，愣是没考上。先是外语成绩不够，后来外语成绩够了，专业课成绩又上不去，总分总排在一堆人后面。方柏如是一筹莫展，感觉自己是真的老了。

9

方柏如这辈子事业眼看就要到头了，而袁连城的事业却风生水起。袁连城开了一个历史行政学的方向，招收博士和硕士研究生。历史行政学是历史学与行政管理学的交叉学科，研究前景广阔。第一年招生宣传，只招两名博士生，报考的学生达到四十八位，竞争激烈得跟买彩票中奖的概率一般。

袁连城大智若愚，经过综合考虑，从中择优录取了两位。一位是市委书记张贵贤，一位是省政府政策研究室主任马伟博。

丈夫萎靡不振，韩秋霞看在眼里急在心头，回了若干趟母校。又到一年研究生招生季，韩秋霞催方柏如报名，这回就报自己母校的。方柏如一听，头摇得跟拨浪鼓一般，那意思是一百二十个不同意。韩秋霞恼了，说大丈夫能屈能伸，韩信当年还受过胯下之辱呢，你这样的男人怎么了？拿不起放不下？

方柏如嗫嚅了半天，韩秋霞听明白了，原来方柏如担心这回没被录取，让憨豆袁连城知道了，更丢人。

韩秋霞"嗨"了一声，说，你就报他的研究生，你抹不开面子，我抹得开。实话跟你说吧，我跟老袁说好了，老袁也同意招你。老袁说，柏如啊，我们是哥俩，大学时，差点成上下铺了，这还有什么说的，你让他跟我说一声，我主要想听听究竟是柏如的意思还是你的意思。韩秋霞像立了大功一样对丈夫说，然后发布命令：现在，你就和老袁联系。

方柏如不乐意，说，跟他联系干什么？

韩秋霞急了，说，你让他帮你辅导辅导专业课呀，这些年考研，你吃亏不就吃在专业课辅导上吗？男怕入错行，女怕嫁错郎。你现在亡羊补牢，为时还不晚。

方柏如哼哼唧唧了半天，心气终于像刺破了的气球，认了命。一个人跑到书房，记得书桌的抽屉里还有一包烟，方柏如从不抽烟，这包烟是参加朋友婚礼得到的，拿回来就扔在书桌的抽屉里。找出来，抽了半包，把最后一支烟的烟头摁灭了，然后打开电子邮箱，先打了"小袁"两个字，删除了；又打了"老袁"两个字，又删除了；再打了"袁老师"三个字，还是删除了。后来，一狠心，觉得还是应该打上"尊敬的袁校长"五个字。

一封信终于有了一个开头。

帮帮老马

1

霁鲂市农业局的财务科长老马——马如常家里最近出了件烦心事。烦心事不是出在老马自己身上，老马自己挺好的，工作身体都顺当。也不是出在老伴儿老邱身上，老邱也挺好的，工作身体都顺当，又守妇道，从来没有给老马整一顶绿帽子戴戴。

老马家的烦心事出在儿子小马身上。小马 26 岁的人了，在上海一所著名的大学读博士，读到博二了。按道理说，小马挺有出息的，再有两三年就博士毕业了，前程似锦，老马也不该有烦心事才对，但老马家的烦心事偏就出在小马身上。

小马在学校里读博士，读得好好的。一个春天的早上去食堂吃饭。吃完饭，觉得自己头晕，小马就怀疑食堂的师傅在饭菜里下毒，故意要谋害他。小马找到主管后勤的老师，后勤的老师不屑地说："别的同学吃得好好的，吃了都没事，就你一个人吃了头晕。你头晕是你自己身体的原因。"小马马上意识到后勤的老师和食堂的师傅是一伙的，他的身体好好的，不会是自己身体的原因。小马向公安局报案，公安局来人了解后决定不立案，小马又马上意识到原来公安局的人和食堂的师傅也是一伙的！他们全部串通好了要谋害他。为什么要谋害他呢？小马想起来了，是因为一次会议的时候，自己出言不逊，把本系的一位教授得罪了，据说那教授的侄子就在公安局工作……我的个天啊，这是要拿出杀人不见血、灭尸不留痕的手段，小马吓得一蹦三尺高，越想越惶惶不可终日。学校便派人把小马送回雾鲂市，并告诉老马，小马敏感多疑，常常产生被害妄想，这是精神分裂症的前期表现，应尽早地治疗，避免对生活造成不必要的危害和影响。

老马家的烦心事就是这么来的。

老马和老邱把小马送进雾鲂市第六人民医院，第六人民医院是精神病医院。小马觉得挺荒唐，老马和老邱连哄带骗地把小马弄了进去。小马在精神病医院里觉得只有自己不是精神病，别人都是精神病。一群患了精神病的大夫把自己当精神病来医，小马打了一个激灵，立刻想到是第六人民医院要谋害他，父亲老马把他骗进这里，也是蓄意谋害他。父亲为什么要谋害自己的儿子呢？小马想不明白。儿子小马怎么能想到父亲要谋害他呢？老马也想不明白，只想到了儿子真的病得不轻。老马家的烦心事大了。

<h2 style="text-align:center">2</h2>

老马是好同志，再大的烦心事，老马都想通过自己来解决。自己家的事，老马不想让其他人知道。老马是个体面的人，他也不愿在别人同情或者幸灾乐祸的目光下生活。所以，每天去单位上班，老马都一如既往地拎着那只黑色公文包。除此之外，老马还一如既往地紧锁着眉头。

老马在单位的工作很顺当。霁鲂市农业局的财务科一共只有三个人，除了科长老马外，还有一个副科长老樊。老樊是个女的，要算年龄，退休还要赶在老马之前。老樊没有挤掉老马要当科长的雄心壮志，所以，老樊和老马的关系处得比较融洽。另外一个叫小曹，小曹也是个女的，刚毕业一年的大学生，各方面都想表现个不错。虽然表现得不错，但霁鲂市农业局是个论资排辈的地方，熬到老马退休小曹也未必能提上个副科长。所以，小曹和老马的关系处得也比较融洽。

老马总是锁着眉头，小曹刚进农业局的时候，还以为是自己什么地方做得不够，又不敢当面问老马，拐弯抹角地向老樊请教。

老樊"嗨"了一声，说："老马就是那样的人。赵局长刚来局里的时候，有几张发票要报销。一见老马紧锁着眉头，心想怎么这老马还不愿意呢！跑来问我，哈哈哈……"老樊想起了往事，笑得两眼挤出了泪。

小曹恍然大悟，从此不把老马紧锁的眉头放在心上。

老马锁着眉头坐在办公室里，小曹没觉得有什么异常。老樊却觉出了异常，压低了声音，冲小曹挤眉弄眼地说："老马有什么烦心事吧？"

小曹记得老樊的话，说："马科就是那样的人，他能有什么烦心事？"

手机铃响，老马拿着手机急匆匆地往办公室外面跑。老樊对小曹说："你瞅瞅，你瞅瞅，老马最近一定有什么烦心事。电话多了，眉头锁得也更紧了。"

小曹说："樊姨你问问呗。"

老樊说："你看看，你看看，老马自己不说，我哪好意思随便开口问呢？"

小曹想了想问："那马科有什么烦心事呢？真有什么烦心事，我们也不能袖手旁观呀。"

老樊拍着手说："对呀，乐于助人是我们雾鲂人的一贯传统。"

小曹问："那怎么知道马科有烦心事呢？"

老樊压低了声音说："你打听呀，你不是有个同学搞私家调查的，他家还和老马的小区隔得不远吗？"

3

老马拎着包忧心忡忡地来到办公室，雾鲂市农业局的人都用很同情的目光看着他。可怜的老马到现在还没有感受到这些，因为他忧心忡忡的。刚才在上班途中，老婆老邱打电话告诉他：

小马的病情有加重的迹象，因为医生说小马已经草拟了一封控告书，不但写着要控告第六人民医院，还要控告她和老马。

老马忧心忡忡地在办公桌后坐定。局工会主席老孙跑过来对老马说："老马啊，你说你，你家里出了这么大的事，你也不说一声。"

老马装糊涂，说："我家里好好的，出什么大事了啊？"老马没想到自己家的秘密已经成了大家的秘密。

老孙就不高兴了，说："老马啊，你是许多年的工会会员了，你还不相信工会组织？"

老马心乱如麻，说："这个，那个……"

老孙说："什么这个那个的，你有困难，就说出来嘛。别说你是局里老人了，就是新来的，也得一方有难，八方支援。有钱的出钱，没钱的出力，不能出力的还能帮着出个主意呢。小马刚患病，要赶紧送到好点的医院去，雾鲂市的不行，就去省里的医院，省里的不行，就去北京或上海的大医院。"

老马被老孙一批评，就觉得气短，气短就用蚊子一样哼哼的声音说："我也不知道哪家医院好啊，省里的医院可能是好一些，可我也没有熟人啊。听说现在患这种病的很多，医院里人满为患，怕是没有认识的人，一时也排不上床位……"

"我有认识的人啊！"老孙拍着胸脯说，"我孩子的二舅在省里的一家专科医院当院长助理，那是家三甲的医院，院长助理在那里是相当能说话的了。"

"那就给你添麻烦了。"老马握着老孙的手，感激地说，"回头我好好谢谢你。"

"哎呀，好说好说，孩子治病最要紧。"关键时刻，工会主席老孙出马，让老马感动得热泪盈眶。

4

老马把儿子送进了省里的医院，因为老孙有认识的人，到省医院倒没费什么周折。省里专家的水平的确高一些，治疗了一段时间，小马的病就有了好转的迹象。不过，在省里的医院看病，也花光了老马夫妇近年来的积蓄。只要儿子的精神恢复正常，花再多的钱也值了，何况这钱本来就是为他攒的呢。

小马病情的好转是在秋天，没想到了春天的时候，病情又发作了。精神病具有顽固性的特征，儿子的病情恢复了原状，不能怨省里的专家，省里的专家已经尽心尽力了。也不能怨工会主席老孙，老孙帮忙也是尽心尽力了。

老马拎着包忧心忡忡地回到家里，眉头锁得像一座小丘。家里这会子也热闹成一锅粥，老婆老邱放下一个电话又接起一个电话。老邱是雾鲂市实验二小的老师，一方有难、八方支援，得知老邱家有了烦心事，老邱的同事，甚至老邱学生的家长都伸出热情的手来援助。

老邱接完一个电话后，和老马商量："我一个学生家长的表弟在北京门路挺广的。据说北医六院和北京安定医院在治疗这种疾病方面都很不错，要不请人家把儿子送到北京吧？"

"送北京吧！"老马肯定地说，又心疼钱，问，"送北京得花多少钱哪？"

"不管花多少钱，也得送哪！只要把儿子的病治好了，就是让我把房子卖了，让我砸锅卖铁我也心甘了……"老邱说着说着，眼泪就扑簌簌地往下流。

孩子是大事，既然省里的医院没看好，也只能寄希望于北京更大的医院了。"砸锅卖铁的倒不至于。"老马安慰着老邱。

老马把位于霁鲂市黄金地段的一套三室一厅的房子卖了，换了一套二室一厅的房子。

北京的大医院果然强，治疗了一段时间，小马的病好转了，小马都有马上回上海完成学业的打算了。

这是秋天，没想到了春天，小马的病又恢复了原状。精神病有顽固性，小马病没治好，可怨不得别人，热心人该帮忙的都尽力帮忙了。

老马拎着包忧心忡忡地来到办公室，眉头锁得像一座山。老樊和小曹瞅在眼里，也急在心头。

老樊说："老马啊，小马患了这种病，我们干着急也没有办法，是不是啊，小曹？"

小曹一个劲儿地埋怨自己："可不是嘛！我要是医生就好了，我当初怎么没去学医呢？"突然，小曹想起了什么，豁然开朗地说，"马科，你是不是一直没尝试找中医瞧瞧？"

老樊一拍大腿，说："对啊，小马这种病，我觉得还是用中医治疗比较好。你想啊，北京的大医院都没治好小马的病，说明西医在治疗某些精神疾病方面是有缺陷的，是失败的，至少是不成功的。而中医在保健方面，在治疗精神疾病方面，治疗效果比西医好得多，听说有许多成功的病例。"

孩子是大事，既然西医没看好，也只能寄希望于中医了。老马去过北京求医问诊，这会儿就想起了北京还有个中医界的权威机构——中国中医科学研究院。

小曹却有不同的看法，说："其实，马科，好的中医在草野，在民间，不一定都在大城市，都在权威机构里。咱雾鲂市桃花镇就有位叫简前开的老中医，那水平绝对顶呱呱，祖上曾做过皇帝的御医，代代行医。我哥小时候，胳肢窝长个肿块，有鸡蛋黄那么大，摸起来还在里面滴溜溜地转。找到中医简前开，只给我哥两贴膏药就贴好了。要是西医，要是送到北京的大医院，那还不得动刀子，先不说别的，'哧'地给你拉开一个大口子……"

"既然中医这么好，既然简前开老先生医术这么高明，你们怎么不早点告诉我呢？"老马有些生气地说。

"我们也不知道西医疗效这么差呀！"老樊和小曹异口同声地说。

精神病具有顽固性，小马的病到了秋天见好，到了春天又犯。虽说桃花镇老中医简前开先生开的药物不是动物的皮毛，就是草根、树皮、树枝，但该收的费用一样不少。因为他是"见钱开"嘛！几番折腾下来，老马把位于雾鲂市黄金地段的二室一厅的房子卖了，在靠近郊区的位置买了一套二室一厅的房子。好在雾鲂市不大，老马从前步行上下班，现在改为骑自行车。其实运动量大了，对身体更有好处。

5

老马苍老了不少，拎着包垂头丧气地回到家。家里最热闹的是电话机，现在是信息时代，全地球的人都知道老马家的烦心事。老婆老邱放下一个电话又接起一个电话，少不了埋怨："有时候我真想把电话线拔了。"电话线当然不能拔，老邱发发牢骚而已。这是一个充满爱心的社会。

老邱再放下一个电话后，苦着脸对老马说："刚才社区医院的方大夫说，儿子这种病不适合在精神病医院治疗。他说得也有道理呀，精神病医院都是封闭式管理，长期住院的病人获取外界信息渠道不畅，也不能与正常人交流，容易导致社交技能、社会功能的下降……"

"你想把儿子送到社区医院？"

"我当然对社区医院抱有很大的希望，社区医院有别于专科医院的封闭，能给病人创造宽松、互动的环境，社区医院接近普通人社区生活的方式，希望这一回能让儿子真正地康复。"老邱白了老马一眼，好像过去的这些年，老马对儿子的病情不闻不问似的。

"你说得有道理，但愿社区医院能让儿子康复。只是，方大夫说没说，在社区医院治疗需要多长时间，需要多少钱。"财务科长老马天生对钱的数目比较敏感。

"具体的我也不是十分清楚，但我觉得社区医院的费用应该比其他的医院低吧。"老邱迟迟疑疑地说。

恰巧这时又有一家社区医院的电话打进来，老马抢过老邱的话筒，问："你们那里费用是怎么收的？"

电话那头说："我们是本市收费最低廉的社区医院，每名患者每月只收 2000 元的护理费。当然检查费、药费什么的是另外计算的啦，按照实际产生的费用收取，你不用担心。"

老马的心就悬了起来，问："那像我儿子这种情况，一般需要住多长时间？"

电话那头说："那得看患者病情轻重情况，长的三五年，短的几个月就可以了。"

"长的三五年，短的几个月。那经过你们的治疗，患者的病根能彻底除掉吧？"

"能否彻底根除也要看患者的情况，科学的事情，我们怎好信口雌黄？现在不能给你保证。不过，能彻底根除的概率是非常大的。你要相信我们，就抓紧把患者送过来。"

如果儿子需要在社区医院治疗三年，$2000 \times 12 \times 3$，这就要花掉 7.2 万元。如果再加上检查费、药费什么的呢？财务科长老马清楚自己的存折上的数目，他突然产生了一种幻觉，这些医院的大夫都变成了老虎，这些虎大夫张牙舞爪地向他扑来……老马浑身像发疟疾似的颤抖起来。

老马忧心忡忡地坐在办公室里，现在除了紧锁眉头外，一见到钱还浑身颤抖。老樊看得透彻，说："老马不知怎么搞的，现在一见到钱就像见到老虎似的。"

对着钱皱眉头，说明那时候老马对钱有着深仇大恨。对钱有着深仇大恨的人，人瞅着钱来气，钱也瞅着人来气，谁也不会把谁往家里领，这样的人当财务科长就比较合适。另外，人瞅着钱来气，说明人和钱之间是处在平等胶着的状态，这好比两只正在斗气的公鸡，都威风凛凛的，谁也不服谁。而老马现在一提到钱就浑身颤抖，这说明老马还是那只鸡，而另一只鸡已经变成了老虎。双方的平等胶着状态已经被打破，老马就不适合做财务科长了。

霁鲂市农业局的领导班子本着对同志负责的态度，经过慎重研究，决定暂停老马在财务科的工作。既然老马身体不好，家里又有烦心事，局里的老人了，就让他在家休养一段时间吧。财务科长一职暂由老樊代理。

老樊一听，连连摆手，说："这成什么了啊？老马家有烦心事，我们都应该不遗余力地帮助他。让我代理老马的工作，显得我觊觎他的职位，显得我落井下石似的，我代理什么呀？顶多两年我就退休了。"

赵局长不高兴，问老樊："你是党员么？"

老樊是党员。

赵局长严肃地说："既然是党员，在党需要你的时候你不勇于担当，你想干什么？"

老樊只好成了代理财务科长。

老马不上班了，儿子去了社区医院，老婆老邱去了学校。一个人待在家里，老马一时不能适应，免不了左思右想。想着想着，老马就想到，老樊有个表哥就在儿子的大学当教授，虽然这个教授并不是儿子言辞冒犯了的那个教授，但他们是同事，完全可以串通一气。老马醒悟过来了，浑身一个激灵，好嘛！原来这一切都是老樊精心策划的！表面上看，他和老樊同事几十年相处得很好，但老樊其实内心一直觊觎着他这个财务科长的职位呢。为啥？科长比副科长多一级工资嘛！这社会真是一条凶险的河，处处是漩涡和暗礁。

6

这一天，战友老石来到霁鲂市，看老马。

老石和老马是战友。当年，一起在驻内蒙古赤峰市的部队服役。转业后，各自回到各自的城市，各自忙各自的，多少年都没联系了。

老马没想到老石这一天能跑到霁鲂市来，跑到霁鲂市来还没忘记自己，老马就有些感动。

老石一见老马的面，就一针见血地说："老马，你有烦心事。"

老马很吃惊，问："这你都能看得出来？"

老石说："你看看，你看看，你的烦心事不都写在脸上嘛！"

老马激动起来，拉着老石的手说："老战友，我是被人算计，中套了。"把老樊如何步步惊心地算计他，竹筒倒豆子般倒个一粒不剩。

老石听后批评老马，说："你看看，你看看，小马的病根子主要在自身，和人家老樊有什么关系？你是想多了。"

老马不吭声，思索片刻才问："老石，许多年没有联系了，你从哪知道我的电话的？你不是特意过来看我吧？你特意过来看我干什么？"

老石一笑，说："现在是信息时代，谁家出了什么事的，地球上的人都知道。联系个人还不是小菜一碟？我听说你在雾鲂市农业局上班，就把电话打到农业局，财务科的樊科长把你的电话告诉了我。"

老马听到"樊科长"，浑身一个激灵，耳朵就竖起来了。

老石侃侃而谈："许多年没见面，你还不知道我有一技在身了吧。前几年，练成了气功，善于用意念治病，尤其是这儿出了问题的，有特效。"老石用手指指自己的脑壳，说，"脑子出了问题，岂是那些西医能治好的？西医治不好，中医也白扯。白花钱不说，还浪费时间。这里的问题只有我用意念治疗才能治好。你看看，你看看，这些都是我治疗好的案例，这些是我取得的资格证书。"说完，老石从随身携带的包里掏出一些证书、与人合影的照片等等翻弄着给老马看。

这一刻，老马很后悔见到了老石，但他是一个有身份的人，只好强作欢颜地说："老石，我儿子现在社区医院治疗，疗效很显著，你说，我们刚一见面，叙叙旧才是，还是不要提这个吧。"

老石摇手，严肃地说："这怎么可以呢？老马，实话跟你说，一开始我没打算到雾鲂市来，只是想要到你的电话，保持联系。我找你，樊科长说你在家休养，在电话中说了你的烦心事，我听了就特意为这事赶过来。你有烦心事，我就该帮一把，这是一个充满爱心的社会。我来了，你说不提这个提哪个？"

此刻的老马警觉得如猎犬，问："用意念治疗也要收费的吧？得收多少钱哪？"

老石豪爽地说："这个你放心。咱俩老战友，我会跟你多要钱？我一分钱不要。但这是一个商业社会，我要是不跟你要钱，又显得我虚伪了，你也不会同意。这样吧，我给你打个对折，别人意念治疗一次收一千，你，我只收五百。"老石张开右手的五指在老马眼前一晃。

老马就觉得正在侃侃而谈的老石正在变成一只老虎，老虎的口越张越大，越张越大，最后变成一张血盆大口，散发着涎水的腥臭味扑面而来，老马心胆俱裂地从老石身边跳开。

老石说："凭你我的交情……老马你怎么了？"伸出手来拉老马，老马敏捷地躲开，一边拉开自家的门往外狂奔一边呐喊："救命啊，老虎要来吃我啦！老虎要来吃我啦！"

那天，雾鲂市的人看见一个头发花白的老人在街头奔跑，那速度像一阵风，连年轻人都赶不上，刚要啧啧赞叹呢，他发出的凄厉声音却寒透了人的骨髓。

"老马也疯了，原来小马患有被害妄想症，是有家族遗传病史的，唉！"在雾鲂市农业局财务科，老樊叹息着说。

小曹同情地说："马科真可怜，我们该帮帮他。"

"怎么帮呢？"老樊轻声问。

是啊，该怎么帮帮老马呢？

雪　巧

1

住进肖家河老车的院子里，是龚澎做出的决定，一年后，他将为自己当初的决定后悔得肠子都青了，而现在的他正百般地安抚着雪巧：

你看哪，你在中关村上班，好几趟公交车直达，哪里找到比这交通更方便的地方啊。离咱俩母校只有一站地，可以常回家看看。出门就有夜市，卖各种东西的都有，物美价廉……

说一千道一万，根子只有一条，那就是五环桥外肖家河街上房租便宜，老车家的房租便宜，一个月只要一千二百元。这是因为快要动迁了，最多还能住一两年这个样子，不然，月租至少要一千四百元。这个夏天，两个人初出校门，龚澎月薪四千元，韩雪巧月薪三千元。龚澎老家在陕北乡下，家里供他读完大学已是空空如也。雪巧的老家在河北邢台，父母都是普通的职工。未来的日子虽然很长，幸福却只能建构在自己努力地攒钱之上。

房子是老车家自建的，三底三上的二层小楼。敞开式的楼梯，位于楼的右侧。老车夫妇占了底楼的三间。龚澎和雪巧的房间在二楼，顺着楼梯上去的第一间。第二间是老车家的老房客、在肖家河街上开超市的春云一家，早出晚归的，雪巧平时难得遇见一回。最里头的一间，属于老车的儿子小车，雪巧搬来许多天了，也没有见到他的影子。这二层小楼修建的时间只有五六年，五六年前，许多外乡人涌入肖家河街上，让肖家河的本地居民找到了发财的机会，纷纷自建起楼房，老车自然不甘落后。而之前，他们一家是挤在三间小平房里。这三间小平房还在，现在挤在楼的前方偏右一点的位置。两间租给了来自江苏的小木匠，一间成了春云的仓库。小楼和平房的右边是别人家的院墙，左边老车自己砌了一道墙，那墙就活生生地把院子拉成了三角形的模样。院墙当中装了一扇铁门，那门知道老车没有养狗，倍感自身责任重大。有人进出，便发出"吱嘎嘎"的叫声，随后"哐当"一声，尽职尽责地宣告一次进出老车家动作的完成。

雪巧刚住进来时，对这门是恨之入骨。半夜或凌晨，它也要"吱嘎嘎——哐当"地叫唤，雪巧睡觉轻，被门的叫唤声惊醒，一时难以入眠，好不容易睡着，感觉脑袋刚贴紧了枕头，又到了上班的时间，只好头晕脑涨地起床。

这是刚住进来的时候，雪巧心理上还有对新环境的焦虑。龚澎就门的事向老车抗议，老车把黄油挤进上下门轴中，门还是叫，但声音温柔了许多。

住了一个月，雪巧也就渐渐适应下来。这是夏天，两个年轻人瞒着各自的父母，偷偷地过夫妻生活，新鲜而刺激。顶楼，老车的房间里没有安装空调，一台半新不旧的落地扇吹不走房间里的暑热。但一具火热躯体抗拒不了另一具火热躯体的引诱，他们身上的每一个细胞都张开了欲望的口，极力地想把对方的细胞含进嘴里，每一个细胞都极力地想把对方的细胞揉进自己的躯体里。每一个细胞最终都达到了自己的目的，它们唱起了愉悦的歌，它们的歌声是细微的，就像一条条涓涓的溪流。然而，条条涓涓的溪流汇集到一起，就能成为一条河。这河的声音从雪巧的口中出来，虽然没有惊涛骇浪，没有汹涌澎湃，但那悦耳的浅吟低唱，龚澎只愿意自己欣赏，不想被别人听见。急迫间，他想到了用自己的嘴去堵雪巧的嘴。嘴有时会懈怠，有时会顾此失彼。龚澎便央求雪巧小点声，小点声……雪巧的声音其实并不大，但龚澎的央求让她后悔不迭，总以为他们的"故事"被老车院子里的人偷听了去。雪巧总想尽快搬离老车的院子，在他们稍有一点积蓄的时候。

雪巧的公司在海淀区中关村，龚澎的公司在朝阳区红庙，公司都是早上九点钟上班。所以，龚澎要比雪巧早走一个小时。

这天，雪巧上班时，院子的门大开，老车的老婆老黄坐在一楼的门前，笑意吟吟地看着雪巧从她跟前飘过，雪巧忽然觉得老黄的笑意味深长，脸便腾地红了，低着头扯着裙角，急慌慌地迈出了老车的院子。

老黄身体不好，有病。病是最近三五年才得下的。人吃五谷杂粮，谁不生病？可老黄这病生得和别人不一样，老黄的症状就是浑身没劲，一副蔫黄瓜的样子。老车领着老黄去了京城的许多家医院，不管是主任医师还是副主任医师都查不出她的病根在哪儿，你说邪门不邪门。

从前，肖家河这一片儿是农村，老车一家也是地道的农民。老车领着老黄搭蔬菜大棚种蔬菜，没搭塑料大棚的地种玉米，种大豆。从前干农活的时候，老黄身体倍儿棒，一袋玉米棒子少说也有七八十斤，老黄扛上肩就走，眉头都不皱一下。

现在这一片的农民早就没有土地种了，土地征收了。不种地了，清闲下来，老黄反而生了病，浑身酸软无力。"你说我这命，是不是贱，闲出一身毛病来了。"老黄跟老车叨叨。老车有时就默默地听着，有时也不耐烦："你就是闲的，没事你多活动，你楼上楼下地跑跑！你把院子里的地勤扫扫！""我也想活动活动，我也想把院子勤扫扫，可我现在抬得起胳膊吗？你这个没良心的老东西！"老黄像冤死鬼一样叫屈，没叫完就捂起胸口呻吟起来，得，又添了心口疼的毛病。以后老黄再叨叨贱不贱的，老车听了就装聋作哑。

夏天的早上，老黄不愿意待在屋子里，坐到院子里，说院子里有自然风，吹得人舒坦。老黄看见龚澎从楼上下来，出了院门去上班，就想到自己的儿子小车。小车和龚澎岁数差不多大，只是没上过大学。老黄觉得自己的儿子不如人，这上过大学的小伙子就是意气风发的，浑身上下都有股灵秀气儿，哪像自己的儿子胖得像头猪，干什么都慢腾腾的。老黄这么一想，心口就疼，赶紧往儿子好的方面想，那小伙子上了大学又能怎样，漂在北京，地无一亩，房无一间，靠自己打拼，哼，一辈子能买上一套房子就不错了，而自己这房子、这院子，到时按面积拆迁补偿，少说也有三套单元房……

　　老黄想得舒坦了，脸上笑意吟吟的，雪巧就在这么个时候下了楼。雪巧身姿轻盈，乌黑的披肩长发轻柔地散在白底淡蓝碎花连衣裙上，修长的双腿洁净、晶莹，人还没到跟前，青春的气息就扑面而来，老黄就更舒心了，一直目送着她出了院门。雪巧的身影不见了，老黄的心口又疼了起来。为啥，她又想到儿子小车。

　　这个夏天，小车一直住在外面。小车长得憨厚，话少，从小就是个闷葫芦，学习成绩也不好，勉勉强强读完了高中，地种不成，又没有找到合适的工作。但这只闷葫芦并不发愁，胡同里的季德刚是他发小，初中没毕业就出来闯社会，这阵子买了一台大货车，内蒙古、山西、河北、辽宁满地跑，缺少一位跟车的，季德刚主动找到了小车，出门包吃包住，月薪两千。闷葫芦小车正闲得发慌，有这好事，自然一拍即合，也就算有了个工作。

然而这季德刚不学好，吃喝嫖赌什么都来，开大货车挣的钱，花个一干二净。人家开大货车就是寻个乐子，压根儿不指着这挣钱。他对小车说："顶多两年，咱们的房子就动迁了，一下子就有几千万，一辈子都花不完。钱这玩意儿，生不带来死不带去。咱攒着不花，不犯傻嘛！"闷葫芦小车对季德刚是言听计从，也五迷三道了。出车的日子，跟季德刚混在一起，自不必提。不出车的日子，小车也不着家。为啥？小车迷上了烟草西施白文茹。

白文茹是吉林四平人，在四平那边已经结婚生子，丈夫也是一个闷葫芦，夫妇俩都在工厂上班，工厂不景气，日子过不下去，闷葫芦不肯出门，愿意在家带孩子，觉得自己这辈子算完了，只把希望寄托在孩子身上。白文茹一个人跑到北京来，在老乡开的烟草店当售货员。烟草店很小，面积不到二十平方米，在南四环石榴桥附近，而老乡的生意却做得很大，这家小店只是捎带的生意，老乡委托白文茹全权打理。季德刚开车路过这里，烟瘾犯了，委托小车去买烟，小车记住了这里，下次还来这里买烟。一来二去的，两个人就勾搭上了。不出车的日子，小车不回家，说嫌他爹唠叨，就赖在白文茹的店里。小店顾客不多，小车来了，情深意浓时，白文茹就拉下卷闸门，俩人闭门酣歌。兴味索然时，再拉起卷闸门营业。

一开始，老车蒙在鼓里。儿子没回家，老车以为是跟季德刚出车去了，心想这趟车出得可不短，半个月都不回来。直到有一天，老车在肖家河街上撞见晃着膀子的季德刚，问小车呢？季德刚吞吞吐吐地似有难言之隐。老车的脑袋一下大了，以为自己的儿子遭了不测，扑上来掐住季德刚的脖子，季德刚这才说了实话。老车松了手，破口大骂季德刚，带坏了小车。当下押着季德刚驾驶着大货车，跑到南四环石榴桥，敲开了烟草店的卷闸门，店里两个人神色慌乱的。用不着老车多说了，铁青着脸，把小车拽回了家。

　　盘问季德刚给的月薪，小车都在白文茹那里花了。把个老车气得一蹦三尺高，什么缺心眼、脑子进了水、二傻子、二愣子的帽子都往小车的头上扣。闷葫芦就是不吭声，老车骂累了喘气的当儿，闷葫芦突然扔出一句话："文茹挺可怜的。"老车一听，气得要自杀。老黄拖着病躯，对儿子动之以情晓之以理，那白文茹就是一个烂泥坑，陷进去你就起不来了。咱家这样的条件，外地的女子争着上门，比她漂亮灵秀的多了

　　去……老黄颤巍巍地说着，一把鼻涕一把泪的。小车的心被感化了，答应以后不去石榴桥了。但说了不顶用，在家没住两天，又跑去了。这是春天的事，到了夏天，小车都没回家。老车正酝酿着过几天去找白文茹拼命，最好是把那烂货赶回东北去，永远不准再踏进北京一步。"敢踏进北京一步，我就敲断她的腿！"老车发狠。老黄白了他一眼，说："你就吹！"老黄不是不想敲断白文茹的腿，而是知道这个方法不可行。老黄要找一个可行的方法，把小车留到家里。老黄和老车商量半天，两人达成共识，得给小车娶个媳妇。

　　立即行动，托亲朋告好友，忙乎了一圈，却没有一个中意

的，中意的人家又看不上他们的儿子小车。老车和老黄的心拔凉。今天早上，老黄在院子里，看着雪巧轻盈地下了楼，轻盈地出了院子，觉得有这女子做儿媳妇才好呢，中意。转念一想，晚啦！好女子已经睡到别人床上啦！就觉得心口又疼了起来，哎哟哎哟地往屋子里转。老车皱眉问："你又怎么了？"

2

这个夏天奇热，只是泡在蜜罐里的龚澎和雪巧没有感受到。这个夏天的时间也过得飞快，要不是同学宁冬玲打来电话，雪巧也不会感受到。

"死妮子，典型的重色轻友，我想这蜜月也过完了，给你打个电话吧，怎么？就不打算请我到你们的爱巢做做客？"

"哎呀，这不是新入职不久嘛，刚适应过来，正想约你和师兄一起聚聚呢，你就打电话来了，这叫心有灵犀吧。"雪巧羞红着脸说。雪巧哪里想到要给他们打电话呢，没想到这光阴真的如梭。

上大学时，冬玲是雪巧的室友。大二时，两个人都喜欢上了帅哥龚澎，暗中没少较劲。好在龚澎早早地确定了追求目标，冬玲偃旗息鼓，悄悄地跟一位高两届的师兄好上了。师兄冯汉俊，山东人，长得又黑又壮，鼻子壮硕，眼睛却很小，追雪巧而不得，只好退而求其次。大学毕业后，师兄自己开了家种子公司，折腾两三年了，好像还没有发财，因为房子还是租的，还是租金相对便宜的回龙观。大四时，冬玲就跟冯师兄住在一起了，并没有登记结婚，冬玲说要考验人家，要是两年后冯师兄再赚不来钱，过的还是这种租房一族生活的话，她就准备把他"休"了。

雪巧在电话里问冬玲现在"休"了冯师兄没有？宁冬玲愣了三秒，瞬间反应过来，笑得咯咯的，说正在考虑中。雪巧笑着邀请冬玲周六来肖家河做客，既然冯师兄还没"休"，就带他一起过来。

周五的晚上，龚澎回来得有点晚。雪巧做好饭菜，等龚澎。等来等去，等得肚子咕咕叫了，还不见龚澎的影子，打电话也没有接。雪巧就有点生气，再忙也不至于不接电话吧，一个人吃了饭，接着等。

龚澎到晚上九点才回来，饿极了的他把残羹剩饭一扫而空。填饱了肚子，有精神了，就往雪巧的身上凑。雪巧躲到一边，问他为什么回来这么晚，龚澎说路上有车祸，公交车堵在北太平桥西了。雪巧又问他为什么不接电话，龚澎说车上人多，手机铃响听不见。雪巧说，就算车上人多听不见，那下车也该回个电话吧，分明是不把我放在心上。龚澎讨好地说，下车就想着以百米冲刺的速度跑回来看老婆，哪有瞧下手机的心思啊。说完，急不可耐地往雪巧的身上凑。雪巧暗暗发誓要给龚澎一点颜色看，板着脸骂了他一声没脸没皮，就不再理他。龚澎讨了个没趣，知道雪巧的脾气，气头上最好不去招惹她，过一阵就好了。

"冷战"一直持续到隔壁开超市的春云夫妇回来、老车院子的沉寂才结束。当两具青春的躯体又纠缠到一起时，在老车寂静的院子里，像虫声唧唧。

这时，楼梯上有了沉重的足音，仿佛每迈出一步，楼梯和楼道都要颤动一下，那足音到了雪巧的门口，突然就静止了。一瞬间，雪巧头皮发麻，她立刻制止了正在手忙脚乱的龚澎："门口有人！"雪巧的声音很低，因为惊恐还带着颤抖。龚澎侧耳细听时，果有脚步声响起，楼道继续一颤一颤的，"咚咚……"声静止在二楼的尽头。紧接着听见一楼的房门开了，老黄颤巍巍地对着楼上喊："大刚啊，这么晚才回来，吃晚饭了没有？"就听见楼上那主像把脑袋搁在罐子里说话一般，闷声闷气地吐了三个字"吃过啦！""砰"的一声，是关房门的声音。

原来是老车的儿子小车回来了，原来小车的名字叫大刚。楼道恢复了寂静，龚澎兴趣盎然，还要接着玩。雪巧却没了兴致，带着哭腔说："龚澎，咱们什么时候能买套自己的房子啊，这地方我是一刻也不想待了。呜呜……"雪巧的眼泪流下来了。

小车为啥这么晚才回家？他是被白文茹赶出来了。小车跟季德刚跑趟车回来，才晚上八点。季德刚也不急着回家，绕了一个圈子，把小车丢到石榴桥，嘱咐道："别掉进那烟草西施窟窿里，起不来，你们家老爷子又找我拼命。"闷葫芦还他一句："你别乌龟笑王八，咱俩都是半斤八两的货。"季德刚开心地大笑起来，手一抹方向盘，走了。

小车兴冲冲地来到白文茹的烟草店前。借着路灯的光一瞧，好嘛！人影子没有一个，卷闸门拉下来了。今儿怎么休息得这么早？小车生疑，上去就敲门，咣咣咣的，店里一丝动静都没有。这娘们儿去哪里了？小车掏出手机给白文茹打电话，通了，刚通一会儿就被挂断了。小车再拨，这回更干脆，毫无铺垫，直接挂断了。可把这闷葫芦气坏了，打不通电话，你就回家嘛！他却不回家，以白文茹的烟草店为圆点，就在石榴桥一带转。好在这个晚上，白天的暑热散去，夜风凉凉。有饭店把桌子摆到街头，石榴桥街头的膀爷和穿着吊带衫的小鲜肉一边喝着啤酒一边嬉闹着，笑声传出去好远。小车想，白文茹现在不定和哪个膀爷一起喝酒呢，心里的醋意就涌了上来，醋意填膺，一漾一漾地酸得难受。

转到晚上十点，再转回烟草西施的店。西施回来了，店里亮着灯，白文茹正把卷闸门往下拉。小车低着头审进去，把白文茹吓了一跳。定睛一瞅是小车，又喜又怒。白文茹果然喝了酒，身上有酒气。小车先替白文茹拉好卷闸门，当下两个人抱在一起。完事后，小车不忘盘问白文茹，这一问，把白文茹的火问出来了。拉开卷闸门，三推两推把小车推出了店外，吼："你是老娘的什么人？就你那俩钱还不够老娘塞牙缝的，老娘把你侍候舒服了，你倒管起老娘的闲事来了！"白文茹似乎要把她和小车那点丑事全抖搂出来，抖搂给石榴桥，抖搂给南四环，抖搂给全北京城似的。小车被这女人镇住了，一时没了辙。叫了一辆出租车回了家。

早晨的阳光比昨夜的偷听者小车执着，它胆大妄为地顺着窗帘的缝隙透进来，射到雪巧的床上，射到两双交织在一起的大腿上，然后再恣意地往上移动。阳光似乎发出了一个轻佻的笑声，龚澎就醒了。他看了一眼床头的钟，已经是早上八点半了，再看身边的雪巧，依然睡得香甜，龚澎在她的额上亲了一口，小心翼翼地抽出自己的腿，进卫生间洗漱去了。

雪巧的房间有独立的卫生间，虽然只有五平方米大，但麻雀虽小、五脏俱全。龚澎一边吹着口哨一边对着挂在墙上的镜子剃胡须。正在酣睡的雪巧突然"哎呀"一声叫起来，刀片带着龚澎的手一抖，在他的下巴上留下一道血印。他扔了剃须刀，从卫生间探出头问："你怎么了？雪巧！"

雪巧从床上爬起来，边拿脚钩着拖鞋，边自责地说："糟了，怎么睡到现在，一会儿冬玲就来了。"

龚澎吃惊地问："冬玲说她今天要来？"昨天晚上，雪巧没有告诉他这件事。"冯师兄也来吗？"龚澎不想见冯师兄，冯师兄在他面前，总是见多识广，生存优越感很强的意思。可是生活中总有些不想见也得见的人。

"当然比翼齐飞了，躲开躲开！"雪巧闪进卫生间，不耐烦地把龚澎往出挤。

龚澎叫屈："你突然哎呀一嗓子，把我吓得一哆嗦，下巴都割破了，破相了呢！原以为你进来送点甜蜜，给点安慰，谁知道却把我往出挤。"

雪巧笑道："安慰你？美得你！我不但不安慰你，还要在你脸上拉两个口子，画个小叉叉！"

……

冬玲半晌才到肖家河公交车站，接下来不知道怎么走。雪巧说他们去接，放下电话拉着帅气男孩龚澎就咚咚地下了楼。从老车的出租屋出来，到肖家河公交车站不过三四百米的距离，顷刻间就到。雪巧就看见冬玲和师兄冯汉俊正探头探脑地往这边巷道里看，两个人穿的是情侣套装。

雪巧自信满满的脚步就停顿了一下，她很后悔自己和龚澎怎么就没有穿套情侣装出来。雪巧还没挥手呢，冬玲已经发现他们了，嘻嘻哈哈地拉着师兄奔过来。师兄拎着家纺四件套的礼盒，在手上像钟摆一样晃个不停。

回到老车的院子，老黄坐在一楼的门口，知道雪巧来了客人，也不多问客人的来历，只是笑意盈盈地跟他们打招呼："回来啦。"仿佛冬玲他们也住在她家似的。

冬玲挽住雪巧的手，两个人亲亲热热地往楼上走。龚澎和冯师兄倒显得生分，客客气气的。进了雪巧租住的房间，冬玲背着手在屋子里逡巡了一番，笑着说："还行，比我们当年的宿舍还大一些。"

雪巧想冬玲他们在回龙观租住的是单元房，比自己的房间可是大多了。冬玲是来秀自己的优越呢，心里不由泛酸。但转念又想，冯师兄比龚澎岁数大，早出来打拼，身边多一点积蓄也正常。关键冯师兄丑得像大猩猩，龚澎是阳光帅哥，是潜力股，将来不知怎么发威呢。这么想着，心情就舒畅起来，故意酸溜溜地对冬玲说："哟，你们富人住着两室一厅三室一厅的大房子，还不允许我们穷人有个窝？真是为富不仁！"

冬玲就扑上来，挠着雪巧的腋窝，说："你穷？你穷？你穷你守着一个小帅哥！"

雪巧咯咯地笑成一团，说："好像你守着一个武大郎似的。"

"你真说对了，你看他又黑又壮的样子，还偏偏喜欢穿浅色的衣服。我和他走在一起，真有一朵鲜花插到那个什么上面的感觉。"冬玲说完，咯咯笑起来。

雪巧偷眼瞧冯师兄，冯师兄好脾气，一本正经地坐在凳子上，很专注很认真地听着她们你一言我一语的，也不插话，只是咧着嘴笑。

龚澎在烧开水，水开了好沏茶。冬玲把手一挥，说："不喝茶啊，别烧水了！老冯，老冯，你别干坐着不动，下去买几瓶雪碧上来。"

龚澎连说："我去，我去，师兄歇歇。"冯师兄的屁股刚抬起来又坐下了，冬玲柳眉倒竖，抬手指着师兄："老冯，还不赶快下去！"冯师兄咧着嘴，一溜烟地出了房门。

雪巧捂着嘴笑，说："冬玲，你家教好严哦，把师兄管教成这样！"

冬玲眉飞色舞地说："那是，在我们家，我就说一不二。找男人，最主要得让他听话。"雪巧笑吟吟地听着，心里觉得龚澎也算听话的。那么在这个上面，她与冬玲就打了个平手。

不一会儿，楼梯又噔噔噔地响。两个男人拎着雪碧回来了。四个人喝完雪碧，雪巧他们邀请冬玲和冯师兄去农大南路吃烤鸭。冬玲挽着雪巧，出了房间的门，忽然感觉和平时不一样，往走廊尽头一瞅，吓了一跳。只见一个黑黝黝的年轻男子，光着膀子，穿着大裤衩，闷声不响地倚着栏杆盯着她们看。

冬玲小声但却夸张地说："哇，色狼啊。"

龚澎低声催促："走吧！走吧！是房东的儿子，刚才我和冯师兄上来时，他就在那儿了。"

小车目送着雪巧他们下了楼、出了院子，一个人发了一会儿愣。没想到自个儿家里来了两个尤物，这俩女的，一个文静，一个活泼，这气质这模样，哪个也比白文茹强呀。小车愣一会儿恨一会儿，肚子突然"咕叽"叫了一声。得，昨晚上从白文茹那回来，到现在还滴水未沾呢。肚子这一叫，小车觉得自己饿得发慌，步子愈发沉重了，踩得楼板"咚咚"直颤。到了院子里，老黄心疼儿子："大刚啊，早饭我还给你留着呢，怎么睡到这时候才起来？"

小车反而不饿了，问："妈，咱楼上新来俩女的？"

老黄瞅着儿子的脸说："哪是俩女的，住咱家的是一对小夫妻。穿浅花连衣裙的那个，穿条纹短裤的是来串门的。"

"哦……"小车明白过来了，顺口就埋怨，"妈，你电话里没跟我提起过呀。"

老黄直撇嘴："哎哟哟，大刚啊，感情你是没有见过女人啊！天底下四条腿的女人不好找，两条腿的女人还不好找吗？"老黄又换了语重心长的口吻，"大刚啊，这回真要听妈的话，石榴桥那个女人那，再也别去了啊。"

"不去了！"闷葫芦说。

"你再往那儿跑，信不信我敲断你的腿！"老车听见说石榴桥，忙从屋子里走出来，虎着脸说，"大刚，我可跟你把丑话丢在前头，往后你再往石榴桥跑的话，咱房子动迁费可没你的份儿。信不信，我和你妈都立好遗嘱了，不信你就走着瞧。我有钱，我有钱都捐出去！"

小车双手抱着脑袋，往地上一蹲，闷声闷气地冲着地面说："不去啦！爸！明儿你就给我找个媳妇吧！"

老车眉毛一扬说："行，明儿就撒撒网！"

闷葫芦不抬头，继续冲着地面说："不用撒网啦！找那个穿浅花连衣裙的就好啦！"

老车出来，老黄一屁股坐到椅子上，正生老车的气呢，心想，立遗嘱？这不是盼我死吗？什么时候的事呀？刚要发作，又听小车说要找冬玲做媳妇，敢情自己生了个傻儿子，喜欢的尽是别人的媳妇。老黄只觉得心口一阵绞痛，哎哟哎哟地呻吟起来。

3

回过头来一看，祸根其实是冬玲挑起来的。

那天中午，四个人出了肖家河，往农大南路走。雪巧挽着冬玲的胳膊，像亲密无间的姐妹，话题始终没有绕开走在她们前面的两个男人。于是，雪巧知道了冯师兄买下了曾经租住的房子。"贷了一大笔款，又向亲朋好友借了一笔，终于把房子买下来了。你冯师兄这些年尽是瞎张罗，其实没挣几个钱。我早就声明，没有自己的房子，我就不嫁给他，把他休了。"冬玲喜滋滋地说。

雪巧的心略噔往下一沉，但嘴上还在恭维冬玲："你好眼光，买了只绩优股。呵呵……"雪巧的笑声像银铃一样动听。

冬玲作势在雪巧的胳膊上捏了一下，嬉笑着提醒雪巧："男人这东西，是一块钢板，钢被弯曲，才能获得弹簧的力量。你可不能尽把龚澎当小白脸养哦。"

雪巧嘴巴上不相让，心中突然涌出许多对龚澎的不满，这些不满如果拿出来数一数，至少有一百二十个。但雪巧克制着，脸上浮着一如既往的微笑，雪巧是个有教养的女孩。

到了烤鸭店，四个人坐定。龚澎拿着菜谱，装模作样地点菜。除了说好的烤鸭外，只点了四个再平常不过的家常菜，雪巧的脸上终于有了愠色。她夺过菜谱，报出了六个菜名，每一个菜名都让龚澎心惊肉跳。雪巧不管这些，她觉得自己已经在苦水里泡得好久了。这一刻，奢侈一把，才能摆脱身上那种浸泡已久的苦涩味道。这场午宴，雪巧吃得很开心。龚澎觉得午宴上雪巧对谁都是笑脸灿烂，唯独对他冷若冰霜。他能琢磨出她对他冷若冰霜的原因，却没想到这冷若冰霜的后面还酝酿着一场战争。

午宴只是战争的前奏，雪巧的战争要到晚上才能爆发。从战争的前奏到战争的爆发，还要经过充分的发酵。发酵的过程就像瓦斯慢慢泄漏，只有当瓦斯在空气中达到一定的浓度，一点火星，才能让它猝然燃起冲天的火光。

这一点火星还需要龚澎来擦。一餐午饭花掉六百元，龚澎心疼，也不知道雪巧怎么想，六百元钱不是小数目，妹妹在读高中，够她一个学期的生活费了。爹娘土里刨食，平时猪肉都舍不得买一斤，六百元钱能买一百斤猪肉了。龚澎越想越心疼，有心问问雪巧，可雪巧一直冷着脸，连正眼都不瞧自己一下，那话在喉管里乱窜，龚澎硬是没让它窜出来。

　　雪巧心里窝着一股火，这股火本应该冲着冬玲发出来，可是她没有！冬玲是她的闺密，两个人"喜悦时分享，悲伤时分担。跃入心间时甜蜜，想起时贴心"。其实喜悦可以分享，悲伤却不可以分担。因为冬玲从来只向她分享喜悦，没有展示过一丝悲伤。我为什么要比她差呀，雪巧在心里呐喊。读书的时候，无论在学业还是爱情上，两个人都暗中较着劲，谁也不服谁，较着较着，最后双双考研失利，学业上只能算是打了个平手；感情上，龚澎主动倒向雪巧的阵营，冬玲只好退而求其次，被冯师兄的糖衣炮弹击中，雪巧完胜。

　　可是，雪巧没有想到，自己完胜的结论下得太早。今天，冬玲和冯师兄从情侣装开始秀恩爱，到不无得意地炫耀有了房子、显示经济上的优越，这一切都是有目的的，步步惊心。龚澎却看不到这一层，不长脸色，尤其是中午点菜时，缩手缩脚的，哪有一点儿男子汉的气概。当初怎么就选择了他呢？怎么就这么跟他在一起过上了浑浑噩噩的寒窑生活？其实，雪巧生气并不是因为龚澎的穷，雪巧觉得穷并不可怕，因为穷也许只是暂时的，可怕的是穷得没有骨气。

雪巧生了气，并没有发作。雪巧是一个有教养的女孩，她只是不想和龚澎说话。雪巧可以一整天不说一句话，龚澎问她怎么了，她也懒得告诉他，她希望他能读懂她的心，而不是事事都要她说出来。

　　应该说，雪巧今天的脾气还不算太坏，龚澎为了晚餐在忙碌时，她还主动过来帮忙。雪巧有时也往宽处想，冯师兄是有了一套房子，这也没有什么，冬玲不是说他们借了一堆的债么？现在房贷的利率可是高得吓人，房贷是一座山，总有一天会把他们压得喘不过气来，就不知道冬玲那时候还能不能眉飞色舞得起来。雪巧这么想着，嘴角就浮上来一丝笑意，笑意像一阵风，一下子吹散了笼罩在她脸上的雾霾。

　　然而，这个晚上注定要爆发一场战争，战争的导火索注定要由龚澎来点，虽然他出于无心。龚澎心疼中午那六百元钱，他要指责雪巧，过日子得精打细算，不能那么过。只不过雪巧一直冷着脸，那指责的话便乖乖地蛰伏在冰雪的下面。现在雪后天晴，积雪融化，那话要迫不及待地破土而出。

　　龚澎微笑着，注视着雪巧的脸色，小心翼翼地说："雪巧，我觉得中午你是不是太浪费了？何况，冯师兄来只是要显摆自己发财了，还说让我去他那里去干，呵呵……"龚澎想接下来嘲弄冯师兄一番，他并没有想到那个"浪费"的词会成为一粒火星，如果想到了，他肯定不会说，他宁肯让这个词烂掉，让它永远尘封在一片冻土里。但是，他不是先知先觉，他压根儿就没想到。

"砰"的一声，这粒火星点燃了足够浓度的瓦斯。只不过这些瓦斯并不是泄漏在他们的房间里，而是泄漏在雪巧的心头。

"真没出息！"雪巧恶狠狠地挤出四个字，抓起自己的小包，噔噔噔地下了楼，出了老车的院子，她头也不回一下，仿佛一回头，就会被跟在后面的龚澎拉回那间出租屋。雪巧现在只想逃离，只想离那间出租屋远远的，离龚澎远远的。这一刻，她并不恨龚澎，她只恨自己，怎么选择了跟这样的男人在一起！

雪巧没有想到，她出逃时，龚澎并没有跟在她的后面，他只是静静地坐在家里，不，这个房间还不能称之为"家"，只能说是他们的"窝"，他静静地待在窝里，心里却腾起一股一股的火，不为别的，只为雪巧今天的不可理喻。他也是个有脾气的人，他生气地想，她愿意怎么样就怎么样吧，愿意什么时候回来就什么时候回来，他发誓绝不会出去找她。女人的毛病都是男人惯出来的，他已经惯出她许多毛病了，可不能再惯出她更多的毛病。这将来的日子还长着呢。爱情难道就要把自己搞得很苦很累？搞得遍体鳞伤？

这个夜晚，没有一丝风，白天的暑热一点没有散去。蝉在窗外的树上叫得比白天还欢。这个房间似乎注满了热浪，或者成了一个大蒸笼，源源不断的热浪让龚澎的心烦躁不已，他也迫切需要逃离，逃离这个将要使他窒息的地方。

锁上门，龚澎来到肖家河街上。街上灯火辉煌，小吃店把饭桌支到街上，这条街上小吃店多，饭桌几乎从街头连到街尾。那些来京城打工的汉子光着膀子，抓着酒瓶喝啤酒，酒瓶碰得叮当作响，那真叫一个豪气！街上人声喧哗，安徽话、河南话、四川话、陕西话，遍地乡音似乎都能拎出一串来。空气中混杂烤肉、卤猪蹄、卤鸭、卤鸡的香气，臭豆腐的臭味和泔水的酸腐味。肖家河街上比白天还热闹，比老车的院子还闷热，但龚澎的心却有了一丝清凉的感觉。如果他不是读了大学，没准现在的他就是这群来北京寻活路汉子中的一员。这一刻，他真想混进这些汉子中，把自己灌个烂醉。但是他没有。他出了肖家河街，他要寻觅一处清凉之所，来平息自己心头的烦躁之火。

他还在心疼中午那好几百元钱，往后的日子还长着呢，像雪巧那么大手大脚可不成！这一关，他绝不能让她拗过去。他这么想着，沿着河边慢慢地散步，他觉得自己心头的烦躁之气渐渐平息下来。

迎面一个高大的男子摇摇晃晃地走了过来，手里似乎还提着一只酒瓶。河边的道很窄，他侧转身，为这个高大魁梧的男子提供方便，他闻到了一股浓郁的酒气。诚实、善良的龚澎觉得自己有一份责任和义务，他提醒："兄弟，跑到河边来喝酒多危险，少喝点嘛！"谁知这醉汉却骂骂咧咧道："叫你狗咬耗子多管闲事！"他自己才是狗，狗咬吕洞宾。龚澎立刻后悔得肠子青了，为自己廉价的善良。他想绕开他，但猝不及防的，脑门上传来"砰"的一声，有白酒的味道在他的脑袋上弥漫开来。他觉得头疼欲裂，不，头已经裂了。白酒混着带有腥味的液体从他的脑袋上往下流，流到嘴边，他用舌头一舔，辣辣的、咸咸的。他的心头腾起万丈的火焰，他要扑上去掐死这个醉鬼。

醉鬼毫无惧色，又朝他抡起了破碎的、尖角嶙峋的酒瓶，嘴上依然骂个不停："让你多管闲事，让你多管闲事，我季德刚的好事，都是被你们这些狗咬耗子的人搅黄的。啊！"

龚澎转身，用手捂住自己的头，他叫了一辆出租车，一溜烟地跑到了附近的解放军第 309 医院。

这个晚上，雪巧不想回到龚澎的身边。她从老车的院子逃出来，逃到了农大的校园。瓦斯爆炸后的心头，满目疮痍。母校的草木能温润她的心头。她绕着校园漫无目的地走了几圈，后来坐到图书馆旁那条人行步道的长椅上，长椅背后是一棵树，树不高，但枝叶葳蕤，一些低垂的枝叶似乎想把坐在椅子上的雪巧抱进怀里，雪巧也想躲进树的怀抱里。近处的路灯昏暗，显得灯光很远。

这一刻，雪巧并不恨龚澎，她只恨自己。恨自己怎么就上了龚澎的贼船。怨谁呢，只怨自己！年轻时的白马王子理想，浪漫得没有一丝理性。总希望对方又富又帅，又富又帅的却碰不上，只好退而求其次，选择一个富而不那么帅，或帅却不那么富的。结果选择了龚澎，选择了龚澎时，她心里还在做着那个白马王子的梦，只要有一天龚澎能成为富翁，她的梦就会圆满。然而，现在的龚澎不但钱包里显示着穷酸，精神气质上也穷酸，连举手投足都透露着穷酸。雪巧突然觉得自己看不见希望了。

手机短信时代，冯师兄没少给雪巧写火辣辣的短信，那些火辣辣的短信，雪巧都删了，一条也没回。因为当初的冯师兄，属于那种既不富又很丑的。相貌不可改变，而贫富却可以改变。现在的冯师兄已经住上自己的房子了，而她却住在出租屋里。只凭这一项，她和冬玲的生活就分出层次来了。

这个晚上，雪巧还是回到了龚澎的身边。好几个未接的电话和十几条短信把她迎接到 309 医院。此刻，她坐在龚澎的身边。这个大男孩头上缠满了绷带，他躺在病床上，说头还有些疼，医生说要等做完 CT 后，才能决定是否回家。他抓住雪巧的手，帅气的眼睛里满是忧伤。"答应我，以后再怎么赌气，也不要一个人负气出走！"

雪巧似乎闻到了死亡的味道，在死亡面前，一切都不重要，唯有生命。雪巧心里害怕得很，她频频地点头，"再也不会负气出走了，以后也不和你赌气了，只要你身体好好的。"她的眼泪掉下来了。

4

然而，承诺和承诺的材质不同。有人的承诺是一块山石，千年也风化不了；有人的承诺是片片柳絮，一阵风就能让它飘舞如雪花，然后不见一丝踪迹。而雪巧的承诺是一个肥皂泡，不用风吹，在空气中待不了几秒就会消失得无影无踪。

上次承诺之后，不知不觉的，雪巧已经负气出走两回，雪巧只是觉得胸腔里闷着气，一个人出去走走，心情会好些。一次是因为购物，超出了预算，龚澎颇有微词。这一次负气逃离，以雪巧的主动回归告终。这一次雪巧的负气逃离，让龚澎做出了一个重大决定。他想由现在的公司技术部门调到销售部门去，如果销售工作做得好，收入将高出许多。雪巧虽然不满意做销售工作，要天南海北地跑，但龚澎的收入能提上来，也就默默地同意了。

雪巧和冯师兄单独会面是在一个月后，这是破天荒的一件事。在这之前，他们的见面离不开冬玲和龚澎，这似乎已经成了惯例。现在惯例被打破了，雪巧的心里有点怪怪的感觉。她本来不想出来，冯师兄在短信中说："我在中关村办事，你的单位附近，中午可方便？出来一起吃个饭。"公司预备了足够的午饭时间，有什么不方便的？这样的短信，冯师兄以前也给她发过。冯师兄似乎有些贼心不死的感觉，雪巧有点瞧不起这样的男人，每次雪巧都找了个巧妙的理由回绝了他。但这次，她没有拒绝。自从上次和冬玲去西单商场购物，冬玲就在她心灵的土壤上种下了一粒好奇的种子，已经生根发芽了。遐想为这粒种子提供养分，越遐想养分越充足。现在这粒吸收了充足养分的种子生长得蓬勃旺盛，雪巧只要一张口，它的枝叶就会从她的口中飘飘摇摇地伸展出来。

"冯师兄，你现在事业做大了哦，财大气粗的感觉。"果然，它的枝叶迫不及待地伸展了出来，在他们刚刚坐定了的时候。冯师兄选的饭店是蕉叶中关村店，泰国风情餐厅，冯师兄为她点了特色的咖喱皇炒蟹、菠萝海鲜饭、榴梿蛋挞、冬荫功汤。有那么一瞬间，雪巧看着黑黑的、粗壮的冯师兄，竟疑心泰国才是他的家乡。

"哪里哪里，刚刚才起步，刚刚才起步。"冯师兄谦卑地笑着，"也只是刚刚解决了温饱，衣食无忧而已。"

　　雪巧想，那按照冯师兄的逻辑，自己的生活还处在解决温饱的前阶段。雪巧想起上次买了羊绒大衣，龚澎那懊恼不已的表情，从前刺她心的那根针又活泛起来，重新在她的心头刺了一下，雪巧疼得皱了一下眉头。

　　"怎么了，雪巧？"冯师兄关切地问，"看你脸色不太好呀。你在这里工作开心不开心？如果不开心，去我那里干。我一定格外关照你。"

　　冯师兄的眼睛很小，上帝在造冯师兄的时候，也许是为了图省事，也许是为了欣赏作品风格的不同，只是用刀在一张黑胖的脸上，割了两道缝，就算作他的一双眼睛。从前的雪巧，不敢想象自己的生活和冯师兄发生关联，后来就十分同情冬玲。现在却觉得冬玲持有了一只绩优股。

　　雪巧不说话，只是轻轻地摇头。

　　"为什么？就是不想去我公司？"坐在对面的冯师兄有点失望地问。

　　"我可不能去，我去了你的公司，那冬玲不把我吃了？"雪巧咯咯地笑了起来，"冬玲是我的好姐妹，我可不能做对不起她的事。"

　　"我可以……"冯师兄想表达一句什么，又把那句话收了回去，他坐直了身子，似乎是对雪巧，又像是自言自语地说，"公司是我一手创办的，和她没有关系。事实上，我不喜欢飞扬跋扈的女人。我……"深情从冯师兄细小的眼缝里溢出来。

雪巧能感受到，可是雪巧不能接受，她承受不起。

又一年的夏天来了，雪巧满心欢喜，脱下了春装，换上了轻盈的裙裾。这天，雪巧从房间出来，在楼梯拐角处，猝不及防间竟与一个往上走的人撞了个满怀，雪巧感觉就像弹到了一块棕榈床垫上。是小车！雪巧觉得是小车故意撞她的，愤怒地朝他瞪了一眼。小车却不吭声，甩开膀子，每迈出一步都像打夯，地动山摇的。刚才怎么就没有听见？这人藏在楼梯拐角处，蓄谋已久，实在太可怕了！雪巧的心头咚咚直跳，好像小车的脚步不是踏在楼道里，而是踏在她的心头。这里再也不能住下去了，雪巧想。雪巧还想起不久前那个春寒料峭的夜晚，那个春宵一刻值千金的夜晚，不禁打了一个寒战。

那是那一回，雪巧在龚澎的甜言蜜语下，打消了即刻搬家的念头。何况，龚澎做销售工作，果真长了薪，她相信他的一切都是对的。而这一回却不行，龚澎出差的次数渐渐多了，她一个人住在这里，旁边住着一匹觊觎已久的狼，是多么危险的一件事！雪巧发誓，一定要搬离这里。雪巧希望自己的誓言这一次能够重于泰山，不可更改。

然而，雪巧的愿望是一匹桀骜的马，这时候的她还没有找到驾驭它的方法。龚澎不同意即刻搬走，因为即刻搬走至少要损失半个月的房租。当初租房子的时候就已经白纸黑字写好了的，一个月即使只住一天房租也得按照住满一个月来交，并且退租需要提前一个月告知对方。更何况这几天龚澎的心思根本不在这个上面，他的心底坠上了一块石头，他没有心思考虑重新租房的事。心底的石头是被妹妹系上去的，妹妹系得很轻松，一个电话就系上去了，而他解下来却千难万难。甚至根本解不下来，假如雪巧能帮他一把就好了，但他知道，她不可能帮他解，如果这事让她知道了，她反而会在这石头下面再坠上一块石头。他算了解她了。谈恋爱时，他们就相互了解，但现在才知道，那时候自以为很深的了解其实才到表皮，同居近一年，这种了解才深入骨髓。

妹妹系上的那块石头，是母亲的病。母亲最近总是胃疼。其实，母亲以前就胃疼，只不过她能忍得住时，就不把这疼当成病。现在，她忍不住了。妹妹陪着她去县城的医院作了检查，说有可能是胃癌！妹妹当时就吓傻了，医生说也可能不是，小县城的医疗条件不具备，让她们去西安或更大的地方去复查。妹妹就给哥哥打电话了，其实妈妈的病并不是真正的石头，真正的石头是钱。和雪巧过夫妻的生活，他们一起拼命攒钱。应该说雪巧并不是一个贪图享受的女子，贪图享受的女子也不会找他。只是雪巧攒钱的愿望太迫切了，她总是希望他们的存款增长的速度快点、再快点。他该如何向她开口要花一大笔钱给母亲看病呢？他怕花一大笔钱，会成一根导火索，瞬间炸毁他们小心经营起来的甜蜜。那么这个事，只有先瞒住雪巧了，也不知能不能瞒得住，能瞒到几时就几时吧。那么，妹妹陪着母亲来北京，要不要告诉雪巧呢？也不能告诉她，因为如果她知道妹妹陪着母亲来到北京了，瞬间就能窥破真相。他可以让妹妹陪着母亲住在肖家河街上的小旅店。至于母亲看病的钱，向公司的财务借点。龚澎这么想着，觉得系在心头的石头轻了些。

这些天，他实在没有心思考虑租房的事。再说，老车一家人还不错。老车的儿子，慢腾腾的，看着也不像有什么坏心眼，何况回来的时候毕竟不多。龚澎还是觉得雪巧太多疑了。

雪巧不能驾驭自己的愿望，心里就生出许多不快。虽然心里不快，这次雪巧并没有从这个房间逃离。

雪巧的又一次逃离是在一次真相的探寻之后。其实龚澎的真相很容易被窥破，真相是一粒火种，他小心翼翼地用纸包起这粒火种，包得很精巧，包得天衣无缝，没想到这纸包已经冒出蓝幽幽的烟来。这烟其实是他飘忽的眼神、欲言又止的表情和诡秘的行踪。一个盯梢让疑窦丛生的雪巧就解开了谜团。

心灵这种地方，不该让疑窦丛生。疑窦是一片霜冻，它能让碧油油的叶子变得一片枯黄。雪巧解开了谜团，但却感到了钻心的疼。他的家人来了，却不告诉她，他这么做的目的是什么呢？是不想让他的家人接受她？他花一大笔钱给他母亲治病，他如果跟她说，她又不是不通情达理的人。而他都刻意隐瞒她，他的身上不知还隐藏着多少不想告诉她的秘密。雪巧的心灵，一遍遍地被霜冻侵袭。雪巧不是一个贪图物质享受的女子，她贪图情感的享受。当她感到情感都成一片荒漠时，她又一次选择了逃离，她觉得生活不该这么过下去。这是一天的晚饭后，雪巧只携带了随身的小包，逃出了老车的院子，逃到了肖家河的街上。初夏的风，有些微凉。凉风吹得雪巧的脑袋清醒起来，她觉出了自己的仓促，她想起自己的行李还在那个房间里，行李还在那里，说明并没有割断和他的联系。她要带走自己的行李，绝不藕断丝连。她发誓！

龚澎抱着椅子的靠背坐着，头抵到墙上，他只觉得自己头疼欲裂，那个夜晚，醉鬼砸下的伤口似乎还没有愈合。爱情原来并不美好，美好都是灿烂给别人看的，自己咽下的其实只有苦辣酸咸，却说出有甜的味道。雪巧是个自私、虚荣、挑剔、爱发脾气、不可理喻的女孩。他已经竭尽心力浇灌爱情这朵花了，然而这朵花茎上的刺却扎伤了他，他觉得很累、很倦。他想是不是到了该放弃的时候了。所以，雪巧的夺门而出，他没有拦阻。雪巧的重新回来捡拾行李，他也没有改变一下自己的姿势。

他那一副漠然的样子又深深地刺激了雪巧，原来自己在他心目中这样无足轻重！雪巧毫不犹豫地拖动拉杆箱，她并不知道自己下一刻要奔向哪里。

可是，他说话了："这回你不用走，我走！"他冷笑着从椅子上站起来，不瞧她一眼，"我现在就走。行李，过几天回来自取！"说完，一阵风似的出了房门，出了楼梯步道，出了老车的院子。那扇大铁门，又"吱嘎嘎""哐当"地叫了两声，时间仿佛回到了一年前刚租住老车家房子的那几个日子。

悲凉如水，从雪巧的心底蔓延上来。她可以抛弃他，却不允许他抛弃她。她可以逃离这个屋子，而他却不可以逃离。现在是他逃离了，他抛弃她了。她想哭，却哭不出声音来。房间里亮着灯，她却觉得这个世界一切都是黑的，她想到了死。

雪巧右手捏着一张薄薄的剃须刀片，如果今天龚澎收拾了他的行李，这刀片雪巧就不会发现，但现在雪巧轻而易举地拿到了它。

刀片的后面站着一个魔鬼，它一直渴盼着有人用它来解决生命，它见雪巧捏着它，立刻欢呼雀跃起来，在她耳边不停地催促，死吧死吧，死是解脱悲伤的最佳方法。那刀片果真在她的左手腕部轻轻一拉，仿佛并不是右手递过去的，而是刀片牵引着右手走。刀片很积极，右手的拇指和食指很勉强，所以，这一刀下去划得并不深，但那皮肤和血管也早已厌倦了旧有的模式，都渴望尝试新的生活，于是发出"哧啦——"一声欢愉的叫声，一股鲜红的血就汩汩地冒了出来。

雪巧吓了一跳，她突然想我并不想死啊！她丢了刀片，用右手的拇指和食指去捏那道伤口，她想也许用手指一捏，那伤口就愈合了，血就不会再往出流了，可是那脱离旧有模式束缚的血捏不住，越流越多、越流越多……她感到了心慌，她感到了气短，她可不想死，可是她也迈不开步子，她张张口，发现还能呼喊出来，她喊起了"救命"……

5

雪巧躺在病床上，左腕缠了几圈绷带，右胳膊上插着一根针，针上一根软管连着输液架上的那瓶液体，瓶中的液体一点一滴地往下流，每一滴的间隔固定如钟表，让雪巧想起了书上描写的古时候的更漏。

雪巧没有昏迷，但此刻的她不想睁开眼睛，不光是因为小车守在她的身边，更是因为内心的翻江倒海。雪巧想到了龚澎。此刻的龚澎却正准备乘车去江西出差，他把母亲和妹妹安顿好，就接受了公司的指令，将一路向南。他本来想给雪巧打个电话，但准备拨号的时候，又觉得心头被针刺了一下，自己委屈得慌。他放下手机，朝着窗外长长地吐了一口气。他想，如果雪巧能主动向他认个错，他一定能原谅她，毕竟他还是爱她的。

昨晚，是小车听到了雪巧的呼喊，奔过来把她送到了医院。雪巧本来对小车心存感激，尤其是在急诊室，小车在护士的指使下，一会儿奔向一个窗口交费，一会儿奔向另一个窗口取化验单的时候。如果不是小车，自己就死了，雪巧想。如果龚澎天亮之前来看她，她也许会原谅他。如果天亮之前仍然不见他的影子，她就当她的爱情死了。

天渐渐地亮了，他没有出现，连一个电话一个短信都没有，她的爱情死了。雪巧的眼泪就流了出来。一张纸巾递过来，擦干了她眼角的泪。是小车，可是此刻的雪巧不想睁开眼睛，雪巧想，怎么自己刚喊出"救命"，小车就奔来了呢？这说明他一直在觊觎着她。难道她的命运要和小车发生交集？不可能，这绝对不可能，两个人根本不会聊到一起去。所以，她不想睁开眼睛，她需要一个人静静地调整自己内心的情绪。

病房门口突然传来一个苍老的声音："大刚，大刚啊，你出来！"就听见一串踢踢踏踏的脚步声从病房走出去。

"妈，你怎么来了？"小车不愿意老黄来似的，说话闷声闷气的，像脑袋上罩了一个缸。

"大刚啊，妈在这儿。你回去吃早饭！"老黄颤悠悠地说，"再说，女孩子，你在这也不合适啊。"

"妈，那我回啦。"小车吭吭哧哧的，"妈，我可跟你说好了啊，我就想娶她！"小车的声音小了许多，但雪巧却听得真切。雪巧的心里就生出一股气，这股气从心底生出来就一直往上蹿，蹿上来却找不到出口，把她的脸憋得通红。雪巧没有发作，现在的她也没有力气发作。

"老天！你娶谁不好，偏要娶她！"老黄的声音也低了许多，"这女子瞅着文静，性子却烈着呢，动不动割腕抹脖子的，日子怎么过啊。"

"我不管，妈，我就要娶她，要是娶不上她，我还去找白文茹！"

"哎哟，哎哟……大刚啊，我的小祖宗喂。你先给我回家吧……哎哟，哎哟……"老黄支走了小车，一手拎着一罐煲好的菠菜猪肝汤，一手抚摸着心口，唉声叹气地来到雪巧的病床边。老黄可不想让她做自己的儿媳妇，老黄决定雪巧出院后，就让他们搬走，这房子可不能再租给他们了，老黄可不想住在她家的任何一位房客出了什么事。

雪巧静静地躺在病床上，一头乌黑的头发散落在雪白的枕头上，失血后的面孔缺少红晕，却更如粉雕玉琢一般。老黄呆了半晌，哆哆嗦嗦地在雪巧的床边坐下。刚才在走廊想好的话，冷冰冰的，本来已经排好了队，一列列争先恐后地要去冲陷雪巧的阵营，此刻却溃不成军。老黄伸出干枯的双手握住雪巧那只没有受伤的手，那手好温软，温软得让老黄把心尖上的话一把一把往出掏："姑娘，这人生的路宽着哪，一条路走不通了，遇到一堵墙，你可不能拿自个儿的脑袋撞墙。退回来，换条路走，也许就是一条康庄大道。"

雪巧长长的睫毛微微颤动着，那么长那么温柔的睫毛，一颤一颤的，仿佛在老黄的心尖上拂动。老黄慈爱地说："姑娘，一开始，我就不看好你们的爱情。你想啊，你从外地过来，是那没有根的浮萍，要想落下根来，得找一个有根的男朋友啊。不是阿姨瞧不起龚澎，就凭他一个月那点工资，哪辈子他才能在北京落下根啊。姑娘，你不能依靠在一个同样没有根的浮萍身上啊。"

雪巧就流泪了，泪可不管她是不是装睡，它们已经排好了队形，头一滴泪挑开了雪巧的眼帘，后面的泪水跟着它一连串地滚出来。雪巧不得不睁开眼睛，凄楚得如一朵带雨的梨花。

老黄觉得这泪是从自己心头流出的，她平稳了一下心情，继续往外掏心窝子："姑娘，我家大刚吧，你也见过的。虽说没上过大学，只是高中毕业，也没有姓龚的那个小子帅气。但老古话说得好啊：白貌书生图一看，黑黑生生一条汉。女人嫁男人是要跟他一起过日子，长得好看又不能当饭吃。阿姨掏心掏肺地跟你说，如果你跟我们家大刚好了，肖家河马上就要拆迁了。就我们家房子的面积，至少要补偿三套单元房。你们结婚了，愿意跟我们住一起，就把那两套租出去，光租金都能超出你们上班的工资。不愿意跟我们住一起，单独给你们一套。再说了，将来你叔和阿姨都走了，这三套房子还不都是属于你的？"

雪巧的心动了一下，她做梦都没有想过将来的她在北京能有三套房子，她觉得这太突然了，突然得让她心里慌乱，她回答："阿姨，给我一点时间好吗？容我想想再答复您。"

季德刚约小车出车。小车不想去，说他要去驾校学车。季德刚笑着骂了他一句走了。小车的确是在学车。但学车用不着天天学，小车不愿跟季德刚出车还有另外一个原因，约好了雪巧这个周末去北京植物园。

这是雪巧和小车的第一次约会。冬玲的祝福早早到了，植物园里的夏花也一起为他们绚烂。然而，小车的心思不在花上，小车的心思在雪巧的腰上，心急的他总想伸出手揽住雪巧那纤巧的腰，可雪巧不给他机会，每次都机灵地躲过。可是，雪巧也不恼，雪巧在沉吟着，有句话她想问小车，却不知道哪一刻才是合适的时机。在梦幻花海，这句话突然冒出来："大刚，学完车，你准备给季德刚当司机吗？"

小车不屑地说："嗨！我凭啥给他当司机啊！我买台车，自己开。也不跑出租，也不拉货，就是自家玩。"

雪巧微微蹙了蹙眉："可是，年轻人怎么得有一份工作吧，或者自己做点生意也好。"

"那都是外地人的想法，咱北京人用不着工作。"小车大大咧咧地说，"干什么能比有几套房子挣钱呢！咱北京人就是有房子，这房子就是钱，几辈子也花不完。"

雪巧想一想，似乎是这个理儿，她突然关心起将来小车家房子拆迁了，补偿的三套房子在哪里。

小车胸有成竹地说："也可以回迁，回迁只有两套房，我爸说，我们要北边一点的房子，可以补偿三套。"

雪巧问："那要是以后北边再拆迁呢？"

小车没想过这问题，说："再拆迁，再拆迁还得再补偿啊！"

雪巧问："那再补偿的房子是不是还得往北边一点儿？"

小车点点头。雪巧心想再往北就到河北境内了，冷冷地笑了一声。小车错会了雪巧的意思，伸出手紧紧地揽住了雪巧的腰，雪巧想躲闪，却躲闪不过去，只好随着他的意。

这个下午，黑瘦了一圈的龚澎从南方出差回来，进了老车的院子，他还想和雪巧一起好好过日子，虽然这些天雪巧从不接他的电话，也不回他的短信。他掏出钥匙开门，房门却换了锁，打不开。他还不知道，这个房间自从那天晚上他迈出去后，就回不来了。

龚澎满腹疑云地下了楼梯，却发现老车站在门口，身边还有自己的行李箱。老车冷冰冰地说："那个姑娘和你分手了，说再也不想见你了。我的房间也不能再租给你，你害得那个姑娘差一点死在我们家……"

龚澎掏出手机，发疯一般地拨打起来。

雪巧躲在房间里捧着手机，无数个未接来电和无数个短信像潮水一般，向她扑卷而来，她想躲，却躲不过去。潮水裹挟着她，推搡着她，然后猛地一下把她摔倒在沙滩上。雪巧也想给龚澎回个电话或回个短信，一时却不知该回复些什么才好。

小车来敲门，小车白天揽到了雪巧的腰，晚上回来就想钻到雪巧的房间去。雪巧没有心情理他。小车在门口喊："你是我女朋友了，为什么不让我进去？你和姓龚的那小子都同居一年了，现在却不让我进去，这对我不公平！"小车觉得自己比窦娥还冤屈。

老黄出来了，老黄仰着脖子朝楼上喊："大刚，大刚啊，上赶着不是买卖。有些女孩儿就是骨头贱，你越对她显勤儿，她越给你冷脸色，你给她冷脸色，她反而对你显勤儿。"老黄见雪巧真的跟小车好上了，心里又不得劲儿，仿佛三套房子的钥匙都落到了雪巧的手里，言语间不免间杂些冷嘲热讽。

雪巧觉得自己不能再在这个地方多待一秒，多待一秒就会跌入万劫不复的深渊。

冬玲的电话进来了，冬玲一上来就质问她："死妮子，龚澎的电话和微信，你为什么一个也不回复呀。我觉得你还是和龚澎和好吧，你和房东的儿子不合适，你俩聊不到一起去……"

我的感情生活，我自己心里有数，凭什么要你来指点？雪巧在心底呐喊，她受不了冬玲胜利者一般的咄咄逼人的口吻，冬玲的确是胜利者，至少在目前、在爱情上就打败了自己，雪巧只觉得心里憋屈得慌。她需要找到一个突破口，不然她会憋屈死。鬼使神差地，她居然拨通了冯师兄的电话。

6

雪巧辞掉了在中关村的工作。她现在哪里工作？冬玲不知道，雪巧也不告诉她，但冬玲知道她的工作肯定和冯师兄有关。她也像龚澎一样拨打过无数遍雪巧的电话，发送过无数个短信。雪巧不接电话，短信只回复了一条："你不是觉得龚澎好吗，那你们俩好吧。"

这天，冬玲又给她发了一条短信，只有三个字："我恨你。"这三个字是从冬玲成千上万个诅咒的句子里蒸馏出来的，是那些句子的筋和骨。

雪巧躺在冯师兄的怀里，蹙眉把冬玲的短信递给冯师兄看："师兄，冬玲为什么要恨我呀？"

冯师兄在雪巧的额上吻了一下说："你何必要在意，其实我并不喜欢她。我一直喜欢的是你。再说，我又没有亏待她，我送给她那套房子。"

那天晚上，冯师兄打车来肖家河接走了雪巧，把她安顿到自己公司的办公室里，那里有一张临时休息的床。隔天，冯师兄就租下了一套单元房。冯师兄承诺，只要雪巧能够嫁给他，他就考虑买下这套单元房，冯师兄的生意现在做得顺风顺水。

雪巧摇头，雪巧低着头说："他还答应给我三套房子呢！我不是一个贪图物欲的人。"雪巧说的"他"指的是房东的儿子小车，她说的都是实情。那天，雪巧不能接受冯师兄的承诺，因为在雪巧的心里，冯师兄和她之间还隔着一座山，冯师兄是山外的山，这座山只可望而不可攀，中间隔的那座山是冬玲。雪巧只想有个安身之地来生息疗伤，来养精蓄锐。当初找冯师兄，原来隐含着要刺痛一下冬玲的目的。然而，那座山不到一个月的时间，就化成了一摊水，原来那座山并非可望而不可攀。捕捉到蛛丝马迹的冬玲用愤怒之火点燃了恶毒、诅咒的柴火，冬玲不知道，她拾取的柴火越多，这火烧得越旺，横亘在雪巧心头的冰山融化得越快。

现在的雪巧躺在冯师兄的怀里，觉出冯师兄的许多好来，本来是她先认识冯师兄的，当年的她太年轻，把冯师兄让给了冬玲。现在只不过兜了一个圈，让爱情回到了原点。

"只要你过得比我好。"龚澎发了一条短信过来，他还是忘不了她。她删除了这条短信，轻轻地叹息了一声。手机又响了起来，电话是小车打来的，雪巧毫不犹豫地挂断了，她为自己的生活中出现过小车而羞愧。

她打开了自己的手机，起身来到卫生间，抠出了那张电话卡，扔进抽水马桶里，轻轻一摁水阀，那水携着小小的芯片打着几个旋，瞬间就消失得无影无踪。

雪巧觉得那小小的芯片就是自己的前尘。

我在学报当编辑

后来我考上研究生了。

考上研究生真好，虽然现在的一些人常常热衷于什么博士就业不如硕士，硕士就业不如学士，津津乐道于"博士街头修自行车"，"硕士肉店卖肉"，我认为全是胡说八道，是一些人"吃不着葡萄说葡萄酸"的心理在作怪。

我读研究生期间不但光荣地入了党，获得了"优秀研究生"的称号，在省一级以上学术期刊发表论文十篇，有七篇论文被人大报刊检索，以专业第一的成绩通过了毕业论文答辩，而且把第三人民医院的护士罗小雯同志骗到了手、结了婚。

我硕士毕业的时候有许多用人单位向我伸出了橄榄枝，连北京、上海这样的大城市都有许多家企业让我去做推销员。特别是北京的一家企业更是高薪诚聘，承诺一去就给我安个"市场经理"的头衔，说实话，我们家好几代都没出过一个"经理"的，当时收到这根橄榄枝，一时心动不已。

可是我的丈母娘坚决不同意，罗小雯是她的独生女，她不愿意罗小雯陪我仗剑走天涯，去北京大显身手。找工作的那些日子，我一次次把用人单位的消息透露给罗小雯，罗小雯真是我的贤内助，她一次次把我的好消息分享给她的同事、姨妈、姑父……自然少不了我的丈母娘，据说我的丈母娘一次次恨得牙根发痒，一次次咬牙切齿地骂我是骗子。

我担心本科毕业时找工作的悲剧又要在自己身上重演，所以有一段时间很是忧心忡忡。

好在天无绝人之路，后来我们这座城市的《燕北大学学报（社会科学版）》缺少一名编辑，对于我这条饿绿了眼睛的狼来说，这简直就是一块极具诱惑力的肉骨头，我上蹿下跳、千方百计、使出浑身解数，经过初试、复试，一关又一关，终于美美地、美美地把这块肉骨头叼进了嘴里。

丈母娘对我的态度来了180°的大转弯，在这之前，丈母娘已发动了一次攻心会，与姨妈、姑父一起苦口婆心地劝罗小雯干脆与我早离婚，"男怕入错行，女怕嫁错郎。""反正你们现在还没有孩子，错了一时，可别错了一生。"而现在丈母娘看我的眼神就像我热恋时看罗小雯，这让我多少有些不自在。

对于我的选择，我的岳父也很高兴，我的岳父是个和事佬。他说："去燕北大学不错，不错，现在大学老师不但地位高，而且还悠闲。我同事的儿子也在燕北大学，你去工作了，也去找找他。""你同事？谁啊？""张斌啊。"丈母娘立刻来了兴致："是张斌呀，嗨！张斌的儿子我还不知道，他只是食堂的一个小小的大厨，每天奏锅碗瓢勺交响曲，他的顶头上司不过是食堂的主任，而我们家女婿的顶头上司可是堂堂燕北大学的吴校长呢，我们家女婿找他干什么啊？我们要找就找吴校长。"丈母娘不愧出身于话剧演员，说食堂主任的时候跷起只小指头，说吴校长的时候又把小指头放下跷起大拇指，我第一次听丈母娘说话的声音这么甜腻腻的，浑身顿时起了层鸡皮疙瘩。

我比燕北大学的新生提前一周到学校报到。

燕北大学在这座城市的西端，我刚从那里毕业的母校在这座城市的南端，这两所大学是这座城市的骄傲，各有大道通向市中心的市府广场。

像祖国所有的大学一样，过去的几十年仿佛一直在做梦，今朝梦醒时分，突然发现自身的建筑与周边格格不入了，而手头又有了许多的票子，多得似乎永远也花不完，于是就发了疯地建筑。大江南北、长城内外，祖国的一所所大学都成了一片热火朝天的施工工地，燕北大学也不例外。校园东边的一座大楼刚刚封顶，南校门一侧又在挖一个大坑，天气晴朗的日子，运送泥土的大卡车出出进进，时不时卷起尘土两丈，满天飞扬。

我们的编辑部设在机关楼五楼的一角。机关楼是全校的核心，远离机器轰鸣的工地，楼前是一片广场。工作的日子，校外的人也怀着各种各样的目的而来，广场就停满了各式各样的轿车，像开万国车博会。

但是机关楼却是全校最破旧的建筑。楼层奇怪而高，据说是当年的苏联人设计的，窗扇大约仍是那时候的产品，木框上的油漆起了卷子，像一张张老阿婆的脸，斑驳陆离。

我们的编辑部有两间屋子，其实就是一个套间，我在外间办公，里间属于副主编老袁。五楼是个幽静的场所，紧挨着学报编辑部的，是校党史资料库。

我刚来报到的这天，副主编老袁对我热情似火，这样的态度与我上次面试时，他百般刁难我相比，简直判若两人。老袁自作多情地说："哪，学报编辑部关起门来就我们两个人，俞老师，你可不要叫我袁主编的、袁主编的，主编是人家吴校长，他在我们的脚底下（三楼校长办公室），哪，你叫我袁老师就行了。"我压根儿就没有叫老袁为袁主编的想法。

在学校这个地方，一般教职员工见面打招呼，哪怕是管理宿舍的阿姨，食堂里的大厨，都是"老师老师"地叫，哪怕对方从来都没有教过一堂课、教过一个学生。可是我偏不称副主编老袁为袁老师，我就叫他老袁。一个小小的称呼，蕴含着信息万千，我称他为老袁，就是要让老袁明白虽然他当初百般阻拦，但是他没有阻住我进学报编辑部的步伐，在这里，我和他一样，具有独立的人格。

我这么称呼老袁，让老袁愣了十秒，但他很快就适应了。老袁说："哪，工作呢，就是这么简单，对你这样的高才生，那还成问题？但是说简单又不简单，工作中的学问大着呢，总之一句话，有不懂的地方，你就找我，哪，我们一起探讨探讨。"

老袁今年四十八岁，中等身材略胖，脑门微微有点秃，显得特有学问。只是老袁的右眼不知道怎么了，眨动的频率飞快，特别是老袁一本正经说话的时候，那可怜的右眼皮更是来一次大提速。所以，一本正经时候的老袁反而给人一种滑稽的感觉。

来燕北大学报到的第二天上午，老袁领我去见了吴校长。这是我第一次见吴校长，吴校长风流儒雅，特别是他鼻梁上那副高雅的镜片后面，一双和善的眼睛闪着智慧的光芒，大学校长的气质，使人回味难忘。

中午，我见到了吴校长的消息就长了翅膀，飞进丈母娘的耳里。丈母娘比我还兴奋，简直像中了头彩，嘱咐罗小雯晚上一定要带着我回家，她要为我做一道我最爱吃的红焖狮子头。

丈母娘前几天刚刚在电视节目中熟悉了吴校长的面孔，晚餐桌上她对今天吴校长召见我的细节很感兴趣。"就说了这么多话？就说了这些勉励的话？"在我一遍遍地回忆起召见时的细节后，丈母娘似乎有些不甘，她努力地想唤醒我更多的回忆，莫不是我还遗忘了些什么？我岳父插话了："刚开始参加工作，领导都是这样，不就是说些勉励话，还能说些什么？"

我岳父说这句话有很大的权威，他曾经做过二十年的米厂书记。他对我述说中的吴校长简陋的办公室感慨万千，"就是一张二十世纪五十年代的办公桌，一对八十年代的沙发，真是难得，难得呀，一个堂堂的正厅级干部啊，就甘心居那么破旧的办公室。是因为燕北大学穷？可这么穷的燕北大学连三层的学生食堂都能安装百万元的自动扶梯。吴校长这叫什么精神？这就叫毫不利己、专门利人精神。"我告诉他吴校长办公室和我们学报编辑部一样也是一个套间，他的外间是秘书室。我岳父就怀疑我们燕北大学的机关楼曾是当年苏联人设计的旅馆。

工作在燕北大学真是太美好了……

我自己也喜爱这份工作，人的一生有许多种追求，既然我选择了其中的一种，这种选择也适合自己，我就应该持之以恒地走下去。年轻人有的是朝气和激情，我愿意把朝气和激情全部倾注到工作中，把《燕北大学学报（社会科学版）》真正办成省内一流的期刊，像吴校长所说的，三年后迈上一个台阶，努力跻身于中文核心期刊行列。人总该要有一点成就感。

我们的编辑部实行严格的发稿制度，一篇文章如果没有初审编辑签字，主编也不得发稿。编辑部的工作流程是这样的：我负责自然来稿的初审，然后再把通过初审的论文邮寄给相关领域的专家，相关领域的专家给出评审意见，我把这些意见汇集给老袁，老袁再和一些挂名的编委商议，议定终审及发稿顺序，最后我们把排好版的电子文稿和剩下的事情交给印刷厂，就结束了一个流程，一个季度一次，周而复始。

一转眼就进入了金色的九月，校园里军训学生的吆喝声盖住了机器的轰鸣。我一上班已经习惯了坐到电脑前审阅稿件。这个学期，老袁肩上的担子沉甸甸的，他除了要继续担任学报的副主编外，还要指导两名高等教育学的硕士生。

这两年，燕北大学发展得飞快，许许多多的硕士点、博士点"忽如一夜春风来，千树万树梨花开。"硕士点、博士点有了，一大堆的硕士生、博士生就涌进来。导师却不够用了，一个导师带十个硕士生，还是不够用。于是在这非常时刻，学校行政班子和教学辅助岗位领导全上马，校长书记都成了博导。老袁是副高职称，也去挑了两名硕士生。其实我也觉得老袁该做导师，因为他长得就有学问，老袁也乐此不疲，一天到晚忙着做导师。

硕士生课少，没有事的时候，老袁的两名学生爱往我们编辑部跑，所以我都见过。两名学生，一男一女。男生叫李国梁，长得黑且细长，像煤井里的一根细木柱。李国梁大学毕业后做了三年的"小巷总理"，"小巷总理"能说会道，不过老袁却不怎么得意他，渐渐地他就不怎么来我们编辑部了，只剩下女生常来。女生叫郭文臣，女生郭文臣长得漂亮，就如一首歌里唱的"好一朵美丽的茉莉花""又香又白人人夸"，她一来我们的编辑部，首先要向我打个招呼，巧笑倩兮、美目盼兮，我立刻就觉得满屋茉莉花儿开，"芬芳美丽满枝丫。"

"好一朵美丽的茉莉花"已经开在别人的花园里，她和她的丈夫都是东北一所乡村中学的教师，可是女生郭文臣觉得当一所乡村中学的女教师实现不了自己的理想，她的丈夫满足于现状真是活得窝囊，人的一生短暂应该有更丰富多彩的活法，所以她考了研，进了燕北大学。女生郭文臣每次来，都斜挎着一个大大的麂皮包，包上缀满了许多小饰物，环配叮当的。

女生郭文臣长了一双会说话的眼睛，可惜她不是来找我的。女生郭文臣是老袁的得意门生，她一进老袁的办公室，就关上了里屋的门。

刚开始关门时也让我有些遐想，我想到里屋有可能正发生一些春光明媚的故事……这些想法让我的耳朵变得异常灵敏，我伸着耳朵，像猎犬一样地捕捉里屋的每一个细微声响。可是捕捉来捕捉去，没有捕捉到里屋的任何异常。关门办公是老袁的习惯，而且每次女生郭文臣都是坦坦然然地来，坦坦然然地去，渐渐地我就习以为常了。

我的工作其实很悠闲，虽然现在有许多人等着有一篇论文发表好毕业，还有另外的许多人等着发表几篇论文好评职称，可我们的学报每期只能发表二十篇论文。我常常在办公室接到作者查询稿件处理情况的电话，有一些人很着急，像急性心脏病马上要发作，我们的学报是他们的"速效救心丸"，他们恨不得明天就能发表他们的稿件。但是我们一点儿也不着急，我们只觉得他们"很傻、很天真"。

来稿量有时候一天多一些，有时候一天少一些。不管多和少，我都本着初选稿件的两个原则，论文格式不规范的不看，论文摘要没有新意的不看。这些都是老袁告诉我的。有一天女生郭文臣刚走，导师老袁心情出奇地好，他看我工作起来有点拼命三郎的意思，就好心地提醒我："论文格式都弄不规范的一般都是刚入门的硕士生，论文格式都弄不规范的，他还能写出什么好文章？论文摘要是一篇文章的精华，摘要都平淡无奇，哪，这篇文章你也就没有必要送审了，否则就会给评审专家带来不必要的麻烦。"老袁这样的观点我比较赞同。

像我悟性这么高的人，做学报编辑简直如鱼得水，很快就独当一面，很快就让老袁刮目相看，佩服得不行。

一天，导师老袁没有去上课，女生郭文臣也没有来。里屋老袁突然像被蝎子蜇了一般叫起来："俞老师！怎么胡光华教授的论文初审都没有通过呢？胡光华教授是L大学人文社会科学学院的常务副院长呢，俞老师，你是不是给搞错了？"

"L大学人文社会科学学院的胡光华教授？我想起来了，的确是有这么一篇，不过不是我搞错了，老袁，我认为胡光华教授这篇论文不适合往专家处送审，说真的，老袁，我倒怀疑是不是胡光华教授邮错了。"我这么回答着老袁，一边打开稿源库把胡光华教授的论文调了出来：

论以绿色理念从建筑废弃物中提取钢材的最佳途径

胡光华（L大学人文社会科学学院邮编：×××××）

摘要：城市化水平不断提高的同时，建筑施工过程中也产生了大量的废弃物。如果建筑废弃物处理不好，不但会造成浪费，而且会带来污染；论以绿色理念从建筑废弃物中提取钢材，不但污染减少，而且可以使资源得到再生，实际施工证明，该方法有效可行，可以说是一举两得。

关键词：建筑废弃物；钢材；绿色环保

正文 8600 字（略），首页页脚有作者简介：胡光华（1965—），男，教授，博士生在读，L 大学人文社会科学学院副院长，研究方向为：环境哲学，技术哲学。

《论以绿色理念从建筑废弃物中提取钢材的最佳途径》——按道理来说这是一个很科学技术的标题。很科学技术的标题正是我们《燕北大学学报（社会科学版）》所需要的，我们的学报追踪理论前沿和社会热点问题，在日常发稿中注重发表一些人文科学与自然科学、人文科学与工程技术交叉研究的论文。通常一篇人文科学的论文，其中添入一些只有自然科学家或工程技术人员才能看懂的符号、图表、数据，这篇文章含金量就大增，极有可能被人大报刊检索，收入复印资料《科学技术哲学》中，有多少篇被收入也是我们编辑年终评优时的主要依据之一。

可是胡光华教授这篇论文不行啊，他虽然有很科学技术的标题却没有很科学技术的内容，我在洋洋 8600 字的正文中寻找以绿色理念从建筑废弃物中提取钢材的最佳途径，找来找去，最后明白原来这绿色理念就是让抡大锤的工人把混凝土一点点地敲碎，混凝土敲碎了钢筋剥离出来就成了最佳途径。

"这能叫论文么？老袁，我都怀疑胡光华教授邮寄这篇文章的时候，是不是喝醉了酒？如果不是喝醉了酒，那他把这篇文章寄给我们，就是对我们的侮辱，既是对你和我的侮辱，也是对我们学报的侮辱。"我义愤填膺地举着打印出来的文稿，推门走进老袁的房间。

老袁装模作样地翻了翻文稿，立即表示不同意我的看法，老袁说："论文不就是这么写吗？百鸟争鸣、百花齐放嘛，观点可以不一样，只要人家论说得有理有据嘛，再说人家是胡教授，胡教授的文章总能过得去嘛。哪，作为一名学报编辑，特别是一名合格的编辑，你可不能凭自己的好恶来取舍，要做到公平哟。"我听得出来老袁的话里有几分威胁。

大概老袁对我的了解还比较粗浅，也许他不知道我的身上具有为真理献身的勇气，像当年的布鲁诺一样。

"论文不是这么写，老袁，你信么？如果论文能这么写，我一年能写三百六十五篇。既然我负责初审，我绝对要对我这支笔负责。胡光华这篇论文我绝对不会签，老袁，发这样的文章会毁掉我们学报的声誉，怎么说你也算我的师长，你也是学报的副主编，你说我能毁掉你的声誉么，甚至毁吴校长的声誉么？"

老袁像个气功大师，坐在办公桌后运气。听了我的话，脸青一阵红一阵，最后"气功大师"吐出一口气，调息均匀，气收丹田。老袁说："好，很好，你能这么坚持原则，我真的感到十分欣慰。不签就不签吧，胡院长那边我怎么得向他解释一下，胡院长好歹也算是吴校长的师弟呢。"老袁的右眼皮又开始上下提速了，眨动得让人担心。

机关楼永远是学校的中心，每天人来人往，热闹非凡。虽然五楼的一角是个例外，但居于其间，却能领略到隔岸观火，冷眼看天下的奇趣。

一天，我在编辑部，准备给放在窗台上的吊兰浇点水，突然看见我从前单位的郭处长从一辆黑色的小车里钻出来。郭处长，我都好几年没见他了，没想到他还是从前的老样子，一点都没改变，他腋下夹着的还是从前的大黑皮包，正不慌不忙地朝我们机关楼走来。一股要见见郭处长的冲动从我的心底油然而生……

没想到郭处长还能认出我，郭处长也没想到能在燕北大学机关楼碰见我，郭处长对我能有今天的进步表示发自内心的高兴，他说当年他在招聘会上就看出我这个小伙子不错，将来有出息，选择在《燕北大学学报（社会科学版）》做编辑，郭处长跷着大拇指说："好，小伙子你可要好好干。"

罗小雯所在的医院——第三人民医院办公室的宋主任也说我选择在《燕北大学学报（社会科学版）》做编辑好。宋主任不知道怎么找到罗小雯，说什么时候我方便了，他要请我和罗小雯去松江路北京东来顺分店吃烤鸭，理由是这家饭店烤鸭的味道绝对正宗，跟北京的口味一个样。这让我和罗小雯都感到了什么叫受宠若惊。

我读硕士时母校的老师也说我选择在《燕北大学学报（社会科学版）》做编辑好。

一天，母校一位姓苏的老师还给我打来电话，苏老师说："小俞你好好干，燕北大学我很熟啊，适当的时候我给吴校长通个电话，请他照顾照顾你。"这一回苏老师来电话的目的自然不是要吴校长照顾我，苏老师把他师弟的一篇文章转给我，让我帮着处理一下。"帮着处理一下"是我们的行话，就是帮着发表的意思。在我读硕士时的那所学校，苏老师很牛气，牛气的人脾气就大。我读硕士时，有一次交他布置的小作业，因为和别的功课有点冲突，我比他规定的时间晚交了半个小时，结果苏老师连看都不看一下，就把我的文稿撇到地上，众目睽睽之下，让我羞愧难当。这一回他居然还屈尊给我打电话，我真难以想象。我自然不敢怠慢，赶忙打开电子邮箱，果然发现邮来论文一篇如下：

也论"贞观之治"的三个特征

龙本清（X 国际师范学院 21 世纪发展研究中心邮编：××××××）

摘要：唐太宗登位以后，从统治阶级的根本利益出发，以隋亡为鉴，励精图治，在短短的数年时间内，取得了显著的成绩，经济和文化也随之得到较好的恢复和发展，出现了所谓"路不拾遗，夜不闭户"的良好社会风气。史学家们把这一段历史时期誉之为"贞观之治"。牟天牛先生从历史学的角度分析"贞观之治"的三个特征，本文从社会学出发对三个特征重新阐释，做出新颖独到的见解。

关键词：贞观之治；唐太宗；牟天牛

正文 7800 字（略），首页页脚有作者简介：龙本清（1961—），男，博士，X 国际师范学院 21 世纪发展研究中心研究员，主要研究方向为：历史应用学，历史现实学。

这篇论文有 6200 字是介绍唐太宗的生平，内容包括唐太宗的祖辈谱系、兄弟排行、姻亲族戚……而从社会学出发对"贞观之治"三个特征的见解只有 1600 字，其中介绍牟天牛先生的观点用去 900 字，剩下的 700 字皆是老生常谈，且毫无新颖独到之处。

如何向苏老师解释的确有点犯难，但我犹豫了一下，还是小心翼翼地抓起电话，我叫了一声"苏老师"，苏老师热情得像见了久别的亲人，这让我更加歉疚。我满怀歉意地告诉苏老师：龙本清博士的论文写得真是没挑的了，只是论文是写给同行专家看的，常识性的东西一般略去即可，可是龙本清博士阐述得太多了，可能不适合在我们学报发表。

一般的老师听我这么一说，也就客气一下罢了，可苏老师不一样，牛人脾气大嘛，苏老师就生气了，苏老师说："小俞你可以啊，真可谓士别三日、当刮目相看啊，没过三天你倒教我写起论文来了啊，你进步得这么快，我若不向吴校长好好推荐你，真是委屈了人才。"

晚上回家，我把今天苏老师的事说给罗小雯听。罗小雯就很气愤，说苏老师素质怎么这么低，气愤之后有一点担忧，担心苏老师真的会在吴校长跟前使我的坏，也许像苏老师这样的人真的是什么都能干出来。而我却不以为然，我觉得苏老师不过就是一个放空炮的人，这个年头，放空炮的人多的是，"你想啊，小雯，假如他真的能跟吴校长说上话，他有什么事，直接找吴校长不就行了吗？他干吗还找我？"罗小雯想想，也就放了心。这天晚上，夜空澄澈、圆月如洗，我们穿着夏天的衣服站在阳台上赏月，忽然都感到丝丝凉意，原来秋深了。

五楼学报编辑部这一角无疑是机关楼最幽静的场所。紧挨着学报编辑部的校史资料库，也门可罗雀。党史资料库积满了灰尘，管理员孟老师五十来岁，肥胖得要命。机关楼没有安装电梯，孟老师来上班，爬五层的楼梯简直就是遭罪，气喘吁吁爬上来，一屁股坐进资料室，轻易不肯再动半步。偶尔除了我去找孟老师聊聊天外，资料室一天也晃不进第二个人影。

有时候我隐隐觉得孟老师本身就是一座资料库，他的身上装满了燕北大学的历史，他能对我侃侃而谈关于燕北大学许多故事的来龙去脉，可是涉及人事上的是非，他却守口如瓶，轻易不肯透漏半个字。

我们的编辑部常常飘荡着茉莉花香，芬芳迷人，这是女生郭文臣来了。女生郭文臣勤学不倦、不懂就问。哲人说：学而知不足。所以女生郭文臣不懂的问题越来越多了。老袁虽然头一回当导师，却也懂得诲人不倦这样的为师之道。有时候我下班了，里屋的门依然紧闭着，师徒二人还在里面研究高等教育学的问题。

秋凉的一天，"小巷总理"李国梁也遇到棘手的问题了，他来我们的编辑部找导师老袁。可是"小巷总理"李国梁的运气不好，他轻易不来找一次导师，来找一次，导师还不在。对于自己和导师之间缺少"心有灵犀"，"小巷总理"李国梁有点怨天尤人，他叹道："谁让我不是三大生呢"，他怕我不理解"三大生"的意思，又解释道："现在有些导师带学生，喜欢带大官、大款、大美人。"

"小巷总理"李国梁心有不甘地解释完后，要和我套个近乎，他看见我脚上穿的还是夏天的一双单薄皮鞋，就承诺要从他从前当"小巷总理"的地方帮我弄一双棉皮鞋，质量没得说，价钱也公道，是真正的物美价廉。

棉皮鞋还没到，我们的编辑部却出事了。

这一天和往常一样，事先一点征兆都没有。编辑部依然花香四溢，我在处理稿件。突然一个中年女人连门都不敲，就气势汹汹地闯进我们的编辑部。她身材微胖，头发烫得像野蜂窝，闯进来带着一阵风，像是要找谁拼命，我吃惊地站起来。心里忐忑，是苏老师派来的"杀手"？中年女人对我却不屑一顾，她冷冰冰地扫了我一眼，气鼓鼓的嘴里吐出四个字："我找老袁"，就一把拧开里屋的门。我听见老袁惊呼："你这是干什么！你这是干什么！这里是办公场所……"

"好你个办公场所，好你个办公场所……"我听见茶杯、书本扑落到地板上噼里啪啦地响，里屋像换了一个天上人间。

女生郭文臣尖叫起来，我急忙跑进去。中年女人正发了疯似的纠打着老袁，纠打着女生郭文臣，她能抓着谁就打谁。老袁像一只演杂技的猴子，一边在房间里腾挪躲闪，一边声声哀求："有话回家好好说，哪，有话回家好好说，你一定是误会了！"

"误会？我没有误会！我误会什么了？你和这小狐狸精在一起，忙得晚上都不回家了，啊，我误会什么了？"她东奔西扑，弄得气喘吁吁，嘴上泛着唾沫说。

一刹那，我们的编辑部前所未有地热闹起来，在机关楼办公的人都对这里感了兴趣，争先恐后地往这边涌。女生郭文臣终于找到一个机会，趁着中年女人一个不留神，嗖的一声夺门而出。女生郭文臣像一朵开败了的茉莉花，披头散发、捂着脸，顾不得和我打声招呼，就落荒而逃。

中年女人是老袁的老婆。老袁的老婆撒过泼后，女生郭文臣就不来我们的编辑部了，有几天导师老袁也不见了身影。但在机关工作的一些同志对此依然热情不减，学报编辑部为他们的闲谈提供了一个绝佳的话题。关于老袁和女生郭文臣的风流韵事已经流传了好几个版本，每一个版本听起来都活色生香。

组织人事部的刘干事本着对党、对同志负责的态度，找了我三次来了解关于老袁的情况。

刘干事是位即将退休的老太太，她以前在另外的一座城市做到了企业的工会副主席，五年前随夫举家调来我们这座城市，委委屈屈地进了燕北大学组织人事部，职务安排上对她的不公，丝毫不减刘干事的革命激情。刘干事一次次满腹狐疑地问我："你认为袁副主编和学生之间真的没问题？"

虽然老袁在我面试时百般刁难是我心里的一个解不开的结，但我这么一个讲道德的人，我是不会借机往老袁的脑门上泼脏水的。我回答："刘老师，老袁有没有问题我真的不好说，但据我所知，至少在编辑部不会。至于关着里屋的门呢，关门也是老袁的习惯，他一个人在里面的时候也喜欢关着门。而且门也没锁，这一点从他夫人顺手一拧门把手就开了上面可以证明。"

刘干事又去找孟老师了解情况，我不知道孟老师和刘干事的谈话内容，但我知道后来此事就不了了之了。尽管如此，老袁在人前多少也有点抬不起头来的意思。

声势浩大的燕北大学秋季运动会又一年一度地临近了，今年运动会的气象更是万新，主运动场中心地带已经铺上了真正的草坪，草坪旁边的水泥跑道全部铺上塑胶，马上就要竣工了。

我作为学报编辑部的唯一选手被纳入机关代表队，准备参加男子1000米跑项目。

男子1000米跑是我的长项。我在读大学时，还为我们的班级取得过个人第四名的荣誉呢。丈母娘给我打气，她认为做人做事都要事事争先，在体育比赛中也是如此。比如说她自己吧，她现在是社区老年合唱团的团长，像这样的老年合唱团现在很多，许多社区都有，许多人不当回事，但她不这么想。去年年底，社区之间的合唱团要举行比赛，丈母娘说："一比赛，我就决心把奖杯捧回来。"我岳父还说："你呀，老都老了，还改不了争强好胜的脾气，要那奖杯干吗？"我丈母娘气哼哼地顶了我岳父一句，"像个男人说的话吗？"人家后来真就把那奖杯捧了回来。

为了取得好的成绩，我准备进行赛前自我训练。我已经向罗小雯打好报告，从此我每天下班要晚回来一个小时，一直到正式比赛前。

现在的季节，天黑得还不算晚，我5点下班，自我训练一个小时，然后披着薄暮的轻纱登上102路有轨电车回到灯光温暖的家。

我选择一段山路作为我的训练场所，对于长跑和短跑运动员来说，选择山路练习真是绝佳的地方。

出燕北大学南门过一片居民区，往左一拐就是山路。如果顺着这条山路一直走到头，就能到达我读硕士时的母校。这本来是两所学校地图上最近的距离，却因为山路的蜿蜒，让"最近"的距离成了一种憧憬。山其实不高，就像一个个小土丘，上面长满了歪脖子松、刺儿槐、黄栌，还有许多我叫不出名字的乱七八糟的树木。山路走到头，要花一天的时间。5月里刺儿槐飘香，10月里黄栌叶红，香和红都勾人魂魄，勾得城市里的猫、狗与学校里发情的男女都往山里窜，各自觅得一处幽僻的场所。

不过现在山上却少有人行，今年 8 月份的时候，住在附近小区的一名男子被人用电线勒死在山上，虽然凶手一转眼就被抓住了，可被命案吓破了胆的青年男女要激情更要生命，轻易就不敢往山里窜。

10 月的天气，黄昏的山路显得格外幽静，万木丛中透出星星点点的红，那是黄栌的叶子。我也不敢往山路更深处跑，每天只跑出二三十分的距离就折回来，结束一天的训练课程。

一天我跑上一段坡顶，迎面的坡底一对男女正朝坡上走来。那女的就像喝醉了酒，半倚在男的怀里，两个人歪歪扭扭地在山路上走，腻歪得一塌糊涂。

男人的秃脑门在我眼前一点点地凸现出来——是老袁和女生郭文臣，我再想折回去已经来不及了。我只有硬着头皮，当作什么都没看见一样和老袁打个招呼，脚下提速一阵风似的远去，我甚至都没有注意擦肩而过时老袁和女生郭文臣的表情。

第二天，几天没来编辑部的老袁反而来了。老袁脸沉似水，似乎昨天在我们之间压根儿没有发生什么特别的故事，昨天黄昏山路上的也许就是一场梦。老袁走进已经收拾干净的里屋，突然又发了疯似的叫起来："董丽慧博士的论文又为什么没有通过？理由是什么？说真的，我现在都怀疑你审稿的能力！"

老袁的话真难听。

董丽慧博士的论文？哦，是有这么一篇，我打开来稿库，把董丽慧博士的论文调出来：

八戒生卒年及乡籍考

董丽慧（H大学文学院邮编：××××××）

摘要：或曰《西游记》中人物皆荒诞不经，皆谬也。唐玄奘之见于史册，不证自明。近人也已证明"东胜神洲"即山东古齐地，"傲来国""花果山"原系泰山主峰西南之傲来山。孙悟空籍贯既明，为八戒生卒年及乡籍考提供了有力的佐证，结合最新科学研究成果——碳14测年法，同时运用逻辑和历史相结合的方法可证明八戒系山西省阳泉县西郊高老庄人氏。生于公元615年，卒于公元755年，享年140岁。

关键词：西游记；八戒；乡籍

正文8000字（略），首页页脚有作者简介：董丽慧（1976—）女，博士，H大学文学院讲师，主要研究方向为：中国古典文学。

我都差一点要笑喷出来，这简直是一篇奇文。中国古典文学浩如烟海，董丽慧博士不去研究精华为社会主义精神文明建设服务，却去研究糟粕，吹毛求疵、掌灯索瘢，这和一些研究《红楼梦》的"专家"，研究曹雪芹有几根胡子有何区别？这样的论文初审理所当然地不能通过，难道说这样的论文还要通过，还要耽误评审专家的时间，还要在我们《燕北大学学报（社会科学版）》发表？

办公桌后，气功大师老袁在运气，他的脸上青一阵红一阵，这一回他调息未均匀，老袁生气地说："我让你怎么办你就怎么办嘛，哪，你说你一个新来的，你才来几天啦，我还不如你？要不，我这个副主编不做了，让你做好了。"老袁生气的时候右眼皮也飞快地翻飞，也让人有一种滑稽的感觉，我一点都不恼，被他翻飞的眼皮弄得"呵呵……"地笑起来。老袁的脸都变绿了，他拿起自己桌上的一摞刊物，又"啪"地摔在自己的桌子上，然后拂袖而去。好几天学报编辑部又不见他的踪影了。

秋季运动会如期举行。开幕式上，吴校长作了热情洋溢的演讲，吴校长的话鼓舞人心，所以全体选手都赛出了比往年更好的成绩，这也意味着，我们燕北大学的确是一年更比一年强了。特别是女子 100 米短跑，竟然跑出接近国内最高纪录的水平。我拼着命地跑，居然也跑出了男子 1000 米第二名的好成绩。

秋季运动会开完了，银杏树上的叶已经变黄，那种透明的黄，黄得流光溢彩的。早晨，我夹着公文包从银杏树底下往机关楼走，看见片片银杏叶飘落在依然碧绿的草地上，心中生出许多爱怜的感觉。

《燕北大学学报（社会科学版）》已经完成了这一年度的编排工作，有的稿件已经安排到来年的学报第一期发表。

已有风声传来，学校近期将对学报的人事做出调整，老袁也许要调到别的部门去。

丈母娘关注我的点滴进步，虽然她消息的唯一可靠来源是罗小雯，但这丝毫不减她高涨的热情，她得知我们学报近期将做出人事调整，老袁有可能要调到别的部门。丈母娘马上就能意识到老袁一调走，我们学报的副主编就缺人，一个萝卜一个坑，老袁这个萝卜拔走了，这个坑极有可能由我这个萝卜来填上。

我认为这不大可能，因为我才来几个月，再说级别也不够啊，学报副主编怎么也算个副处正科的吧。

我岳父却认为极有这种可能，他的理由是我工作比较踏实出色，从工作的延续性上来看，我也熟悉了学报编辑的流程，学校总不会派一个外行的副主编来领导我吧，至如资格的问题，那是领导说你行你就行，领导说你不行你就不行。

我岳父还拿自己现身说法，说他十八岁的时候，就被提拔为千人米厂的团委书记，好歹也算个正科吧，"十八岁的时候，自己都稀里糊涂的，总觉得自己干不了，真的不敢干。我们的老书记说，你好好干！你准行，我说你行你就行。果然一干，嘿，真还行！"

这几天上班，我就带着几分赌徒的心理，就像买彩票似的，虽然明明知道中奖的概率极少，但总期待或许就是自己中奖了。万一自己真中了奖呢！

一天下午，丈母娘领着岳父竟然跑到燕北大学来看我。丈母娘和岳父一身运动装，打扮得像一对棒球手。

我领着他们从燕北大学的正门往左拐，绕过机器轰鸣的建筑工地，穿过一片草坪，从金黄的银杏树底下走。

丈母娘不无羡慕地感叹：现在大学的校园建得真是一点也

不比公园差，工作在这里的人真是幸福死了。丈母娘不停地瞅我，她的脸上无限春光。

我领着他们先去参观机关楼，去我的办公室坐坐，然后岳父又提议也去张斌的儿子那看看。他们气喘吁吁地跟着我爬上五楼，又气喘吁吁地爬下来。

从机关楼出来，我们上中心食堂。中心食堂安装着自动扶梯，我们一口气就上了三层。虽然中心食堂只有三层，但每一层的面积却很大，装修得也好，不比市内新开张的"必胜客"差。就餐区和后厨工作区原本都是一个大厅，现在用塑钢玻璃隔开。还没到晚饭的时间，就餐区空落落的。但服务人员已经各就各位了，后厨一个胖胖的厨师端着一盆烧好的菜出来，那盆菜很沉，他趔趄着脚步小跑似的出来，然后一猫腰把菜放在供应的窗口。胖厨师四十岁左右，他打量了我们一番，看我们一行不像要吃饭的样子，就撩起白色工作服的一角，擦擦额头上的汗转身走了。

我岳父突然就放弃了和张斌的儿子见个面的念头，因为中心食堂的后厨忙得一团糟，油锅冒着团团热气，正吱吱地响。说真的，我来燕北大学许多天，真还不知道张斌的儿子是哪一个。

果然就有了学报编辑部人事调整的消息。

星期一早上 8:00，我一上班，组织人事部的刘干事来电话通知我，一会儿她要过来找我谈谈。放下电话，我的心就一阵怦怦地跳，难道彩票中奖的好运就真要落到我的头上？我真有这么好的运气？要不要马上告诉罗小雯？还是先沉住气！我按捺住激动的心情，后来还想到了老袁。一个老师和一个女学生之间闹出许多风雨，不管怎么说，总归老袁的不对。我想到老袁就要离开学报编辑部了，离开他工作许多年的地方，心里还为他涌出一丝悲凉。

8:30，刘干事已经坐在我的对面。刘干事成天忙里忙外的，真是一位好老太太。刘干事一本正经地说："你不要激动啊。""我干吗激动啊，我心理承受能力特强。"

刘干事咧嘴笑了一下说："那就好，年轻人嘛，就该这样，凡事想得开。你听着啊，经学校人事研究决定，决定停止你的学报编辑部编辑工作，你把手头的工作交接、交接，学校将对你的工作做出另行安排。"

怎么会是这样呢！我微笑着的脸突然就僵住了，这真是大晴天闪了个霹雳，莫不是刘干事搞错了吧，"这怎么可能呢？怎么调走的是我？我不是干得好好的吗？"

"这个意见是经过校长办公会研究决定的，为什么会这样，我也不知道，我只起上传下达的作用，有问题你可以去找领导反映。"刘干事一本正经地说完，一抹屁股走了。我呆若木鸡地坐在办公室里，一时理不清头绪。

后来，我决定去找孟老师，我觉得这个决定实在太荒唐了，在这种境况下，我不能向罗小雯讨主意，更不能向丈母娘讨主意，我只有向孟老师讨主意。我也相信孟老师能够帮我指点迷津。

孟老师听了我的喋喋不休的诉说，果然，从牙缝里挤出来指点迷津的四个字："找吴校长！"然后，他就闭口不言，再也不肯多吐一个字了。

我决定去找吴校长，我已经明白这事后面有黑手，那朝我下黑手的不是老袁又是哪个？真看不出来老袁还这么歹毒。吴校长高高在上，兼听则明、偏听则暗，他一定不了解老袁的情况，我早就应该把一个真实的老袁告诉他。我出了校史资料室，一溜烟地从五楼跑到三楼。

三楼吴校长办公室，校长秘书客客气气地听完我要见校长的理由，校长秘书说："校长正在会见客人呢，可能会要很长时间，不如你先回办公室，等校长方便了，我给你打电话，好不好，俞老师？"

"好，好，那我就等你电话，张老师。"校长秘书姓张，我感激地对她说。

于是我从上午等到中午，从中午等到下午，还是没有等到张秘书的电话。我心急火燎，我又"噌噌噌"地从五楼跑到三楼。张秘书莞尔一笑，说："校长去市里开会了，什么时候校长回来了，我再给你电话，好不好，俞老师？"

于是我从周一等到周二，从周二等到周三，三天过去了，我还是没有等来张秘书的电话。其间接替我工作的人已经来了，他从前是燕北大学图书馆的管理员，两天后他对办公桌内依旧塞满了我的东西感到不满，他嘀咕着："学校这事办的，这办的叫什么事啊。"虽然他的话锋直指学校，可我听得心里还是堵得慌。

这几天，罗小雯倒有喜事。星期三的晚上，她喜滋滋地告诉我，她们医院新一轮科室护士长竞选马上就要开始了，这回她也报名参加了竞选，她们医院办公室的宋主任说在背后要帮她使使劲，如果竞选成功，我爱人罗小雯就成了第三人民医院最年轻的一名护士长，这多令人神往。

罗小雯说："宋主任人多好啊，又要请我们吃饭，又主动提出来帮我这个忙。我们该怎么报答人家啊。哦，对了，宋主任马上要评高级职称了，他走的是高级政工师的系列，他发表论文的时候，咱们也帮人家一下，啊。"我肚子里填满了苦水，可我不想让罗小雯品尝半滴，她嫁给我这个外乡人真是受了太多的委屈。

我肚子里有苦水，脸上还得荡漾着甜甜的笑，这日子过得真不容易。

不管怎么说，今天无论如何我都要找到吴校长，过了今天，明天就是周五了，一个星期说没就没了。

我又"噔噔噔"地从五楼跑到三楼，张秘书就不太耐烦了，说："俞老师，吴校长又去市内开会了，我说过，等吴校长方便的时候，我就给你打电话嘛。"

吴校长就在办公室，吴校长没走，我听见吴校长在里屋打电话的声音，声音抑扬顿挫的，是关于一门学科的建设，好像要迎接省教育厅的检查。这个张秘书，怎么就说他开会去了呢，这么个漂亮的女孩，伸着舌头说瞎话真可惜了这张脸。

她这分明就是阻塞言路嘛！一定是老袁在背后下了什么功

夫，要不然张秘书不会这么做，我从来没有得罪过她，有时候在机关楼碰见她，每次我都送给她一张谦逊的笑脸。

吴校长多好的领导啊，刚来时，他勉励我的话我一直谨记在心呢！吴校长说过，我有什么事，可以随时来找他。现在我有事，他怎么会不见我呢，都是被手下人阻塞了，"阎王好见，小鬼难缠。"这个年头，许多事坏就坏在领导手下无好人。

"咦——"我一把拧开里屋的门，然后门关了，把张秘书的惊呼声留在了外屋。

吴校长还拿着话筒，错愕地从宽大的办公桌后站起身来："你是……"

"我是学报编辑部的小俞啊，吴校长！"我像一个孩子见了久别的娘，我的声音都带着哭腔。

"哦，是你啊，我想起来了，"吴校长就不错愕了，他放下话筒，微笑着用手指弹了弹自己的脑壳，"看我这脑袋，一天乱事太多了。你坐啊，坐啊。你来了正好，假如你不来，我也想找你谈谈呢，毕竟我是学报的主编嘛，我平时对你关心得不够。"

这时候，张秘书进来，张秘书用一次性纸杯给我倒了一杯茶，把茶递给我时还朝我粲然一笑，似乎刚才什么都没发生过，然后，带上门出去了，张秘书真好。

"你的情况我也听说了一些，有人向我反映，你不太遵守校规，经常迟到早退的，和同事关系也不和谐，这很不好嘛！"突然，吴校长的语气变得严肃起来。

"没有的事！"我惊得从沙发上跳起来，这真是天大的冤屈，我真是闻所未闻："校长，我敢向您保证，我以人格担保，我从来都没违犯过校规，从来都是按时上下班，从来没有迟到早退过一次，有几次我感冒发烧我都没有请过一次假，这是老袁背后下黑手，他奸情败露，他气急败坏……"

"坐下、坐下，啊，年轻人，不要激动嘛，话不可说得绝对，出语要谨慎。'秦政强辩，失人心于自矜；魏武宏材，亏众望于虚说'，讲的就是这个道理，说话不可武断，更不能意气用事。你说袁副主编奸情败露，你有什么证据？你捉奸在手？哦，你在山路上看见他们，那老师就不能和学生在山路上散散步？至于你说的从来都没违犯过校规，也是经不起一驳的，是不是啊，年轻人。"

"我、我……"我张口结舌，委屈得不知该和校长说什么好。

吴校长的语气又变得和缓了，他优雅地坐到我旁边的一张沙发上，两张沙发之间只隔了一张小小的茶几。吴校长侧身向我，这使我发现他优雅的脸上竟也有了点点岁月的瘢痕。第一次，我这么零距离地接触吴校长，不知道为何刚才拧门而入的勇气就荡然无存，许多事前想好的话，现在也忘得一干二净。

"作为一所大学的校长，他有许许多多的事情要安排，所以学校要给校长配备秘书，'无规矩，不以成方圆'嘛，假如每位教职员工都像你一样，事先也不经过预约就冒冒失失地往校长办公室闯，校长的工作还要不要干？学校给校长配秘书干什么？那不如让张秘书下岗了，你说是不是这个道理啊？你还说你从来都没违犯过校规吗？"

"校长，我，我，我知道自己错了，我不应该这么冒失，我……"我诚惶诚恐地坐在茶几另一侧的沙发上，浑身就像一只泄了气的皮球。

"关于对你工作方面的安排呢，学校也是经过充分考虑的，学校相关部门集体研究认为你已不适合在学报编辑部工作，决定调你去中心食堂。"

"什么？中心食堂？"我再一次惊得从沙发上跳起来，我简直不敢相信自己的耳朵。

"中心食堂怎么了？"吴校长的语气又严肃起来，"高校后勤正进行社会化改革，中心食堂对于年轻人来讲，正是大有可为的地方。"

我的眼眶里似乎涌出什么东西来，有点潮还有点辣乎乎的。

吴校长还在侃侃而谈。我盯着吴校长看，只觉得那副高雅的镜片后，一双和善的目光变得扑朔迷离起来。